Wolfgang Schreyer · Der Leuchtturm

WOLFGANG SCHREYER

Der Leuchtturm

ROMAN

SCHEUNEN-VERLAG

INHALT

Was tun, spricht Zeuss.
Die Welt ist weggegeben
Der Herbst, die Jagd, der Markt
ist nicht mehr mein.

Friedrich Schiller

Erstes Kapitel

DER SCHULFREUND

An einem windigen Samstag im November läutete hartnäckig das Telefon. Ich hatte gerade mein Mahl beendet, das Geschirr auch schon abgewaschen und fragte mich, wie den Rest des Tages verbringen? Nun, die Stimme im Hörer sagte es mir. Es war Helmut Löw, zwölf Jahre jünger als ich und recht selbstsicher, weil so erfolgreich; doch für ein Alphatier angenehm locker, ja charmant. Ganz überraschend lud er mich zu sich ein. Auch Bettina rechne mit mir, seine Partnerin, längst überfällig sei doch mein Besuch.

Ich sagte ohne weiteres zu. So freundlich die Einladung auch klang, ich hörte einen drängenden Unterton heraus. Das machte mich neugierig. Was hatten die zwei auf dem Herzen? Sonderbar, daß Löw um diese Jahreszeit noch einmal zurückkam ans Meer. Er war die Hauptperson, der Chef einer namhaften Werbefirma in Berlin, dort also vor Weihnachten kaum entbehrlich. Mehr als ein Wochenend-Trip an die See konnte es nicht sein. Ein Windstoß fuhr mir ins Gesicht, als ich die Finnhütte abschloß und vorging zum Carport. Bleigraue Herbstwolken, herrisch und kühl, zogen südwärts, zauberhaft angestrahlt. Über den Silberpappeln leuchtete der Himmel im Mittagslicht, er prangte in Blau, Weiß und Grau – ein festliches Bild. Ich ließ den klapprigen Kleinwagen stehen, und während ich zum Fahrrad griff, gestand ich mir ein, daß es mich auch lockte, Bettina wiederzusehen. Ein feiner Reiz ging von ihr aus, worin der lag, das blieb dunkel; ich kam nie ganz dahinter. Bei all ihrer Schlichtheit, der einfachen Bildung wirkte sie doch stets anregend auf mich. Nun ja, sie war hübsch und wesentlich jünger als Löw ... Ganz zu schweigen von mir selbst, dem rüstigen Rentner. Kein Zweifel, daß es mir seit längerem an weiblicher Nähe und Zuwendung zu mangeln begann.

Am Gartentor erwartete mich, wie lästig, Manfred Pelzer.

Er war mein Nachbar und galt im Dorf als dreister, störenden Mensch, als Eindringling eben. Seit zwei Jahren eingebürgert, ergriff er in jeder öffentlichen Sitzung des Gemeinderats penetrant das Wort. Ihm hing der Ruf einer dunklen Vergangenheit an, da sollten Fäden ins Rotlichtmilieu führen. Gut, das konnte Verleumdung sein, er hatte sich hier viele Feinde gemacht. Er besaß zwei Drittel der Feriensiedlung, die vor Jahrzehnten ohne ihn entstanden war. Unser Bürgermeister hatte von ihm gesagt, er sei einer von denen, die vom ganz großen Geld träumen, aber einfach zu ungeschliffen sind, um es auch wirklich zu kriegen. Es fehlte ihm halt an Bonität: keine Manieren, kein Format. Ganz ohne Aplomb, ohne Stil schafft es keiner.

„Tüchtig, Herr Wendt", rief er mir im Hinblick auf das Fahrrad zu, in seiner Aufdringlichkeit, die kraß abwich von norddeutscher Zurückhaltung. „Immer in Form bleiben!"

„Man bemüht sich", knurrte ich und schickte mich an, aufzusteigen.

Pelzer genügte das nicht, breitbeinig stand er mir im Weg, unbekümmert um das, was ich vorhaben mochte. Er war nachlässig gekleidet, hatte die Figur eines Boxers und das dazu passende Gesicht. „Nur ums mal festzuhalten, ganz nebenbei", trompetete er, „das Dach ihres Schuppens steht ein Stück über. Es ragt glatt zwanzig Zentimeter auf meine Hecke."

„Wollen Sie denn, daß ich's absäge?"

„I wo", sagte er kumpelhaft. „So genau pißt kein Edelmann. Es bewässert mir ja die Hecke ... Aber mal ehrlich, Nachbar, für wen strampeln Sie sich jetzt ab? Verbrecherjagd, das ist doch vorbei bei Ihnen, und tischlern tun Sie auch nicht mehr. Also was bleibt noch – fit sein für den Spaß mit Weibern?"

Verdutzt sah ich ihn an. Das war frech, es verdiente keine Antwort. Auf Pelzer einzugehen, gar Privates mit ihm zu erörtern, das schien mir unter all den närrischen Dingen meines Lebens wohl das dümmste zu sein. Was zum Teufel will der Kerl von mir? Er ist gar nicht der Typ, der die Zeit totschlägt mit Geplauder am Gartenzaun. Jeder Schritt, den er tut, dient seinem Vorankommen hier bei uns. Er sieht zwar aus wie der

Türsteher eines Nachtlokals, ist aber verdammt raffiniert. Ach, ihm lag wohl bloß daran, seinen bedrohlichen Ruf zu stärken. Denn als ich, knapp nickend, nun an ihm vorbeischob, da fügte er schnoddrig hinzu: „Falls Ihnen die Damen in der Kreisstadt nicht liegen – ich kenne in Rostock auch ein paar Adressen."

„Wie schön für Sie, Herr Pelzer." Ich schwang mich aufs Rad und trat zu.

„Für einsame Herzen", sagte er noch; bloß um das letzte Wort zuhaben. Das war ihm immer wichtig.

Der Pfad am Rande des Steilufers hatte tückische Stellen voll lockerem Sand, aber ein böiger Rückenwind unterstützte mich in dem Wunsch, mein Gewicht zu halten und möglichst ein bißchen jünger zu wirken als 68. Wer rastet, der rostet. Das Ziel ist nichts, die Bewegung alles. Gut eine Stunde im Sattel, Bettina würde staunen – oder doch so tun, als imponiere ihr das. Insgeheim lag mir an derlei Anerkennung. Es fehlt einem was, wird man von keiner Frau mehr bemerkt.

Diesen Mangel schien sogar Pelzer zu wittern. Das Ärgerliche an seiner Flapsigkeit war ja, daß er damit nicht ganz daneben lag. Er sah halt den virtuellen Freier in mir und würde, falls das Gerücht stimmte, auch nicht zögern, mich entsprechend zu bedienen – bloß weil ich im Gemeinderat saß. Zwar nicht im Bauausschuß, dem sein höchstes Interesse galt als Besitzer etlicher Grundstücke, die noch kein Bauland sind. Aber in seinen Augen doch mitzureden hatte, wenn demnächst sein Plan, einen mondänen Golfplatz zu schaffen, zur Abstimmung kam.

Jetzt erst fiel mir wieder ein, daß Löw und Pelzer gleichaltrig waren, beide Mitte 50, einst sogar dicke Freunde gewesen! Kaum faßbar bei ihrer Verschiedenheit. Damals in Brandenburg, hatte Helmut Löw mir erzählt, gab es in seiner Schulklasse drei Gruppen: die Streber vorn, die Lümmel hinten, dazwischen der Durchschnitt. Für Löw, den permanent Klassenbesten, kam nur die erste Reihe in Frage. Pelzer drückte sich hinten herum, bei den Schlägern und Komikern. Trotzdem, die zwei verbündeten sich, da sie einander ergänzten. Löw half

Pelzer über die Runden, der bot ihm dafür Schutz vor Angriffen in der Pause und auf dem Heimweg: das klassische Bündnis von Geist und Macht.

Da war die schöne Bettina noch gar nicht auf der Welt gewesen. Übrigens auch nicht, als ich Mitte der 70er Jahre Helmut Löw kennenlernte. Zu jener Zeit war ich mit Leib und Seele Kriminalist gewesen. Und man hatte mich, den Hauptmann der Volkspolizei, dienstlich beauftragt, ein Team der DEFA zu beraten, in dem Löw den Ton angab. Dieser junge Filmautor schien wider die Regel der Platzhirsch zu sein. Er improvisierte flott, wich gern vom eigenen Textbuch ab und drängte die wirkliche Hauptperson, den Regisseur, in puncto Dialog und Handlungsablauf leicht an den Rand. Das glückte ihm nur, weil die Regie in der Hand eines farb- und einfallslosen Absolventen der Filmhochschule lag. Gedreht wurde nahe dem Bodden, und Löw hatte es sich in den Kopf gesetzt, seinen *Polizeiruf* mit Irrtümern und Pannen der Ordnungskräfte zu starten: zugunsten des „menschlichen Faktors“, der „Plausiblität und Dynamik“, wie er es nannte. Er drückte sich oft pompös aus, nicht immer begriff ich ihn, doch den Drehstab beeindruckte das. Sein Vokabular überzeugte oder schüchterte die anderen ein.

Mich freilich nicht; ich mußte ihn bremsen. Ihm war nämlich der Einfall gekommen, die Polizei zu blamieren, zum Ergötzen des Kino-Publikums; was sich grundsätzlich von selbst verbot. Die Genossen sollten mit ihrem Patrouillenboot immerhin Strolche stellen, amateurhafte Einbrecher und Asoziale, die Sommerhäuser redlicher Bürger vom Bodden her anliefen, sie aufbrachen und leerräumten, um mit dem Diebesgut übers Wasser zu verschwinden; anfangs spurlos. Und als das Kreisamt endlich Lunte roch und selbst ein Boot schickte, da schwebte Löw vor, es im Flachwasser jäh auflaufen zu lassen, wobei die Staatsmacht baden ging. Ihn faszinierte der pure Schauwert: ruckartig schlugen die Uniformierten hin auf Deck, einer ging sogar über Bord. Das mochte tatsächlich so schon passiert sein – ein Polizeiboot hat stets mehr Tiefgang als eine Segeljolle –, doch es im Film zu zeigen, war völlig daneben. Das hieß doch bloß

„dem Affen Zucker geben", wie ich sofort erklärt hatte. Niemals würden meine Chefs für solch eine Lachnummer Kräfte hergeben.

Bei diesem ersten Konflikt verblüffte mich Löws Einsicht, seine Bereitschaft zur Selbstkritik. Er hatte das Abwegige der Idee erfaßt, strich die Szene und dankte mir unter vier Augen auch noch dafür, ihn vor dem Mißgriff bewahrt zu haben. Mit seinem Hang, sich gehoben auszudrücken, nannte er den eigenen Einfall „grenzwertig" – was ich nicht gleich verstand. „Nicht wahr", hatte ich deshalb nachgehakt, „Sie wollen doch realistisch sein und keinen Ulk oder Schwank abliefern."

„Es ist nicht allein eine Frage des Genres, Genosse Hauptmann", war Löws Antwort gewesen. „Da hat mich der Teufel geritten, den Klassenstandpunkt mal glatt zu vergessen, im Eifer des Gefechts ..." Das klang damals ebenso aufrichtig wie politisch korrekt, es hatte sich mir eingeprägt. Gewisse Aussprüche, ob wichtig oder nicht, haften halt im Gedächtnis.

Ach, lang war's her! Bilder aus einer Zeit, die mich heute eher plagen, mit dem vagen Gefühl der Trauer, des Bedauerns über den Untergang einer Ordnung, für die ich einst tapfer gestanden hatte. Helmut Löw allerdings, dank seiner beweglichen Phantasie, spielte oft mehr, als für etwas zu stehen. Es war manchmal schwer gewesen, überhaupt mit ihm zu streiten. Intuitiv nahm er möglichen Widerstand schon im Vorfeld wahr und wich Zusammenstößen aus. Die Gabe des großen Überblicks. Wie aber befähigten ihn Versöhnlichkeit und Künstlertum dazu, im Konkurrenzkampf heute zu bestehen? In dem Punkt gab er mir nicht weniger Rätsel auf als in seiner Beziehung zu Bettina, seiner reizvollen Gefährtin ... Der Professorensohn und das Arbeiterkind, das er zärtlich Betti nannte; vielleicht schätzte er ja ihre Unterlegenheit, die sie zu ihm aufblicken ließ?

Einiges von dem ging mir durch den Kopf, während unter den Reifen meines Trekkingrads aus dem Sandweg ein Asphaltband wurde, das hinter den Dünen auf der Deichkrone lief. Bei dem Windrad, es war das erste hier gewesen, verengte sich der

Landstrich zwischen Bodden und Meer. Links zog ein Zeesenboot vorbei, es lief südwärts, nur unter zwei seiner fünf braunen Segel. Ein Anblick, der mich daran erinnerte, selbst kein Segler mehr zu sein. Ich hatte mein Boot verkauft und dem Sportclub adieu gesagt, weil das Drum und Dran zu teuer geworden war: die Reparaturen und Bootspflege, der Mitgliedsbeitrag nebst Liegeplatz. Aber der betrübliche Verzicht entlastete mich auch, ich mußte nicht mehr so peinlich aufs Wetter achten oder nach einem Segelpartner suchen.

Ich fuhr jetzt über historischen Grund. Hier mündete einstmals der Bodden, gespeist von dem Flüßchen Recknitz, in die Ostsee. Die Öffnung war erst verlandet, als die Hanse dort anno 1398 Schiffe versenken ließ, damit ihr die Stadt Ribnitz als Konkurrenz zu Rostock und Lübeck nicht in die Quere kam. Sogar der berühmte Klaus Störtebeker hatte die Passage ständig benutzt. In Erinnerung an seine Vitalienbrüder – auch Likendeeler genannt, also Gleichteiler – hieß die Bucht früher Störtebeker-Hafen. Genau an der Stelle hatten sich Sturmfluten noch mehrfach in den Bodden ergossen. Über sechs Jahrhunderte, ja bis heute, gab es öfter Bestrebungen, den Durchstich zu erneuern; natürlich aus kommerziellen Gründen. Zuletzt, um gutbetuchte Segler in den Bodden zu locken. Nachdem die Russen 1994 den Flugplatz Püttnitz geräumt hatten, sollte dort eine Marina entstehen.

Ja, es boomte der Tourismus ... Aber noch vor 150 Jahren, als es den Deich noch gar nicht gab, hatten Schmuggler ihr schweres Boot hier, knapp hinter Wustrow, über die Landenge gezurrt, weil sie merkten, daß ihnen preußische Zöllner den Ausgang des Boddens versperrten. Mit ihrem Schleichgut waren sie auf die stürmische See ausgewichen, hatten das Leben riskiert für ein paar Dutzend Säcke voller Salz, das in Preußen besteuert wurde, in Mecklenburg nicht. Diese Armut damals, unvorstellbar! Viel später erst brummte das Geschäft mit dem Urlaub am Meer.

Übrigens nutzte ab Mai 1962 dann sogar ein US-Geheimdienst diesen schmalsten Punkt des Fischlands zum Transport.

Statt Salz schmuggelte die National Security Agency (NSA) freilich Menschen. Es ging den Amis um das Ein- oder Ausschleusen ihrer Leute – erschwert seit dem Bau der Mauer in Berlin. Dazu dienten Mini-U-Boote und Container, eben das Arsenal moderner Tauch- und Landetechnik. Die NSA-Kampfschwimmer peilten gern den Strand in Höhe des Turms der Seefahrtschule an. Die vielen Studenten der Hochschule im Dorf boten hinreichend Deckung. Und die Container, zwei Meter lang, waren nahe dem Barnstorfer Ufer unter Wasser im Saaler Bodden geparkt. Darin karrte man dann die Agenten, wie einstmals das Salz, über die Landenge.

Bis Juni 1963 waren 13 Schleusungen so gelaufen, in beiden Richtungen. Auch andere Stellen wählte man, bis die ganze Sache im Hochsommer 1966 aufflog. Das hatte ein Rostocker Marinehistoriker namens Rudek erst kürzlich in akribischer Archivarbeit rekonstruiert. Und mit einer Veröffentlichung in der Presse, der ein Buch folgen würde, erstmals begründet, weshalb sich DDR-Bürger ab 1966 nachts nicht mehr am Ostseestrand aufhalten durften; zum Verdruß all derer, die das bis heute noch als reine SED-Willkür ansehen.

Links nun der Campingplatz für Urlauber mit Wohnmobil, im Spätherbst verlassen. Und dort, ganz im Hintergrund, das Wäldchen, in das sich die neue Feriensiedlung schmiegte – Bungalows, von Manfred Pelzer selber aufgestellt. Sein zweiter großer Coup, ortsintern mit dem Spottnamen „Pelztierfarm“ belegt. Als Objekt des preiswerten Massentourismus den Gastwirten ringsum ein Graus. Nachbar Pelzer: volksnah, unbeugsam, beharrlich. Stur wäre ein anderes Wort gewesen, penetrant ginge auch. Ein Kerl mit dem Gemüt und der Zugkraft eines Traktors, immer auf Beute aus. Wenn er lacht, sind die Augen nie daran beteiligt. Die *Ostsee-Zeitung* hat ihn nett porträtiert, als Jungunternehmer und Leistungsträger. Auch sein Bild gebracht, nachdem er´s geschafft hatte, die Lokalredaktion für sich zu gewinnen – wie wohl, nur mit rauhem Charme? Breitbeinig stand er im Blatt, jedem Gegner trotzend, ein Robin Hood der Küste, fähig, Amtsbescheide auszuhebeln, per Gerichtsbeschluß. Bürger wie er, hieß es im Blatt, sorgten schließlich dafür, daß der frische Wind des Wachstums bei uns wehe und aus verschlafenen Badeorten kein Museum werde, kein Reservat für feinsinnige Künstler oder Asyl für Größen von gestern.

Damit meinte der Redakteur vielleicht Leute wie Egon Krenz, dessen rohrgedeckter Katen jetzt schräg unter mir auftauchte. Damals im Wendeherbst war er für kurze Zeit die Nummer eins gewesen: Generalsekretär jener Partei, der ich als Polizeioffizier natürlich angehört und von der ich mich – halb enttäuscht, halb widerstrebend – später getrennt hatte. Aus rein beruflichen Gründen, nämlich um weiterbeschäftigt, das heißt als Oberkommissar verbeamtet zu werden. Für drei Jahre bloß, dann hatte man mich gekippt, recht intrigant, und ich ging ins erlernte Handwerk zurück. Bis der Bauboom hier auslief und auch in der Tischlerei Schluß für mich gewesen war.

In Krenz hatte ich strammen Ersatz für den kranken und glücklosen Honecker gesehen und kaum mit ihm sympathisiert. Er war mir schon als FDJ-Chef zu vollmundig gewesen, programmiert auf Optimismus. Kam man anders nicht nach oben? Erst sein Buch „Herbst 89“ ließ mich besser von ihm denken. Der Ton überzeugte, die ehrliche Darstellung seines Scheiterns. Beim Lesen ging mir auf, daß auch kein klügerer oder stärkerer Mann die Partei und den Staat hätte halten können, weil ihm das ganze Umfeld ja wegbrach, mit dem Rückhalt aus Moskau ... Das hatte ich Krenz kürzlich geschrieben, ihn um ein ergänzendes Gespräch ersucht, und war darauf ohne Antwort geblieben. Vermutlich hatte der genug, nicht nur von gierigen Reportern, sondern auch von Ex-Genossen wie mir, die einst, ihrer Vernunft oder den Zwängen folgend, die Partei verlassen hatten.

Und der ich mich allmählich wieder näherte – nicht erst, seitdem sie *Die Linke* hieß. Meiner Zuwendung lag übrigens etwas zugrunde, das mich irritierte. Schon in den 90er Jahren hatte ich begonnen, all jene zu beneiden, denen es bedeutend besser ging als mir: die Wendegewinner und Reichen, egal ob aus Ost oder West, Menschen wie Pelzer und Löw. Mein Groll galt dabei weniger bestimmten Personen als vielmehr der Ordnung, die sie begünstigte, also dem Profitsystem an sich. Erwies es sich doch bei all dem sichtbaren Glanz letztlich als das, was die Partei einst dazu gesagt hatte, in ermüdender Wiederholung. Trockener Lehrstoff und dennoch wahr: der Leistungsdruck, die Ausbeutung, das ständige Umverteilen von unten nach oben; Schröders Sozialabbau und die Aldi-Brüder, beide je 17 Milliarden schwer! „Der Aufschwung kommt bei den Menschen an"? Da hat Frau Merkel sich geirrt, doch für den Abschwung stimmte es. Der Finanzcrash schlug glatt durch. Selbst das Lokalblatt aus dem Hause Springer verglich die Krise mit dem Niedergang vor 80 Jahren, der in den Krieg geführt hatte.

Das hätte mich nicht stören müssen. Mich reizte bloß, wie da aus Ressentiments ein Weltbild entstand (das auch noch dem alten glich). Gewohnt, die eigenen Motive zu hinterfragen, merkte ich, daß mein Denken in den Strudel persönlicher Interessen geriet, durch die mißliche Lage. Neid war gewiß nichts, das mich erleuchten und mir den Lauf der Welt hätte deuten sollen! Zwar, die Mehrheit urteilte so aus dem Bauch. Mir aber ging es ums Analysieren. Ich war doch ein heller Kopf und glaubte mich denen überlegen, die instinktiv reagierten, sich ablenken oder beschwatzen ließen. Und nun begriff ich, nicht besser als der Rest zu sein. Auch bei mir reichte der Blick auf steigende Preise und auf die schmale Rente hin, eine bessere Welt zu fordern: Gerechtigkeit nicht nur für mich und meinesgleichen, sondern für alle, bis hin zu den Ärmsten in der Dritten Welt.

Wie freilich sollte das gehen? Hatte ich´s nicht eine Nummer kleiner? Zurück in die Vergangenheit führte kein Weg. Der Sozialismus hatte verloren, diese Zeit war tot und begraben. Ach, da war nichts mehr zu hoffen.

Bettina Löw empfing mich herzlich wie einen Retter. Mit einem richtig warmen Lächeln umarmte sie mich, schmiegte sich mir sekundenlang an. Ich spürte ihren Duft, den leisen Druck ihrer Brüste und fand es schön, daß eine Hausfrau sich heutzutage noch so freuen kann über einen Gast, der nicht mal Blumen für sie hat. Sie bat mich an den Kaffeetisch, unsicher, wie ich es aufnehmen werde, daß Helmut fehlte, der mich ja hergebeten hatte. Doch, er sei daheim, oben unterm Dach – in schwierigem Gespräch mit seinem hiesigen Rechtsanwalt. Der sei überraschend erschienen, während meine Ankunft sich, wohl durch das Radfahren, verzögert habe ... „Schön, Christian, daß du noch so sportlich bist", fügte sie hinzu.

Das tat mir gut. Ich setzte mich in dem Gefühl, gerade in Abwesenheit des Hausherrn willkommen zu sein. Mir übrigens fehlte Helmut Löw auch nicht, ich genoß es, mit Bettina allein zu sein, die eben sagte: „Wer weiß, wie lange es noch dauert. Wir fangen ruhig schon an."

Sie schenkte Kaffee ein, und wie Verschwörer machten wir uns über den Kuchen her, leichte Apfeltorte, von ihr selbst gebacken. Bettina sah adrett aus in Jeans und Pullover, das ländlich Zwanglose hob noch ihren Reiz: eine brünette Schönheit selbst nach dem strengen Maßstab der Hauptstadt. Der spitze Haaransatz ließ ihr Gesicht herzförmig erscheinen, mädchenhaft lieblich. Ich gönnte Helmut alles, außer dieser Frau.

Denn was, so fragte ich mich, verband die zwei wirklich, paßten sie zueinander? Helmut war Professorensohn, hatte selber studiert, Journalistik in Leipzig. Ein wacher Intelligenzler, vielseitig, belesen, amüsant. Offenheit und Anpassungskunst verbanden sich in ihm zu dem Talent, Freundschaften zu pflegen. Bettina dagegen wirkte verspielt – neben ihm still, manchmal schüchtern. Ein Arbeiterkind eben, das es gerade mal zur Kindergärtnerin und schließlich zur Praktikantin in Löws Büro gebracht hatte. Was konnte sie dem geistig bieten?

Ich hegte da Zweifel. Seine frappierenden Ideen fielen doch kaum auf fruchtbaren Boden bei ihr; was aber die Zweisamkeit durchaus nicht trübte. Sie hatten zwar nicht geheiratet – hinter ihm lagen, ganz wie bei mir, schon zwei Ehen –, doch sie war ihm eine rührend anhängliche Gefährtin. Wenn sie sich auch schwerlich über die Wünsche und Erwartungen der Schicht, aus der sie kam, erheben konnte.

Das hatte sich mir im Vorjahr gezeigt, als wir am Strand entlang schlenderten und sie, mit Blick zu den zwei Bauten auf der Düne, kindlich stolz gesagt hatte: „Ein schöner Besitz!" Beide Häuser, das brandneu-skurrile und das ehrwürdige von 1890, waren höchst unterschiedlich. Doch sie gehörten Helmut Löw, waren sein schuldenfreier Besitz, und er war der Mann, auf den sie ihr Leben gegründet hatte.

Eigene Ansichten vertrat Bettina am liebsten außerhalb seiner Hörweite. Löw schnitt ihr manchmal das Wort ab, im Gestus des Kavaliers, der sie davor schützt, sich zu blamieren. Wußte er doch in der Tat fast alles besser. Es war auch eine Frage der Redezeit, die immer mehr ihm zustand als ihr. Jetzt fehlte der Druck, unser Gespräch streifte sogar die USA, kein Wunder so kurz nach Obamas Wahl.

„Ich bin froh, daß er gesiegt hat", meinte sie, und ich stimmte ihr gern bei. Dieser Mann bot eine seltene Mischung von Strahlkraft und Bescheidenheit, militante Töne sparte er aus, und Allmachtsphantasien im Namen Gottes schienen ihm fremd zu sein; obwohl auch er an das Einmalige seines Landes glaubte.

„Ich find ihn toll", sagte sie. „So cool und elegant."

„Vielleicht bleibt seine Wahl bloß ein Symbol. Trotz bester Absichten, all die Zwänge wirken ja weiter. Immerhin kommt er aus Illinois wie Abraham Lincoln, und wie der aus kleinen Verhältnissen ..."

Um ihr nicht zu mißfallen, verschonte ich sie mit Politik und wandte mich ihrer Katze zu, die sich an meinem Bein rieb. Sie hieß Baffi und wurde von Bettina innig geliebt. Baffis mangelnde Scheu vor mir hielt sie für ein gutes Zeichen. In ihren Augen sprach es so für mich, daß ich selber anfing, das Tier nett zu finden. Es beschlich, besprang und jagte fast alles, was sich am Boden bewegte. Dieser durchaus männliche Trieb war mir ziemlich nahe.

Baffi, teilte Bettina mit, war noch keine zwei Jahre alt und eigentlich auch ein Kater. Da sie ihn nicht kastrieren ließ, neigte er zum Streunen; sein Revier markierte er mit Urinspritzern. In Berlin lieferten ihm Rivalen blutige Kämpfe, hier aber hatte er keinen Feind – außer den gräßlichen Kötern aus der Feriensiedlung, die in der Saison zum Hundestrand strebten. Erbarmungslos hetzten die Baffi bis an den Zaun! Noch mehr freilich litt er während der Fahrt an die See, da machte er sich unglaublich flach und kroch unter ihren Sitz, anders als Helmut vom satten Klang des Porschemotors mitnichten erbaut ... Ich hatte den Eindruck, Baffi sei ihr ebenso wichtig wie sonst einer Frau das Baby. Meine Chance, ihr Herz zu gewinnen, blieb dagegen gering.

Während ich das champagnerfarbene Tier streichelte, bis es zu schnurren begann, sah Bettina mich so an, als sei da noch manches zu sagen, das besser unausgesprochen blieb. Ihr Blick und die übrige Körpersprache verrieten schon Sympathie.

Der alte Fachwerkbau war sehr geräumig, doch auch hellhörig. Es drang Gemurmel zu uns herab, so daß ich schließlich fragte: „Weißt du, worum es geht da oben?"

„Bloß ungefähr ... Nein, Christian, eigentlich nicht."

Er zog sie also da nicht hinzu; das sah ihm ähnlich. Etwas in ihrem Ton bewog mich, die Frage anders zu stellen. „Seid ihr deshalb nochmal gekommen – wegen seines Anwalts?"

„Wir sind hauptsächlich wegen Pelzer hier."

„Meinem Nachbarn, Bettina?"

„Der ist auch unser Nachbar, leider!"

„Ja, ich weiß. Kein freundlicher Zeitgenosse. Sackt ringsum alles ein, was ihm unter die Finger kommt."

„Mußte er sich auch noch hier einnisten, mit einer zweiten Feriensiedlung? All die Menschen zur Hochsaison, und der Hundestrand direkt vor unserer Nase! Es war Helmuts größter Fehler, dem Kerl die Küste schmackhaft zu machen, ihm zu schreiben, vor gut drei Jahren."

„Wie denn, er hat ihn erst hergelockt?"

„Sie sind doch mal dicke Freunde gewesen, unzertrennlich

in der Schule. Und wir fanden so schwer Anschluß in der Gegend. Die Einheimischen haben uns wohl für Wessis gehalten und scheel angeguckt. Nie kam ein gutes Wort von denen."

„Und da ist Helmut dieser Schulfreund eingefallen? Du, ich sehe keinen Zusammenhang. Unfaßbar, nach so langer Zeit."

„Nein, es gab auch später noch Kontakt. In den 80er Jahren ist Pelzer Brigadier gewesen, Meister in einem Baubetrieb, und Helmut hat über ihn geschrieben. Einen Mehrteiler fürs Fernsehen, über so 'nen tollen Bestarbeiter. Hat selber einen Preis dafür gekriegt."

Das war mir neu. Bettina sah mich zweifeln, flink stand sie auf und suchte im Rollschrank nach einem Beleg für ihre verblüffende Mitteilung. Selber erinnerte ich mich solch einer TV-Sendung nicht, nie hatte Helmut die erwähnt. Neben dem Schrank hafteten ein paar seiner Slogans an der Pinnwand. „Das Meer – so nah", las ich, und „Deutschland bewegt sich" und „Fit statt fett" und „Für ein lebenswertes Land". Er schätzte kurze, frohe Sätze; auch im Urlaub fielen die ihm ein. Sogar Staatstragendes kam von ihm. Auf einem Plakatfoto bedeckte Claudia Schiffer ihre Blöße mit einer wallenden Fahne der Bundesrepublik, um fremdes Kapital ins Land zu locken, natürlich auf englisch: *Follow your Instincts. Invest in Germany. Land of Ideas.*

Das Drehbuch fand Bettina nicht, nur eine Pressemappe dazu. Es waren Ausschnitte aus alten SED-Blättern. Die hatten Manne Pelzer zum Aktivisten oder Helden der Arbeit erklärt, im Stil jener Zeit. Und damit, sagte Bettina, sei ihrem Helmut ein schlimmer Stoff aufgehalst worden, die härteste Nuß seiner Laufbahn. Er habe das bloß angepackt, weil er sich nach einem journalistischen Ausrutscher bewähren mußte – an der Basis, wie es damals hieß.

Diesmal ließ ich sie ausreden, sagte kein Wort und hörte von ihr, wie sie Helmuts Dreh pries, sich sauber aus der Affäre zu ziehen. Er hatte die Schulfreundschaft erneuert und für sein Szenarium genutzt. Manfred Pelzer gestand ihm nämlich, durchaus kein Wühler wie Adolf Hennecke zu sein, der sich einst im Bergbau total verausgabt hatte. Die Lobhudelei in der

Presse war ihm peinlich gewesen, das kam bei den Kollegen schlecht an. Seine Brigade brach die Norm nur dank der Findigkeit des Meisters: schlau im Auftun knappen Materials, auf dem Tauschwege von ihm ergattert! Und eben das habe Helmut so flott gezeigt, daß all die Mängel der Planwirtschaft das Publikum zum Lachen brachten und die Arbeitskollegen sich halbwegs wiederfanden in dem Film, der „Manne der Zauberer" hieß, recht spritzig. Mit Humor und Ehrlichkeit habe Helmut die schwierige Aufgabe gelöst; und in all den Gesprächen kamen die Schulfreunde einander wieder nahe. Ein namhafter Darsteller, der wegen seines kantigen Gesichts als proletarisches Urgestein durchging, habe stark und pfiffig den Manne Pelzer gespielt. Der sei Helmut schließlich echt dankbar gewesen – und jetzt das!

„Ja, was hat er denn gegen euch?"

„Das kapiere mal einer", seufzte Bettina. „Der Kerl ist uns ein Rätsel! Wir fragen uns längst, was treibt ihn an?"

Das hatte sie übrigens, wie mir einfiel, bei meinem letzten Besuch schon einmal gefragt, worauf Löw pompös erwidert hatte: „Solch machtvolle Frage läßt sich nicht unterdrücken ..." Er sagte es obendrein auf englisch: „You can´t suppress such a powerful question; never stop asking, sweetheart." Er wußte natürlich, sie sprach kein Englisch, und genoß ihren fragenden Blick. Entlarvend, die Freude an seiner Dominanz. Das war manchmal störend an ihm, stets mußte er tonangebend sein, auch auf Kosten seiner Frau. (Inzwischen hatte ich entdeckt, dies war bloß so ein Spruch gewesen, er hatte da den Slogan von *BBC World News* zitiert; sein Kopf enthielt auch viel Werbemüll.)

Die Treppe knarrte, wir traten ans Nordfenster und sahen die beiden aus dem Haus kommen. Mit seinem Anwalt, einem Herrn in richtigem Anzug, ging Helmut auf den Neubau zu, in dem die zwei verschwanden. „Ich hab´s ja geahnt, es geht wieder um `Pemba´", sagte Bettina.

„Pemba“, so hatte Löwe sein schickes Gästehaus getauft, weil der Vorbesitzer das Anwesen „Sansibar“ genannt hatte und Pemba im Indischen Ozean die kleinere Nachbarinsel war. Das schien hier ortsüblich, es hatte Tradition. Die strandnahen Häuser des Seebads stammten nämlich aus der Zeit um den Ersten Weltkrieg, als man noch gern an Deutschlands reichen Kolonialbesitz dachte. Einige Häuser am Küstenweg hießen folglich „Tsingtau“, „Windhuk“ oder „Samoa“. Inzwischen wurde die Kaiserzeit wieder geschätzt, sie lag weit zurück, ihre Schatten waren vergessen. Im Nachbardorf Wustrow stand am Haus des Gastes in erhabenen Lettern: *ehem. Kaiserliches Postamt*, ohne daß es Einspruch gab.

Einstmals hatte der Herr von „Sansibar“, ein Kunstmaler, ein hölzernes Atelier daneben auf die Düne gestellt, um bei der Arbeit ungestört zu sein. Löw hatte es abgerissen und durch „Pemba“ ersetzt, ziemlich gewagt und auffällig. Er durfte die Düne wohl neu bebauen, weil auch das Atelier dort vorher Bestandsschutz genoß. Vielleicht hatte er dem Kreis um Bürgermeister Kesselring Rabatt eingeräumt für die gekonnte Tourismus-Werbung? In meinem Dorf war solch ein Deal schwer denkbar. Unter Rudi Feinbolz hörten wir auf kunstsinnige Leute, die sich gegen ein Verhunzen des Ortsbilds stemmten.

Verhunzung? Davon konnte keine Rede sein. Aber etwas schräg wirkte „Pemba“ auf mich doch, wie es da, drei oder vier Etagen hoch, in den Herbsthimmel ragte und sich über das Meer erhob, das im Feuer der sinkenden Sonne funkelte. Löw hatte einen Rundbau geschaffen, der sich nach oben verjüngte. Dem Ortsbild zuliebe war reichlich Schilf verwendet worden, wie es von ihm an der Windmühle des Nachbarorts bemerkt worden war. Die Fenster aussparend, umschloß Schilf das Haus von oben bis unten. Nur die Kuppel ließ sich so nicht decken, sie bestand aus Glas, und der rundum laufenden Balkon aus Zinkblech wollte zu dem übrigen nicht recht passen.

Der Neubau hatte allgemein verblüfft, boshaft nannte man ihn Leuchtturm. Löw scherte das wenig, lässig steckte er den Spott weg und benutzte das Wort für sein Gästehaus selber. Nur

Bettina übernahm es nicht, für sie blieb es bei „Pemba"; ihr fehlte halt sein dickes Fell.

Mein Blick glitt weg von dem Leuchtturm, hin zu ihr, die nah bei mir stand, vertieft in den Zauber des Himmels, über den die Wolken von Nord nach Süd eilten. Möwen zogen Kreise, stürzten herab oder hielten sich in der Schwebe, während das Meer den Strand überspülte, Wellen mit weißem Schaum, die man weiter draußen nicht mehr unterschied. Ihr Herz hing an „Pemba", sie mochte den kecken Turm mehr als das solide „Sansibar". Ihr Duft und ihre physische Nähe wurden mir schmerzlich bewußt.

Und wieder streifte mich ein Gedanke, den ich niemals äußern durfte; so daß es mich schon beschämt, ihn hier zu erwähnen. Verliert man doch wohl vor jeder Frau das Gesicht, wenn man zugibt, daß einen der optische Reiz mehr fesselt als ihr Wesen. „Du kommst nur durch den Leib an die Seele heran", hatte Löw einmal zu mir gesagt, doch im Hinblick auf mich und Bettina hätte ihn das sehr befremdet.

Im vorletzten Sommer über den FKK-Strand stapfend, hatte ich, wie ertappt wieder wegschauend, an ihr eine Besonderheit entdeckt, die mich länger beschäftigte als vertretbar. Ihre Brüste steckten nämlich, graziös geformt, wie Bordwaffen in dem anmutigen Leib, ähnlich den Enden einer frischen, festen Gurke. Der Anblick war mir in den Schlaf gefolgt, in närrischer Begehrlichkeit wurde ich den Gedanken daran gar nicht los. Und ich hatte mich gefragt, ob Löw etwa auf ein Kind verzichte, damit ihm dies anatomische Wunder unversehrt erhalten blieb. Er hatte aus erster Ehe zwei Töchter, die eine war Ärztin geworden, die andere als Unternehmensberaterin tätig.

Ich wußte, Bettina bewunderte ihn, sie war ihm treu ergeben; und trotzdem, sie schätzte auch mich. Das Lächeln, mit dem sie zu mir aufsah, deutete dies kaum an; es sagte mir dennoch viel. Ich war weit mehr ihr Freund als der seine, sie erschien mir so schutzbedürftig neben ihm, dem Meister des Wortes ... Kein Gespräch war je bis dahin vorgedrungen, ich hatte mich stets auf Andeutungen beschränkt. Man kann solch einer Frau ja nie alles sagen, was einem auf der Zunge liegt ... Nein, ich gönnte sie ihm nicht.

Während wir beide noch am Panoramafenster standen, verließ Löw mit seinem Anwalt den Leuchtturm, aber nicht, um ins Haupthaus zurückzukehren. Sie überquerten jetzt den Küstenweg und verschwanden zwischen Windflüchtern, den dürren Birken und Kiefern des Wäldchens, das Pelzer für seine Bungalows erworben hatte – für teures Geld, unter dem Motto: Was immer im Hinterland geschieht, die Küste gehört den Investoren.

„Nun sehen sie sich auch noch den Schandfleck an“, stöhnte Bettina.

Es kam heraus, Manfred Pelzer hatte dort ganz übel provoziert. Und zwar auf dem Parkplatz der Siedlung, wo öfter sein Trabant herumstand, den er zum Jux hier fuhr. (Außerhalb sah man ihn nie damit, für Rostock nahm er stets den Volvo. Der Trabi sollte den Nachbarn wohl nur zeigen, daß er sich nicht zu fein für den war – oder wie weit die Tristesse der DDR hinter ihm lag.)

An diesem zentralen Punkt mußte jeder vorbei, und Pelzer hatte dort ein Transparent gehißt, das Löw und Kesselring bezichtigte, den Strand und die Düne zu verschandeln, gegen ganz bestimmte Paragraphen und kommunale Beschlüsse. Nun, das kannte man von ihm. So hatte er im Vorjahr bereits meinen Bürgermeister und andere Mitbürger wegen angeblicher Bausünden attackiert. Der Kerl nahm bei fremden Verstößen kein Blatt vor den Mund. Dies sei nun zum Glück endlich ein freies Land, hatte er der Presse erklärt. Und das Lokalblatt hatte ihm darin beigestimmt.

„Du, ich muß wieder los, leider“, sagte ich zu Bettina. Das Alleinsein mit ihr überforderte mich. Ich war versucht, sie zu trösten, ja sie zu streicheln wie in Kind, das traurig ist.

„Das kannst du Helmut nicht antun, Christian.“

„Du, es wird finster, ich hab Gegenwind und kein Licht am Rad.“

„Er bringt dich doch im Auto heim!“

In diesem Moment trat ihr Mann aus dem Wäldchen, ohne seinen Anwalt, dessen Wagen wohl abseits geparkt war. Löw erklomm die Düne federnd, in forschem Schritt. Größer als ich und stets gebräunt, blondgelocktes Haupt einer Firma, die klein ist, aber Spitze. „Für das, was ich mache, reicht es“, hatte er mir mal erklärt. „Ein Einzelner hat das Telefon erfunden, kein Kollektiv. Ich brauche Gehilfen, kreativ bin ich selber.“ Wenn er spricht, huscht manchmal ein Schmunzeln über sein Gesicht. Es ist die Vorfreude auf ein Bonmot, das er schon kennt, sein Zuhörer aber noch nicht ... Strahlend begrüßte er mich, in Wort und Gestik dem Showstar Gottschalk ähnlich. Von ihm ging der Schwung aller Werbung aus, die von Übertreibung lebt.

„Kann Dr. Quast uns helfen?“ fragte Bettina.

„Kaum“, sagte Löw über die Schulter hinweg. Er kauerte vor der Hausbar und kramte in den Flaschen. „Gegen den Text klagen, das läuft nicht, fürchtet er. Das Ding steht auf Pelzers Grund, es stört nicht den Verkehr, und der Text ist zwar rüde, aber nicht direkt beleidigend.“

„Genau wie bei uns“, warf ich ein. „Da hat er das schon mal abgezogen. Feinbolz kam vor Gericht auch nicht dagegen an.“

Bettina sagte: „Stell dir vor, Christian, er behauptet jetzt, von `Pemba´ aus würden die Nacktbader beobachtet! Helmuts Gäste, das wären Spanner, mit Ferngläsern oben auf dem Balkon.“

„Laß gut sein, Kleines“, brummte Löw.

Ich fragte: „Redet ihr denn gar nicht mehr miteinander?“

„Doch, oft genug. Bis zum Frühjahr hab ich´s versucht, ganz fair und sachlich. Obwohl er inzwischen so aussieht, als würde er dir die Nase abbeißen, wenn du ihn reizt. Seitdem ist Schluß. Wie ein Mensch sich doch ändern kann! Er ist zwanghaft aufs Geld fixiert.“

„Damit steht er nicht allein. Immer nach dem Motto: Wer am meisten hat, wenn er stirbt, hat gewonnen.“

„Du sagst es. Bloß noch Gier und Haß! Der Leuchtturm soll weg, davon geht er nicht ab. Den würde er am liebsten einfach in die Luft sprengen.“

„Aber doch wohl nicht als Selbstmord-Attentäter?“ Ich wollte es ins Komische ziehen, damit er beruhigte. „Na ja, vielleicht, wenn dann im Jenseits siebzig Jungfrauen auf ihn warten.“

„Was sollen ihm siebzig Jungfrauen, Chris? Drei Professionelle sind dem lieber.“

„Du spielst auf die Rotlicht-Geschichten an, die da über ihn kursieren.“

„Rotlicht? Du, es ist viel schlimmer. Hinter Manne Pelzer steht die Mafia. Was glaubst du wohl, woher sein Startgeld stammt? Er hat doch keins gehabt. Hier wird Schwarzgeld gewaschen, nicht zu knapp. Ist dir das eigentlich klar?“

„Kann sein, Helmut. Ich kenne das Gerücht. Aber, wenn schon dein Anwalt ziemlich ratlos ist, was könnte ich dann überhaupt für dich tun?“

„Dazu komme ich noch.“ Jäh richtete er sich auf und goß uns Whisky ein, Red Label, den man meist bei ihm bekam. „Eins nach dem anderen, Junge.“ Ich merkte, er stand unter Druck. Derart in Fahrt, vergaß er schon mal die eigenen Grundregeln: halte Blickkontakt, wirke nie autoritär, sprich gedämpft und vermeide ruckartige Bewegungen.

„Der Tag geht und Johnny Walker kommt“, hauchte Bettina. Ein scheuer Versuch, wieder ins Gespräch zu kommen oder die Stimmung zu entkrampfen.

Zu dritt hoben wir die Gläser. Löw nickte mir zu, aufstrahlend: der Existenzgründer und Leistungsträger dem Rentner und Minderleister. Er ließ die Eiswürfel klingeln und schwieg, ganz Boss. Etwa, um sich vor mir aufzubauen? Im Hinblick auf Bettina war das gar nicht nötig, die hing wie üblich an seinen Lippen, in banger Bewunderung ... Dann aber, ganz unerwartet, platzte sie heraus. Es klang nach Empörung, nach Tränen in ihrer Stimme, als sie rief: „Warum sagst du ihm nicht alles, Helmut? Weshalb er uns wegekeln will – was er wirklich vorhat dort am Strand?“

Löw trank aus, er zögerte, wie um der fälligen Enthüllung noch mehr Gewicht zu geben. „Du hast es vorhin bereits ausgesprochen, Chris“, sagte er nun pompös. „Pelzer will die Nummer eins hier sein, der reichste Mann vor Ort. Und nicht nur das, der Rotlichtking will ehrbar werden – das Traumziel eines jeden Mafiosos. Er hat sich im Westen umgeschaut, auf der feschen Insel Sylt, und ein schmuckes Gasthaus namens `Sesam´ dort entdeckt. Der grandiose Grundeinfall: Schlichtheit und Demut! Bloß nicht steif sein, nicht anstrengend sein für die Kundschaft, die gerade vom Shoppen oder vom Baden kommt. Genau so ein Ding will er uns aufs Auge drücken. Also nicht fünf Sterne plus, kein Marmorpissoir, dafür Holzbänke wie im bayrischen Bierzelt, eben ein Strandlokal vorn an der Düne, mit einem Namen, der von mir sein könnte: `Alibaba´. Ganz schön clever, wie?“

„Gut, ich verstehe euch. Aber kann ich denn helfen?“

„Ich denke schon. Ein Mann wie du! Dein Wort in der Zeitung hat Gewicht.“

„Das heißt? Was schwebt dir vor?“

„Sowas wie letztes Jahr bei euch. Schreib einen Leserbrief ans Lokalblatt, als wichtiger Mann der Nachbargemeinde. Man kennt dich im Kreis noch als Kriminalist ...“

„Als Tischler bin ich wohl besser bekannt.“

„Na, wie auch immer.“ Er ließ den Satz in der Schwebe, goß uns neu ein und fügte hinzu: „Was du damals für Feinbolz getan hast, nämlich das Blatt davon abgebracht, auf ihm herumzuhacken, das müßte doch auch im Fall Kesselring klappen. Für die gewählten Vertreter der Gemeinde, gegen gewisse Sonderinteressen.“

Er meinte: für seine eigenen. Gut, ich konnte es versuchen. Wenn mir auch solche Einmischung nicht lag. Ich trat lieber für kleine Leute ein (falls es die noch gab, so dicht am Meer, wo die Grundstückspreise ständig zulegten). Immerhin, manch ein Lokalredakteur verabscheute den Bürgermeister, wenn der es mal mit ihm verdorben hatte, durch rauhe Töne, wie sie leicht fielen im Tagesbetrieb einer Kommune, so daß die Berichterstattung litt. Das alles war absurd, und noch absurder erschien es mir, mich erneut ins Zeug zu legen, damit dieses Paar verschont blieb von lärmendem Getümmel nebenan, nachdem sein Badeplatz schon zum Hundestrand abgesunken war. Ich würde es nur für Bettina tun, weil sie mich hoffnungsvoll ansah und dermaßen an „Pemba" hing.

Löw, nunmehr hochgestimmt, erbot sich, mich nach dem Abendessen heimzufahren. Doch ich bestand darauf, jetzt gleich das Rad zu nehmen – und rollte, im Rauschen und strahlenden Leuchten des Meeres, erleichtert die Düne hinab. Um mich den Sonnenglanz eines leergefegten, fast wolkenlosen Himmels, der freilich bald verblassen würde, und in mir das Bild dieser kindlichen Frau.

Zum Glück flaute mit dem Sonnenuntergang der Nordwind ab, ich kam gut voran auf dem Deich. So flott wohl wie einst Egon Krenz, der hier im letzten Sommer der DDR jeden Morgen exakt 13 Kilometer zu joggen pflegte, zum Verdruß der Leibwächter; so verriet es uns sein Buch. „Ich baue den Frust ab", hieß es da. „Begegnen mir Leute, hab ich ein mulmiges Gefühl. Mir ist, als würden die hinterher rufen: Was willst du hier? Dein Platz ist in Berlin! Sag dem Politbüro, wir wollen wissen, wie´s weitergeht ... Doch keiner ruft hinter mir her, und das ist weitaus schlimmer."

So oder ähnlich, der Passus haftete fast wörtlich in mir. Ahnend, daß der Kronprinz seine Ablösung betrieb, hatte Honekker ihn für vier Wochen in den Urlaub geschickt, angesichts der Katastrophe. Und jetzt, 19 Jahre später, taumelte das Land erneut in die Krise. Eine andere, wer weiß wie tiefe. Die Schlagzeilen des Tages waren: Absturz, Suche nach den Schuldigen, Gier, Unsicherheit, Verluste, Rezession ... Unterwegs auf dem Trimmpfad fragte ich mich, was Löw wohl so lange mit seinem Anwalt beredet hatte, wenn es bloß um eine Schmähschrift ging, gegen die sich rechtlich ja kaum einschreiten ließ. Er hatte das Wort Leuchtturm glatt geschluckt, die Kränkung verschmerzt, was konnte ihn erschrecken an dem Text auf diesem Transparent?

Oder hielt er vielleicht noch etwas zurück? Es kam mir so vor, als sei das Bild nicht vollständig gewesen, das er geliefert hatte, in simplem Schwarzweiß. Verblüffend die Wandlung: aus Pelzer, dem Schulfreund, war erst Manne der Zauberer geworden, und nun ein Schuft mit kriminellem Hintergrund. Zwar, über meinen Nachbarn machte ich mir keine Illusionen, dessen Geschäftsmodell war bekannt: Zehn Prozent Anzahlung vor dem ersten Spatenstich, dasselbe bei Baubeginn, nochmal zehn Prozent zum Richtfest und den Rest erst, wenn das Ganze stand. Nebenbei diskrete Spenden an Leute, die ihm gefällig waren. Alles auf Pump, finanziert von Banken, die inzwischen klamm oder pleite sind; der Kredit jeweils gesichert durch andere Immobilien, die ähnlich belastet oder derzeit schwer verkäuflich sein dürften. Da kommt ein Mann schon mal in Stress und wird womöglich rabiat.

Aber Löw, sann ich weiter, ist der am Ende wirklich besser dran? Er handelt mit Ideen und Erwartungen, und nichts schrumpft bei jäher Hysterie so wie die allgemeine Erwartung. Nach dem Kollaps der Finanzwelt sinkt der Mut zum Risiko, die Angst geht um, auch auf die Werbung schlägt das durch. Es brechen Fernsehspots genauso weg wie Annoncen in den Printmedien, steht das Wasser selbst ihm schon bis zum Hals? Nur keine Panik auf der Titanic, hatte er im September zu mir gesagt, wir kommen mit ′nem blauen Auge nochmal davon ... Das glaubt er natürlich, Zuversicht ist sein Beruf. Die alten Schulfreunde, sie konnten beide längst Getriebene sein.

Und solche Menschen sind gefährlich, auch Löw. Beim vorletzten Besuch hatte ich ihn gefragt: Wie sieht die Welt wohl demnächst aus, nach dem fatalen Crash, der kapitalistischen Kernschmelze, die uns da droht? Noch hält die Schockstarre an, weil keiner weiß, wie tief die Krise greift. Jeder fünfte Deutsche lebt schon in Armut, verschanzt in sein privates Unglück; anderthalb Millionen brauchen staatliche Beihilfe zu ihrem Lohn, sechs Millionen schuften für Niedriglohn, Helmut, ist das gerecht?

Nein, aber vernünftig, hatte er erwidert (mir unvergeßlich). Jeder ist für sich selbst verantwortlich. Etliche müssen halt sozial absteigen, damit preiswert produziert wird, das Land exportfähig bleibt und nicht so weit nach unten rutscht wie damals vor 80 Jahren. Der Sozialstaat muß schlank werden, er wird unser Lebensrisiko nicht mehr, wie in den fetten Jahren, abfedern können; die Zeit der Wohltaten ist passé – oder siehst du das anders?

„Für mich klingt das grenzwertig", hatte ich darauf zu ihm gesagt. „Hast du im Eifer des Gefechts da nicht vielleicht irgendwas vergessen?"

„Und was soll das sein?"

„Zum Beispiel den Klassenstandpunkt."

Er war baff, sah mich ungläubig an, säuerlich lächelnd. Dann schien es, als komme ihm eine Erinnerung, an vage Dinge, die nichts mehr bedeuteten. Unklar blieb, ob er das Wort als Anspielung begriff auf die Filmszene, bei der ich ihn gebremst hatte, zu seinem Glück. Und auf eine Haltung, die wir zwei einmal geteilt hatten. Vor langer Zeit, als dies noch ein Land gewesen war, in dem keiner richtig reich, aber auch keiner bettelarm werden konnte. Damals, als wir noch bescheiden waren, weniger konsumiert und doch sinnvoller gelebt hatten, tätiger zumindest, da niemand vorzeitig weggedrängt oder ausgemustert worden war.

Ich schreibe das rückschauend auf, um den Zustand anzudeuten, in dem ich mich befand. Während mir all dies durch den Kopf ging, hatte ich ohne es zu merken das letzte Stück des Weges zurückgelegt, in fahlem Licht – immerhin, der Mond stand über dem Bodden. Vor meiner Finnhütte fand ich im Briefkasten einen Stoß Prospekte, wie mir schien, und zog das Zeug heraus, um es gleich in die Papiertonne zu stopfen. Werbung! Es war, als habe der Besuch bei Löw meine stille Abneigung gegen das, was er beruflich trieb, noch verschärft.

Eigentlich lag mir, nachdem ich das Haus „Sansibar" verlassen hatte, wenig daran, über Löws Haltung nachzudenken. Der schwamm eben im Strom der Zeit, kraftvoll wie ein Wal im

Wasser des Ozeans. Doch die Prospekte in meiner Hand erinnerten mich an einen Streit mit ihm, den er mit der Feststellung begonnen hatte, das Staatsschiff der DDR habe schon durch die Last des Spitzelwesens sinken müssen: dank ihrer hunderttausend Hauptamtlichen habe die Stasi fünf Milliarden jährlich verschlungen, auf unsere aller Kosten, welches kleine Land hielte das denn auf Dauer aus?

„Werbung läuft ähnlich flächendeckend wie Mielkes Laden!" hatte ich spontan erwidert. „Für Reklame geben deutsche Firmen glatt das Zehnfache aus, rund fünfzig Milliarden pro Jahr. Und beim Kauf der Ware bezahlst du das gleichfalls mit."

„Mielke hat die Leute erschreckt, ich bezaubere sie", hielt er mir prompt entgegen. „Werbung beschwingt, verführt dich zum Konsum, sie ist immer lockend und positiv – natürlich systemkonform, aber auch kreativ. Einflüstern, das will gekonnt sein! Schön, ich gebe zu, sie hat kein Gewissen; eben das bringt ihr Erfolg. Sie dient allem und jedem, und sie lebt vom Slogan, von wunderbaren Bildern, sogar in der großen Politik! Markantes, stark wie *New Deal, New Frontier, Great Society*, ‚gute Nachbarschaft', ‚ruhige Hand', ‚auch du bist Deutschland' ..."

„‚Schöner wohnen', ‚zurück zur Natur', ‚das Leben geht weiter'", warf ich ein, bevor er Seichtes auftischte wie ‚Schlank und schön durch Östrogen' und uns der Ernst abhanden kam. Lustvoll schüttelte er Sprüche aus dem Ärmel, sein Hang, amüsant zu sein, nahm dem Streit jegliches Gewicht. Löw, dachte ich, ist immer ein Spieler gewesen, ein Mann der ironischen Distanz zu allem, auch zu sich selbst. Schon früher hat er den Eindruck erweckt, ihm sei alles schnurz und das Schwadronieren eine Lust, fast soviel wert wie das Ergebnis. Ist nicht das ganze Leben ein Spiel, fragte sein Blick, eine Kette von Zufällen, die im Rückblick wie Schicksal aussieht? Sein Übermut störte mich, wieder mal stand ich vor ihm und Bettina als hoffnungslos gestrig da ... Werbung ist penetrant, fand ich zornig, die beflügelt bloß sinnlosen Konsum, führt in die Schuldenfalle und verdirbt den Charakter.

Aber es war keine Werbung, was ich da wegwerfen wollte,

weil es sich glatt anfühlte und lose, ohne Umschlag, im Kasten steckte, also keinen Absender trug und nach Reklame roch. Der Schein des Hauslichts, das von selbst anging, zeigte mir schrille Sexmagazine, geschmückt mit draller Weiblichkeit. Den Preisaufklebern nach gut 100 Euro wert! Wer, wenn nicht mein aufdringlicher Nachbar, steckte mir so etwas zu? Und zu welchem Zweck? Pelzers anonyme Dreistigkeit ärgerte mich so, daß ich auf der Stelle beschloß, den Brief an die Zeitung zu schreiben, wie mir von Löw nahegelegt. Darin sollte stehen, ein Strandlokal an der Düne wäre keineswegs besser als das originelle Haus „Pemba", dieser behördlich genehmigte Bau, der dank seines kunstvollen Schilfmantels ja ein Zugstück der Nachbargemeinde, ein echter Hingucker sei. Am besten freilich wäre es aus meiner Sicht, man verzichte – wie bei uns im Dorf – zugunsten des Hochwasserschutzes auf jegliche Bauerei in solcher Nähe zur See.

Die Sätze flogen mir nur so zu. Gleich nach dem Abendbrot setzte ich mich und brachte sie zu Papier. Das ging mir flott von der Hand, damals bei der Kripo hatte ich gelernt, knapp und sachlich zu sein. Am Rande des Blickfelds allerdings erwartete mich, als wahrer Anstoß zu meinem Schritt in die Öffentlichkeit, ein Stapel bunter Pornografie. Hatte ich es doch nicht über mich gebracht, die freche Gabe in den Müll zu tun. Man nennt dergleichen ja Schweinkram, schmuddelig zumindest, aber das meint bloß den Inhalt, nicht das Äußere, den Hochglanz, die fotografische Perfektion. Und es setzt eine moralische Haltung voraus, an der es mir schlicht zu fehlen schien. Zögernd gebe ich zu, es lockte mich schon, in den anrüchigen Heften zu blättern ... Obgleich das dem Hang eines Süchtigen ähnelte, der auf Entzug ist. Wo war der Haken? Sex – auch Abbild und Anregung dazu – wurde gekauft oder verkauft, niemals verschenkt.

Drei Tage später kam Tempo in den Ablauf. Mein Text erschien ungekürzt im Lokalteil der *Ostsee-Zeitung*. Sodann rief Egon

Krenz an, er lud mich, einen Rest von Kommandokraft in der Stimme, für Freitag zum Kaffee ein. Und schließlich klingelte Manfred Pelzer bei mir.

Wuchtig stand er auf der Matte, ein Schwergewicht, flinke Augen unter Brauen wie Dachshaarbüschel, um sich wieder von der beklemmenden Seite zu zeigen. Als liege ihm daran, den losen Kontakt zu seinen Nachbarn durch eine Art Drohgebaren zu stärken. „Ich stehle Ihnen bloß drei Minuten ihrer Zeit", knurrte er zur Begrüßung.

„Die müssen Sie nicht stehlen", sagte ich und ließ ihn ein. Wir setzten uns, wobei er fragte: „Sie werden wieder gegen meinen Golfplatz sein?"

„Allerdings. Und Ihre Lebenshilfe stimmt mich da nicht um."

Er blickte verständnislos drein, und ich merkte, er würde nicht zugehen, daß der Sexkram von ihm gekommen war. Also schwieg ich und wartete ab.

„Wissen Sie, Herr Wendt, es gab nie einen blöderen Beschluß, als den Golfplatz abzulehnen. Na ja, der Kurhaus-Quatsch kommt da schon dicht ′ran, aber ich glaube, der Golfplatz gewinnt als dümmste Amtshandlung hier. Da geht dem Dorf ein Haufen Geld durch die Lappen."

„Ist das jetzt Ihr größter Kummer?"

Er schüttelte den Kopf und zog die Zeitung aus der Tasche. Es ging ihm um meinen Leserbrief; den hatte er angekreuzt. „Also, lieber Freund, da pinkeln Sie am falschen Baum", stellte er unverfroren fest. „Wenn überhaupt, dann sollten Sie auf meiner Seite sein, nicht auf der vom Leuchtturmwärter. Auch wenn Sie den Bau da zum Glanzstück hochjubeln, weil Löw ein Kumpel von Ihnen ist."

„Doch auch Ihr Freund! Er hat sie überhaupt erst hergeholt, und nun machen Sie ihm das Leben schwer? Na, das ist kein schöner Zug."

Offensiv sein, mein Rezept – nur, es wirkte nicht bei ihm. „Nehmen Sie ′nen Rat von mir an, ganz umsonst?" fragte er gefährlich leise. „Hände weg vom Nachbardorf! Mischen Sie sich da mal besser nicht ein."

Manne Pelzer, auf Krawall gebürstet. Nicht von ungefähr trat er so auf. Ihm gehörte der Grund, auf dem mein Holzhaus (fast abbezahlt) ja stand. Er konnte mir die Pacht erhöhen, im Rahmen des Zulässigen, da der Bodenwert beharrlich stieg. Er hatte die Luftherrschaft über der Siedlung. „So!" rief er gern, mit scharfem S und kurzem o, stand machtbewußt da, eine Walze aus Willen und Kraft, immer dabei, Bauland zu planieren. Zu ihm fiel im Gemeinderat, in den er selber nicht gelangt war, selten ein böses Wort; seiner stillen Helfer wegen. Nur hinterrücks wurde getuschelt, etwa über die Geldquellen. Und der Bauausschuß? Ein Team, das Grabenkämpfe mied. Gebolzt wurde schon mal, ansonsten siegte der Hang zum Kompromiß; zuviel stand für manchen auf dem Spiel. Da galten die Regeln der großen Koalition. Es war ein bißchen so wie bei einer Sekte, die ihre Rituale hochhält.

Plötzlich, ohne mein Zutun, dämpfte Pelzer den Ton. Spürbar bemüht, mich weniger einzuschüchtern als zu gewinnen, beschrieb er mir seine Lage als recht prekär. Zwar wußte ich, in keiner Branche wird soviel gemauschelt, getrickst und zugleich gejammert wie auf dem Bau. Heute wie früher, immer schon – doch es klang, als habe das Pech ihn nun erst voll erwischt. Zum geltenden Mindestlohn Ost (9,80 Euro) deutsche Handwerker nehmen, das wurde viel zu teuer. Die Zahl der Facharbeiter hatte sich denn auch halbiert seit den 90er Jahren, ohne die billigen Ausländer der Subunternehmer lief nichts mehr! Der Druck dieser Konkurrenz zwang halt zu Dumpingpreisen. Der Mann hatte die Nase voll.

„Kaum noch Gewinn, na, wen interessiert das überhaupt", stöhnte er. „Der Lohnanteil an den Gesamtkosten ist immens! Die Bedingungen jetzt sind einfach erbärmlich ..."

Und die Chefs, ergänzte ich für mich, werden immer skrupelloser. Es war nicht zu fassen, so ein Ausbund an Härte und Durchsetzungskraft saß vor mir und schwatzte sich den Frust vom Leib. Einfach brutal, die rauen Sitten der hemdsärmligen Branche! Da jobbten Knilche aus Rumänien schwarz und zum halben Lohn, falls man sie nicht auch um den noch betrog, jaja.

„Ich rede Klartext, Nachbar, damit Sie kapieren", hörte ich ihn sagen. „Man steht mit einem Bein im Knast, und neuerdings winkt die Bank auch noch ab. Die haben restlos den Glauben verloren."

„Früher war das mal ein reiches Land, heute gehört es den Reichen."

Pelzer überging das. „Mein Strandlokal ist die letzte Chance. Einzig dafür gäb's noch Kredit. Auf drei Kilometer wär es nämlich ohne Konkurrenz. Das Ding ist also gerade noch zu stemmen. Ja, da steht die Finanzierung."

„Aber eben auch der 'Leuchtturm'."

„Genau. Und zwar auf meinem Grund."

„Wie bitte?"

„Das ist nun mal Fakt, Herr Wendt. Mein Streifen Wald, der schließt das Stück Düne mit ein. Wer mir nicht glaubt, der kann ja selber mal ins Grundbuch gucken."

„Und was sagt Helmut Löw dazu?"

„Der denkt, er hat das mitgekauft. Aber es hat nie zu 'Sansibar' gehört. Ihm wird allmählich erst klar, wie der Fall wirklich liegt – daß diese Atelierbude und nun sein Leuchtturm auf meinem Flurstück steht ... Ich hab ihm das Ding ja auch lassen wollen. Hatte echt nie vor, den Arsch da zu vertreiben. Aber Mensch, was bleibt mir übrig? Was soll man denn noch machen, wenn man schon alles gemacht hat, was machbar ist?" Er beugte sich vor und hob die Stimme. „Hören Sie, Nachbar, ihr sperrt euch hier gegen den Golfplatz, da bleibt mir bloß noch das Strandlokal."

„Was für eins soll's denn sein?" fragte ich, um zu vertuschen, daß ich baff war. „'Alibaba', türkische Küche?"

„Ach was! Auch nicht chinesisch oder italienisch."

„Das beruhigt. Also kein Personal aus dem Süden."

Pelzer begriff meine Anspielung, er kniff die Augen ein. „Deutschland den Deutschen", knurrte er. „Kein Restaurantchef aus Neapel oder Palermo – der bin ich dann selbst. Das wird mein Ruhesitz fürs Alter. Sie ahnen nicht, wie mich das schon freut."

Er stemmte sich hoch, wandte sich zur Tür und schloß: „Sagen Sie dem Löw, es nützt ihm nichts, vor Gericht zu ziehen. Da hat er nämlich schlechte Karten. Nächstes Jahr wird neben seinem `Sansibar´ mein `Alibaba´ stehen. Da kann er übrigens mit seiner Donja günstig essen! Er kriegt dann zehn Prozent Rabatt bei mir.“

Ich hatte den Mann unterschätzt, dessen Wendigkeit. Ihm verging die Lust daran, mit Grundstücken zu jonglieren, da wurde er halt Landgastwirt. Das Strandlokal, sein Refugium und Lebensgipfel ... Aber auch Löw hatte mich getäuscht, mir einen Hauptpunkt verschwiegen. Als Pelzer weg war, wählte ich die Nummer des „Sansibar“.

Da keiner abhob, rief ich ihn in Berlin an. Natürlich, die zwei waren ja längst wieder daheim. Ich hatte gleich Bettina in der Leitung, sie hörte sich recht munter an, doch ich mußte behutsam sein. „Wie geht´s euch denn?“ fragte ich erst mal, um nicht zu schockieren. „Alles in Ordnung? Brummt der Laden?“

„Ach, Christian, mach dich nur lustig“, seufzte sie. „Die Stimmung sinkt. Helmut bricht der Umsatz weg. `Die See wird rauher´, hat er gesagt. Überall wird abgebaut, kleingeschrumpft und ausgelagert. Stell dir vor, er überlegt sogar schon, die Zelte hier abzubauen, über kurz oder lang.“

„Was soll das denn heißen?“

„Daß wir hochziehen, an unseren Strand! Ich hänge doch so daran. Und er kann auch von da aus noch weitermachen – na, den Tourismuskram für euch.“

Es verschlug mir fast die Sprache. Der Vergleich mit Pelzers Rückzugsplan drängte sich auf. Niemand fühlt sich mehr sicher, dachte ich, keiner ist unverwundbar, die Suche nach Refugien, nach neuen Rollen beginnt. Und der Zufall will es, daß die zwei einander ins Gehege kommen ... Ich ließ Bettina ausreden, von ihrem erotischen Timbre berührt. Ein subjektiver Eindruck, gewiß; sie war mir eben nahe, als geradliniger, einfacher Mensch von fraulicher Anmut. Schließlich äußerte ich mein Mitgefühl.

„Du bist wirklich ein Freund“, sagte sie.

„Ich kann so wenig tun für euch.“

„Du hörst mir zu, Christian. Ich fühle mich schon besser. Wenn bloß nicht der Streit mit diesem Pelzer wäre. Das kommt ja leider noch hinzu.“

„Der ist vorhin bei mir gewesen ...“ Es kostete mich Überwindung, fortzufahren. „Denk dir, er glaubt, euer `Pemba´ stehe auf seinem Grund!“

„Der spinnt doch. Das hätte er wohl gern ...“

Bettina war so perplex, daß sie mit ein paar Klagelauten den Hörer weitergab an ihren Mann, der offenbar gerade ins Zimmer trat. Ihm gegenüber mußte ich deutlich sein. „Pelzer läßt nicht locker“, teilte ich ihm mit. „Er trat sehr sicher auf. Hast du mir vielleicht etwas vorenthalten, Helmut?“

„Mein Gott, weshalb sollte ich das tun?“

„Keine Ahnung. Er wirkte auf mich völlig überzeugt.“

„Jetzt klingst du wie ein Staatsanwalt, der vergessen hat, sein Magenpulver zu nehmen“, sagte er, nie einem Scherz abhold. „Nein, die Parzelle, auf der vormals das Büdchen stand, dieses windschiefe Atelier, die hat stets zu ‚Sansibar‘ gehört ...“

Obwohl ich schwieg, teilte sich ihm irgendwie mein Zweifel mit, denn er fügte hinzu: „Chris, du kriegst eine Kopie meines Kaufvertrags von 2002. Mach dir nur selber ein Bild. Und schick mir dafür deinen Text aus der *OZ*, für den ich dir äußerst dankbar bin.“

So herzlich, in alter Verbundenheit, endete das Ferngespräch. Bettina ließ grüßen; sie kam nicht nochmal an den Apparat.

Löws Sendung also würde Klarheit schaffen. Von Herzen gern hätte ich ihn im Recht gesehen. Doch beim Warten auf seine Post – nur zögernd gebe ich es zu – griff ich wiederum zu jenen Magazinen. Zweifellos hatte Pelzer die mir zugespielt, um mich mental zu binden, also schlau daran zu hindern, seinen Widersacher zu unterstützen. Das grenzte schon an psychologische Kriegführung. Unter der Maske seiner Großspurigkeit verbarg sich ein Spürsinn, den man kaum bei ihm vermutet hatte.

Anfangs verblüfften und erregten mich die Hefte allein durch das Unverblümte, die grelle Schamlosigkeit in Wort und Bild. Sie hießen *Erotic Art*, *Ecstacy Trio* oder *Backside Girls* und kosteten zehn bis zwölf Euro. Trotz der banalen Kommentare gaben sie exakt, mit nahezu klinischer Präzision bekannt, wie vielseitig Lust gestillt werden kann, welche Varianten da möglich sind. Und seltsamerweise drängte sich mir die Vorstellung auf, als sei auf geheimnisvolle Art eine anständige Frau wie Bettina da mit im Spiel. Angesichts manch bizarrer Position dachte ich an sie, obgleich keines der Models ihr wirklich ähnelte. Wie denn auch, war nicht schon das liebliche Gesicht oder der Schwung ihrer Brüste einmalig? Ja, ich bildete mir ein, sie heftig zu begehren; und nicht bloß dank anatomischer Details, sondern auf Grund ihrer Natürlichkeit, eben des schlichten Wesens.

Aufgeputscht durch die Bilder, in seelischen Ausnahmezustand versetzt, begriff ich: von intensiver Zuneigung läßt sich ein Akt der Lust nicht trennen, das ist doch ein und dasselbe; all unser Wünschen mündet hier. Diese Umklammerung und das Eindringen in den begehrten Leib hatte mir – damals, bei Helga, Jenny oder Nina – mehr bedeutet als alles, was die Welt einem vielleicht sonst noch bot. Das Köstliche der Liebe, der Rausch der blauen Stunde, lange von mir entbehrt, sehr genau erinnerte ich mich dessen. Und dann hob sich mein Blick von dem glatten Papier, ich wollte keine Paarung, wie hier auf Hochglanz dargestellt, ich suchte Wärme, Leben und Aufrichtigkeit.

Das freilich war zuviel verlangt. Es blieb mein Wachtraum, eines morgens aufzustehen und zu spüren, daß ich nicht mehr allein war im Haus, weil jemand wie Bettina es mit mir teilte, wie einst Jenny, und ihr Fluidum mich umfing. Dann würde ich aufhören, in solchen Heften zu blättern und auf verbotene Dinge zu starren, als wäre ich ein Bürschchen, das durch den Spalt einer Badekabine lugt – weil es ja Bettina gab, die sich mir unbewußt darzubieten schien, so daß ich sie an mich ziehen, sie küssen und den Druck ihrer Brüste spüren konnte ... Doch der Traum verblaßte, sobald das bunte Zeug erneut in mein Blickfeld kam; es machte mich wieder zu dem einsamen Mann, der ich tatsächlich war. Dem die Lebensuhr ablief und dessen Rente eben hinreichte, das Haus abzustottern, seine Pacht zu zahlen und halbwegs heil über die Runden zu kommen.

Angelangt in diesem Tief, einem Tal von Selbstmitleid, erinnerte ich mich in einer jähen Verärgerung der stabilen Gesundheit, die ich dem Rhythmus meines Tagesablaufs zu verdanken meinte, schloß rund ums Haus gehend die Fensterläden und legte mich im Dunkeln auf die Couch. Wozu grübeln? Wie von selbst suchte mein Körper sich die beste Ruheposition. Er war gescheiter als ich und gab mir Antwort auf die Frage, was zu tun sei: keine Bilder mehr, kein Fernsehen, einfach Schlaf.

Das Couvert aus Berlin kam per Eilboten in aller Frühe, wie zum Beweis der Wichtigkeit. Es enthielt die Kopien zweier Kaufverträge. Der aktuelle von 2002 besagte, daß Helmut Löw der Erbengemeinschaft des Malers August Mau das Land an der Düne für 390.000 Euro abgekauft hatte, einschließlich des hartgedeckten Fachwerkhauses „Sansibar", das auf der Parzelle 781 stand. Der Vertrag schloß die nördlich angrenzende, fast gleichgroße Parzelle 805/2 ein, auf der Mau sein kleines Atelier errichtet hatte; inzwischen ersetzt durch „Pemba", den Leuchtturm. Quer über das Deckblatt hatte Löw mit grünem Stift geschrieben: „Bitte überzeug Dich selbst – Dein Helmut".

Im zweiten Dokument ging es um den Erwerb des Flurstücks 805/2 durch August Mau. Dieser Vorbesitzer hatte es anno 1973 von der damaligen Eigentümerin des dünennahen Wäldchens gekauft, wegen des geringen Bodenwerts vor der Wende zu dem heute lachhaften Preis von 2.400 Mark. Da es rund 600 Quadratmeter waren, die nach der Tabelle von 1936 (sie galt mit geringem Spielraum in der DDR weiter) jeweils nur 20 Pfennige kosten durften, hatte Herr Mau für das Stück Düne, der Preisvorschrift zuwider, das Zwanzigfache bezahlt. Nur so hatte er offenbar der Verkäuferin den Handel schmackhaft machen können. Um den Aufschlag zu rechtfertigen, enthielt das Papier Hinweise auf „Fundamentreste", die beim Kauf miterworben wurden, sowie auf die Bepflanzung, den Zaun und einen Brunnen ... Ein Trick wohl der siebziger Jahre. Jede Zeit hat ihre eigenen, und sie werden eher verzwickter.

Löw war demnach rechtmäßiger Besitzer. Der Sendung kommentarlos beigefügt hatte er zwei Ausschnitte aus unserem Lokalblatt, auf die ich mich nur noch dunkel besann. Der erste trug die Überschrift *Mafia kauft Hotels an der Ostsee*, er legte auf drei Spalten dar, Italiens oberster Mafia-Jäger habe in einem Bericht an das römische Parlament „schwere Vorwürfe gegen deutsche Behörden" erhoben: das Landeskriminalamt Mecklenburg-Vorpommern, obgleich von ihm längst unterrichtet, gehe mit der Bedrohung lässig um. Der kalabrische Zweig der Mafia sei massiv eingestiegen in das Tourismusgeschäft an der Ostsee, dem schaue die Kripo Schwerins tatenlos zu! Und der Landeschef des Bundes deutscher Kriminalbeamter (BdK), ein LKA-Ermittler namens Buck, stimmte dem Italiener tüchtig bei. „Bedeutende Strukturen und Geldflüsse nach MV waren längst aufgedeckt", so klagte Buck, doch sei das Verfahren bereits 1997 eingestellt worden, „obwohl wir vor dem Durchbruch standen". Und zwar „wegen nicht nachvollziehbarer Befindlichkeiten einiger Vorgesetzter."

Starker Tobak. Das ließ sich als Hinweis auf Korruption verstehen. Kaum verhüllt warf der Mann dem Chef des LKA vor, in den Fall verstrickt zu sein. Der wies das prompt zurück und warnte den BdK davor, „Erkenntnisse aus dem dienstlichen Geschehen zu veröffentlichen". Aha, also ein Maulkorb für Buck – ganz wie vor 14 Jahren bei mir, ehe man mich, da ich in der Affäre des windigen Anwalts Prill nicht still blieb, sondern damit zum *Stern* ging, suspendiert und schließlich geschaßt hatte, mit haltloser Begründung.

Der Artikel war am 23. Februar 2008 erschienen. Er knüpfte an schon bekannte Gewaltakte im Milieu der Rostocker Gastronomie an, von Schutzgelderpressung, Brandstiftung bis zum Mord. Und seltsam, es folgte dazu drei Tage später nur noch als knappe Notiz: die Rostocker Staatsanwaltschaft wolle den Ermittler Buck als Zeugen vernehmen, der da gesagt habe, das LKA oder noch höheren Stellen verhinderten die Aufdeckung der Mafia-Geschäfte im Land. Deren Strukturen hätten sich, laut Buck, entlang der Ostseeküste „verfestigt, weil die Fahnder das Problem verharmlosten oder gar selbst ein Teil davon seien".

Punkt, aus; niemand hakte nach. Damit endeten die Berichte in der *Ostsee-Zeitung*! Komischerweise, hatte Löw auf die Ablichtung der Texte geschrieben, ist hier definitiv Schluß, mehr kommt dazu nicht ... Gewiß, um das kriminelle Umfeld Pelzers anzudeuten, dessen Name in den Texten ja nicht fiel. Mir schien das wenig schlüssig zu sein. Instinktiv hielt ich Pelzer, verglichen mit der Mafia, für ein zu kleines Licht. Sein gestriger Auftritt hatte ihn mir eher als abstiegsbedrohten Mittelständler gezeigt, der ein rettendes Ufer sucht: bereit, jedes Rechtsmittel auszuschöpfen, doch schlau genug, um auf Gewalt zu verzichten; auch wenn ihm an dem Ruf liegen mochte, dazu fähig zu sein.

Und wozu dieser Vertrag des Vorbesitzers, 35 Jahre alt? Lieber wäre es mir gewesen, Löw hätte seiner Post einen Grundbuchauszug beigelegt, der Pelzers Behauptung, das Flurstück 805/2 gehöre ihm, entkräftete. Einmal damit befaßt, wollte ich dies klären und rief im Katasteramt an, erfuhr aber nur, in Fremdangelegenheiten werde keine Auskunft erteilt, schon gar nicht am Telefon. Gewillt, mich kundig zu machen, aß ich ein Omelett, flink zubereitet und recht trocken; es war dünn, flekkig und hatte Eselsohren wie ein Amtspapier, das durch manche Hand gegangen und vielfältig ausgelegt oder auch verfälscht worden ist, wie ich in meiner Rage fand. Wenn ich gereizt bin, kommen trübe Erfahrungen hoch; da spielt die Phantasie mir leicht einen Streich ... Aber man muß nüchtern sein. Kühles Nachdenken ist unser höchstes Gut.

Die Frau im Katasteramt der Kleinstadt – hager, versiert und offenbar der Pensionsgrenze nahe – wirkte trotz der zur Schau getragenen Strenge beruhigend auf mich. Sie wurde mir im weiteren Gespräch nahezu sympathisch. Ich wußte mich ungenügend legitimiert und baute auf jene heitere Bestimmtheit, die mir noch aus der Dienstzeit anhaftet. Doch sie ließ als Ausweis ohne weiteres Löws Kaufvertrag gelten, versehen mit der Zeile „bitte überzeug dich selbst“ auf dem Deckblatt.

„Sie sind bereits der vierte oder fünfte, Herr Wendt, der da Einblick nehmen möchte“, teilte sie mir vor der Front ihrer Rollschränke mit. „Flurstück 805/2, das entwickelt sich bei uns zum Renner.“

„Wer sind denn die anderen gewesen?“

„Rechtsanwälte, oder die Gehilfen. Halt Vertreter der Parteien.“

„Das hört sich an, als sei da etwas strittig.“

„So kann man sagen“, äußerte sie sanft und suchte mir das Dokument heraus. „Aber daran ist eigentlich niemand schuld.“

„Sie sagen `eigentlich´.“

„Na ja, die da was versäumt haben, die sind schon tot.“

Ich blickte auf das Papier, das sie mir hinschob, und sah verdutzt, worauf ihr Finger wies: es war Manfred Pelzer, dem das Flurstück 805/2 gehörte. Er hatte es mitsamt dem langen Streifen Wald vor gut zwei Jahren von Hermine Walther erworben, der Alteigentümerin, die unterdes verstorben war.

„Wie kann das sein?“ fragte ich ziemlich fassungslos.

Die Beamtin wiegte begütigend den Kopf. „Sie hat´s eben zweimal verkauft, leider“, bemerkte sie schonend; und dann erklärte sie mir so detailliert, daß ich es hier zusammenfassen muß, ein denkwürdiges Geschehen, an dem sie nicht ganz unbeteiligt gewesen war. Und je weiter ihr Bericht fortschritt, desto besser verstand ich neben dem Ablauf der Dinge auch die jähen Brüche in der Behörde, als Folge der Wende, und schließlich auch die Persönlichkeit der Amtsfrau selbst.

Wer einem Menschen gerecht werden will, der darf nicht bloß auf die Erscheinung sehen, den Zustand, also das Ergebnis seines Lebens. Er sollte auch Stationen des Weges kennen, der zu diesem Resultat geführt hat. Vor mir saß keine Bedenkenträgerin, als verlängerter Arm des Amtsleiters dabei, auf dem Faulbett der Routine einzuschlafen. Diese Frau brachte Verständnis für mich auf, vielleicht das Wohlwollen von nahezu Altersgleichen. Man mußte ihr, über all dem vergilbten Papier, dankbar sein für die Art, ebenso gütig wie korrekt zu sein.

Ihre Version ging so: Der Maler Alois Wildgruber, Patenonkel der Hermine Walther, flieht während der NS-Zeit aus Bayern, wo er sich verfemt weiß, in eines der flachen Holzhäuser dieses Seebads, auf denen wie ein verglaster Kasten ein winziges Dachgeschoß sitzt – möglicherweise das Atelier. In München ausgebombt, wobei er sein Werk verliert, kommt er aber auch im Sozialismus nicht recht an. Von ihm stammt das stolze Wort: „Ich mache Kunst, nicht bürokratischen Realismus".

Folglich nagt er am Hungertuch. Ein bärtiger, überforderter Mensch, der nicht in eine Welt paßt, in der alles festzuliegen scheint: wie man sich äußern soll, was den Erfolg bestimmt und was man tun muß, um überhaupt bemerkt zu werden als freischaffender Künstler ... Die Nichte Hermine aus der alten Heimat hängt an ihm, sie nimmt sich in einem Akt privaten Lastenausgleichs seiner an. Die Westdeutsche ist US-Amerikanerin geworden, um 1972 gelingt ihr die Einreise, und sie verkauft das Dünenstück 805/2 zugunsten des darbenden Onkels an dessen Kollegen August Mau. Und zwar zu einem Preis, der ihr, obgleich weit über dem ortsüblichen, als äußerst dürftig erscheint, verglichen etwa mit dem Bodenwert an Floridas Atlantikküste.

August Mau, von mittlerem Talent, doch gut bei Kasse, verspricht ihr daher, dem Wildgruber monatlich weitere 80 Mark zu zahlen, als Rente auf Lebenszeit. Dies rechtlich zu fixieren scheint jedoch unmöglich; es übersteigt die Befugnis des Staatlichen Notariats, in dem die Amtsfrau damals tätig ist. Deshalb wird ein mündlicher Vertrag geschlossen, per Handschlag, was in Grundstückssachen niemals bindend ist. Die Nichte sichert sich anders ab, ganz clever: sie kassiert zwar (für ihren Onkel) die 2.400 Mark, zögert aber immer wieder jene „Auflassung“ hinaus, die nach dem Abschluß fällig wird: eine schriftliche Erklärung, die den Wechsel des Eigentümers erst besiegelt.

Der Name dieser Amerikanerin bleibt also im Grundbuch stehen. Den arglosen Mau stört das nicht, pünktlich zahlt er dem Wildgruber die kleine Rente, bis der vier Jahre später verstirbt. Danach gerät das ganze in Vergessenheit, in puncto Bodenrecht nimmt kein DDR-Bürger die Eigentumsfrage besonders ernst. Immerhin versucht Mau um 1980, wohl im Hinblick auf seine Erben, den Formfehler auszubügeln. Mehrfach bittet er die Frau Walther im fernen Florida, das Versäumte nunmehr nachzuholen und für 805/2 die Auflassung zu erteilen, zumal ja auch er seiner Zahlungspflicht nachgekommen sei. Sie aber hat – der Onkel ist tot – „kein Interesse mehr an dieser Abtretung“, wie sie ihm kühl schreibt. Die Kaufsumme damals, hört er von ihr, sei lachhaft gewesen, ganz inakzeptabel; die betrachte sie jetzt als Pacht oder Nutzungsgebühr auf Lebenszeit ... Bestürzt sucht Mau die amerikanische Botschaft in Ostberlin auf, doch der Konsulatsbeamte dort, der ihn empfängt, kann oder will ihm nicht helfen. Ach, über die Landesgrenzen und den kalten Ozean hinweg führt kein Weg zu seinem Recht.

„Ich hab ihn dann getröstet, das fehlende Papier sei kein Malheur, er solle sich nicht grämen“, fuhr die Amtsfrau fort. „Dieses Flurstück falle ihm eines Tages ja von selber zu, gemäß der Regel: Wer sein Land 30 Jahre lang unangefochten eingezäunt hat, der habe es `ersessen´; ja, so lautet der Fachausdruck.“

„Aber dazu kam es nicht, wieso?“

„Weil Herr Mau vorher starb und seit Abschluß des Kaufvertrags erst 29 Jahre verstrichen waren, als seine Erben das Doppelgrundstück dann an Herrn Löw verkauften.“

„Der Notar hätte merken müssen, anno 2002“, warf ich ein, „daß die Erbengemeinschaft da etwas mit anbot, das ihr formal gar nicht gehörte. Sie hätte nur über das Haus ‚Sansibar´ verfügen dürfen.“

„Das stimmt schon“, erwiderte sie. „Es ist Dr. Meyer gewesen, der verstarb im vorletzten Herbst, dessen Kanzlei gibt´s nicht mehr ... Und ein bißchen ist es auch mir passiert, weil ich dort beschäftigt war, allerdings mit anderen Vorgängen. All das Rückübertragen an die Altbesitzer nahm uns noch sehr in Anspruch. Der Arbeitsdruck war ziemlich hoch in der Zeit.“

Ich bedankte mich, stand auf und gab ihr die Hand, angenehm berührt. Soviel Entgegenkommen und Ehrlichkeit sind selten heutzutage, dachte ich in Hinausgehen.

Zweites Kapitel

DAS DILEMMA

Auf dem Rückweg kippte meine Stimmung. Die arme Bettina, ihr Leuchtturm wankt. Da balgt man sich um das Ding, Löw gehört es de facto, Pelzer de jure. Beide haben da gutgläubig gekauft. Und wer gewinnt? Der mit dem längeren Atem oder dem schlaueren Anwalt. Der Verlierer geht in die nächste Instanz. Und während Pelzer knurren wird: Bei dem brennt jetzt die Hütte, hörte ich Löw schon sagen: *Right or wrong, my lighthouse*, da er gern auf englisch motzt.

Mein kleines Auto stand vorm Bernstein-Museum. Beim letzten Besuch dort hatte mich manches in Staunen versetzt – etwa die Jahrmilliarden, die seit dem Urknall verstrichen sind. (Zahlen, nur übertroffen von den Summen im Rettungsschirm für die Banken.) Sogar Parallelwelten kann es geben. Statt Universum, dachte ich, müßte es dann Multiversum heißen. Na, wenn das stimmt, dann hat der Herr des Ganzen längst die Übersicht verloren. Das kann kein Gott mehr steuern. Kein Wunder, wenn einem selbst so oft der Durchblick fehlt.

Das ging mir auf der Heimfahrt durch den Kopf, und ich fragte mich, was ist denn der Kampf um ein Stück Land vor dem Hintergrund der Erdgeschichte und des Weltalls, das obendrein noch rasant auseinanderfliegt? Wozu strampeln wir uns ab, wo bleibt unser Blick aufs große Ganze? Jeder ist einzig mit sich beschäftigt. Hilf keinem, denn wer hilft dir? Von Löw kommt auch bloß immer die halbe Wahrheit! Und mich hat´s nicht gekümmert, ich tue so, als sei das ganz in Ordnung ... Weil es bei mir ziemlich einsam ist daheim, ganz ohne den Freund von früher und dessen schmuckes Weib.

Ich spürte den Druck in der Kehle. Wieder einmal tat sich das Loch von Selbstmitleid vor mir auf. Ein hoffentlich letzter Reflex des Kummers über den Verlust auch meines zweiten Berufs. Verursacht von dem, was soziale Marktwirtschaft hieß.

Erst neuerdings tauchte das Wort Kapitalismus wieder in der Tagespresse auf. Weshalb nur war die gute alte Zeit, für deren Ordnung ich ja trotz all ihrer Mängel gestanden hatte, vor knapp zwanzig Jahren den Bach runtergegangen?

Das hätte ich eben gern von Egon Krenz gehört. Die Zufahrt zu seinem Häuschen am Deich glitt links an mir vorbei. Der Mann war ein Zeitzeuge, er hatte oben mitgemischt und sollte es wohl wissen. Während der Haft, drei oder vier Jahre als Sündenbock für die Maueropfer, hatte es ihm nicht an Gelegenheit gefehlt, darüber nachzudenken. Sein Buch erklärte mir indes zu wenig. Zwar rückte es manches ins rechte Licht, so den schweren Anfang. Die gebeutelte DDR, belastet im Wettlauf durch das Handikap des Fehlstarts an der Seite einer kriegszerstörten Sowjetunion, die sich an ihr schadlos hielt; während die Bonner Republik, gestärkt durch den Marshall-Plan und im Bund mit den USA als wahrem Gewinner des großen Kriegs, ihr Wirtschaftswunder hatte.

Das aber konnte kaum die ganze Wahrheit sein. Mir blieb unverständlich, weshalb sich der Vorsprung in 40 Jahren nicht irgendwann hatte einholen lassen. War unsere Planwirtschaft dem stets krisengeplagten Profitsystem nicht tendenziell überlegen gewesen? Das mir so wichtige Gespräch planend, hatte ich Krenz geschrieben: „Zu folgenden drei Themen liegt mir an Ihrer Ansicht – der Stalinismus, Dubceks Reformversuch und Gorbatschows Perestroika, die zum Untergang führte. Ich möchte die Gründe des tragischen Scheiterns begreifen. Wie es ja bei Ihnen heißt: `Über die Geschichte beklagt man sich nicht, sondern versucht, sie zu verstehen´…"

In drei Tagen hoffte ich, klüger zu sein.

Daheim sagte mir die Sichtscheibe des Telefons, Bettina habe sich gemeldet. Ich rief gleich zurück, ohne sie zu erreichen, und verwünschte den Verzicht auf ein Handy. Was auch immer sie mir hatte mitteilen wollen – viel Erfreuliches konnte es kaum sein –, der Versuch schon erwärmte mich. Mein Wachtraum kehrte zurück, hob ihre Erscheinung sekundenlang ins Wunderbare. Besonders ihr Lächeln, warm und tief, gab mir recht darin, zu vermuten, sie habe etwas für mich übrig.

Was waren dagegen jene närrischen Magazine? Nur kurz sah ich hinein, schon abgestumpft, und fand, es sei ein zäher Zeitvertreib, weil es den Autoren so traurig mißlang, Sex in Erotik zu verwandeln.

Wie sollte einen der Anblick des Paarungsaktes aus der tristen Wirklichkeit in halluzinatorischen Rausch versetzen? Nur ein Heft japanischen Ursprungs verbarg, wohl einer dortigen Vorschrift folgend, das weibliche Genital stets durch schwarze Kreise. Deutsche Erzeugnisse übertrafen einander beim Herzeigen von Nacktheit, stellten manchmal das Intimste zur Schau – wer, außer dem Facharzt, wollte das wissen? Streng hatte man darauf geachtet, die hübschen Gesichter der Models immer mit abzubilden. Was brachte junge Frauen dazu, sich derart zu entblößen? Wieviel Geld war da im Spiel?

Ein einsamer Mönch hat auch seine Dämonen. Immerhin, nun schob ich diesen Stapel von mir weg – halb gelangweilt, halb befremdet – und wählte die Nummer von Dr. Quast, Löws Rechtswahrer vor Ort. Es meldete sich dessen Partner, mir aus den 90er Jahren noch bekannt als einer, der sich kein Bein ausriß und Streit aus dem Weg ging, was im Zivilrecht keine Tugend, doch auch nicht strafbar ist. Er hatte mich damals erfolglos vertreten, bei meiner Klage auf Wiedereinstellung in den Staatsdienst, und jetzt hörte ich ihn in schönstem Amtsdeutsch sagen: „Wir sind dabei, ein Gegengutachten zu erstellen, Herr Wendt. Angesichts des laufenden Vorgangs könnte ich mich nur auf ausdrücklichen Wunsch unseres Mandanten dazu äußern; das werden Sie gewiß verstehen."

Ich verstand und legte auf. Gegengutachten, ermunternd klang das gerade nicht. Der Kerl hatte keinen Arsch in der Hose. Ein Freund der Routine, des pragmatischen Ablaufs; ihm lag es fern, jemals nach dem Sinn, dem ethischen Ursprung einer Rechtsregel zu fragen. Da hatte eine Deutschamerikanerin dasselbe Flurstück zweimal verkauft – nicht nur rechts-, sogar sittenwidrig –, um mit ihrem Streich dann ins Grab zu sinken. Ein Stück der Heimatzeitung bot mir Trost. Das Blatt druckte eine Zuschrift ab, die aus gegebenem Anlaß ein Gedicht von Kurt Tucholsky enthielt, angeblich aus einer Nummer der *Weltbühne* von 1930. In flottem Singsang, der an Wilhelm Buschs „Max und Moritz“ erinnerte, ging der Text so:

„Wenn die Börsenkurse fallen, regt sich Kummer bei fast allen, aber manche blühen auf: Ihr Rezept heißt Leerverkauf. Keck verhökern diese Knaben Dinge, die sie gar nicht haben, treten selbst den Absturz los, den sie brauchen – echt famos! Leichter noch bei solchen Taten tun sie sich mit Derivaten: Wenn Papier den Wert frisiert, wird die Wirkung potenziert. Wenn in Folge Banken krachen, haben Sparer nichts zu lachen, und die Hypothek aufs Haus heißt, Bewohner müssen raus. Trifft´s hingegen große Banken, kommt die ganze Welt ins Wanken – auch die Spekulantenbrut zittert jetzt um Hab und Gut! Soll man das System gefährden? Da muß eingeschritten werden: Der Gewinn, der bleibt privat, die Verluste kauft der Staat. Dazu braucht der Staat Kredite, und das bringt erneut Profite, hat man doch in jedem Land die Regierung in der Hand. Für die Zechen dieser Frechen hat der Kleine Mann zu blechen und – das ist das Feine ja – nicht nur in Amerika! Und wenn Kurse wieder steigen, fängt von vorne an der Reigen – ist halt Umverteilung pur, stets in eine Richtung nur. Aber sollten sich die Massen das mal nimmer bieten lassen, ist der Ausweg längst bedacht: Dann wird bißchen Krieg gemacht.“

Das baute mich auf. Weshalb es ungekürzt erschien, war klar. Auch im Hause Springer schätzt man es, Dampf abzulassen, wenn der Druck im Kessel steigt.

Tags darauf rief Bettina an. Sie sprach sonderbar gedämpft, mit gepreßter Stimme; ihr Bedrücktsein teilte sich mir mit. Wie bloß helfen? Es schien Schlimmes zu geschehen in Berlin. Löws schmucke Villa am nördlichen Stadtrand war durch Farbbeutel tintig besudelt worden, über Nacht von unbekannter Hand. Und als sei das noch nicht genug, folgten obskure Anrufe, bereits zwei! Kaum verließ der Mann das Haus, da wurde Bettina von Leuten erschreckt, die ihr mit abscheulichem Akzent Undefinierbares androhten, falls Löw sich weiter sperre gegen einen „außergerichtlichen Vergleich" (das hatte sie wörtlich behalten). Deshalb hebe sie gar nicht mehr ab. Natürlich gehe es um „Pemba"! Und es sei sonnenklar, Pelzer stecke dahinter, dessen Bande.

Mir stockte der Atem. Farbbeutel, Telefonterror, das sprengte den Rahmen; da lief was völlig aus dem Ruder. Viel näher konnten die Einschläge nicht rücken ... Doch da fügte sie hinzu: „Nun kommt wohl unser Auto dran!"

Schon möglich. Sollte ich mich in Pelzer getäuscht haben? Ein unangenehmer Mensch und Geschäftemacher – aber Mafioso, das paßte kaum zu ihm. Ein Gefühl von Profi-Kriminalität stellte sich bei mir nicht ein. Vielleicht aber war mein Blick verengt, weil zu meiner Zeit das organisierte Verbrechen hier noch keine Rolle gespielt hatte. In Rostock schon, bei uns auf dem flachen Lande nicht. Inzwischen konnte das anders sein; der Pressetext, den Löw mir mit den zwei Kaufverträgen geschickt hatte, legte dies ja nahe.

„Die Zeitung schreibt, daß Berlin eins der drei Zentren der Russenmafia ist, gleich nach London und New York", sagte Bettina mit einem Stich ins Panische oder Hysterische. „Helmut hat's mir eben vorgelesen ... Ach, ich bin auch so enttäuscht von ihm! Er kam erst gestern mit all dem heraus."

„Nimm ihm das nicht übel. Er hat dich schonen wollen."

„Wenn uns bloß nichts zustößt, Christian. Manchmal hab ich schon Angst allein im Haus. Stell dir vor, die Katze ist auch weg. Nur gut, daß wir kein Kind haben, um das man zittern müßte ..." Und nun weinte sie, sanft und gründlich, wie nur eine Frau weinen kann, die Übung darin hat, weil das sie besänftigt und etwas in ihr löst. „Wozu rätst du uns?" schluchzte sie zwischendurch. „Oder kannst du's noch nicht fassen? Weißt du, was schade bei dir ist? Daß du ein zu guter Mensch bist. Aber du bist doch mal Polizist gewesen."

„Das ist auch ein Fall für die Polizei."

„Wie soll die uns denn schützen, rund um die Uhr? Ach, mir wird das jetzt zuviel! Nein, das ist es gar nicht wert. Man kann doch auch ohne `Pemba´ leben ... Ich hab mit der Sache abgeschlossen."

„Und Helmut?"

„Der nicht. Du kennst ihn doch, den Sturkopf. Ihn macht das bloß zornig. Wer nicht kämpft, hat schon verloren. Das sind so seine starken Sprüche."

Helmut Löw, allein gegen die Mafia, dachte es in mir. Russen übrigens oder Italiener, Gangster aus Kalabrien? Es konnten schlecht beide sein, solch ethnische Clans blieben unter sich, es gab da keine Vernetzung ... Zugleich beschämte es mich, so kühl zu sein – daß es mir nicht gelang, Löw ganz ernst zu nehmen, selbst in einer so verzwickten, bedrohlichen Lage wie jetzt. Immerhin, noch ein zweites Wort neben dem „außergerichtlichen Vergleich" hatte Bettina sich gemerkt: „Ihr habt die Wahl der Waffen", sollte am Telefon gesagt worden sein. Das ließ keine Deutung zu, es klang mir fast zu elegant. Bestimmt kein Satz, der oft fiel in den Kreisen ... Aber: der bildungsferne Schuft, das war auch bloß ein Klischee.

„Am liebsten würd ich mich irgendwo verstecken", hörte ich sie nun scheu sagen. „Du, könnte ich eventuell, bis das hier vorbei ist, für ein paar Tage hochkommen zu dir?"

Ich verspürte ein Prickeln, mein Mund wurde trocken, der ganze Hals. „Du bist mir immer willkommen, jederzeit", brachte ich heraus.

„Danke, Christian", stammelte sie. „Du, ich muß Schluß machen, ich hör schon sein Auto ..."

In dem vagen Gefühl, wir seien dabei, uns vor ihrem Partner wegzuducken, sagte ich noch rasch, wo sie meinen Hausschlüssel fand (unterm Putzlappen in einer Ecke des Carports), sollte ich bei ihrer Ankunft nicht zu Hause sein. Damit endete das Gespräch; es ließ mich in einem Gemisch von

Betroffenheit und nebulöser Erwartung zurück. Ein Häuschen wie meines im Spätherbst kann auch ein Ort stiller Romantik sein.

Das nächste, was ich tat, mag mein Befinden verdeutlichen. Ich entschied, jene Hefte wegzuwerfen, die mich in Bettinas Augen nur herabsetzen konnten. Sie würde mich für pornophil halten und verachten; Obszönität ist Frauen ihres Typs ein Graus. Winkte mir wirklich ein Abenteuer? Jedenfalls, ich wollte gewappnet sein.

Doch bevor das wilde Zeug im Müll verschwand, warf ich einen letzten Blick hinein, nun schon fast gegen meinen Willen. Dabei verschärfte sich der Eindruck, daß kommerzielle Nacktheit billig ist, ärgerlich sogar. Und zwar auch deswegen, weil unsere Zeugungsorgane, dort kraß zur Schau gestellt, eigentlich unschön sind. Sie sollen ja auch nicht locken wie der Mund, die Augen oder der Schwung des Profils, sondern bloß funktionieren, wenn es soweit ist. Ihre Form folgt der Zweckbestimmung, beim Mann wie bei der Frau. Das eigene Organ, mehr exponiert, wirkt nur annehmbar, wenn man aus der Kälte kommt; nicht grundlos stellen Künstler es so dar.

Der Scharfblick des Polizisten! Dabei geht es nirgends doch so subjektiv zu wie in der Erotik. „Wenn du einen echt magst", hatte Nina einmal naiv zu mir gesagt, „dann liebst du das eben mit." Solch ein Schatz war sie gewesen, daß sie, mein Glied an der Kuppe streifend, die Haut da mit feinem Nappaleder verglichen hatte, andächtig staunend. Während es mir wiederum so vorkam, als gehe von den rosigen Kreisen um ihre Brustwarzen ein geheimer Zauber aus. Meist zieht man es wohl vor, dergleichen zu beschweigen. Keine hübsche Frau will für ein äußeres Detail geliebt werden, selbst wenn sie noch so stolz darauf ist.

In derart erinnerungssatten Bildern schwelgend, trennte ich mich leicht von dem bunten Ersatz. Wie ein Schiffbrüchiger, der die Schwimmweste ablegt, wenn er sich gerettet glaubt.

Das Gespräch mit meinem früheren Parteichef stand unter keinem guten Stern, obschon es ein strahlender Nachmittag war, mild für die Jahreszeit. Ich kam per Fahrrad; des Öl- und Reifenwechsels wegen stand mein Kleinwagen in der Werkstatt. Und gegen zwei hatte Bettina mich angerufen, in einer panischen Wallung anscheinend dabei, selbst ins Auto zu steigen, um von daheim zu fliehen. Ihr Baffi liege tot vorm Haus! Jetzt habe sie Angst, es sei genug!

Ich aber konnte den Besuch hei Egon Krenz so kurzfristig nicht absagen, ohne unhöflich zu sein und den Kontakt zu trüben, an dem mir soviel lag. Was erhoffte ich von ihm? Würde er überhaupt auf meine drei Fragen eingehen, oder versuchen, von heiklen Punkten abzulenken? Krenz braucht doch Distanz, sagte ich mir, denn er kennt die Exzesse der Macht, deren dunkle Seite. Liegt seine Wahrheit vor allem in dem, was er verschweigt?

Und störend vor all das schob sich Bettinas tote Katze! Helga, meiner ersten Frau, war einst das Kätzchen vergiftet worden, vom Nachbarn, weil es in dessen Gartenteich gefischt hatte. Ihr grenzenloser Kummer fiel mir ein, die hastige Fahrt zum Tierarzt, der nicht mehr helfen konnte. Die Tat war schlimm gewesen, das Motiv aber klar. Paßte die Katze auch hier ins Bild? Als Warnung schon, als Werk der Mafia – ein Teilaspekt, eine häßliche Facette aus ihrem reichhaltigen Drohpotential.

Zum zweiten Mal im Monat fuhr ich also wieder südwärts. Lieber war mir die Gegenrichtung, in den Darß, und nicht bloß des Waldes wegen. In dessen Stille sind mir erstaunliche Menschen begegnet, darunter wichtige Frauen. Zum Beispiel Sigrid Keler, lange Zeit Finanzministerin in Schwerin, ohne Bodyguard beim Jogging. Oder die Bornerin Elly – so nur von engen Freunden genannt –, eine freie Journalistin, die manchmal Wandergruppen durch die Wildnis führt.

Einmal traf ich die lebhafte Frau mitten im Darß, wo sie Urlauber beriet, die nicht wußten, welcher Weg für sie der rechte sei. Wir kannten einander von Vernissagen und kamen hier am Großen Stern ins Gespräch. Dabei wies mich Elly auf ein verborgenes Waldhäuschen hin, ein Stück weg; vom L-Gestell schlängelt sich der schmale Pfad. Das erinnere sie stets an die verschwiegene Hütte des Wildhüters aus D. H. Lawrences einst skandalumwittertem Roman „Lady Chatterley's Lover", in der die Klassenschranken der Liebenden so restlos gefallen seien ... Sonderbar! War doch auch mir beim Anblick des Häuschens der Gedanke schon gekommen.

Nach dieser Äußerung hielt ich sie, ohne weiteren Beweis, für eine Schwester im Geiste. Zumindest plagte sie, ähnlich wie mich, das Rätsel der erotischen Anziehung. Und ein weiterer Satz stand für ihr Bemühen, das Mysterium zu lösen. „Männer lieben, wenn sie begehren", hörte ich sie einmal in fröhlich plaudernder Runde sagen, „während wir Frauen begehren, wenn wir lieben." Ein Unterschied, den zu deuten mich lange beschäftigt hat.

All das gab mir jetzt zu denken, wegen der baldigen Ankunft Bettinas. Und unter solchen Betrachtungen – wenig dienlich zur Vorbereitung auf das grundlegende Gespräch – langte ich vor dem rohrgedeckten Katen des einstigen Staatsoberhauptes und Parteichefs an. Egon Krenz lebte dort mit seiner Frau auf nur 40 Quadratmetern, wie die Presse schrieb. Mit verdutztem Blick auf mein Fahrrad und kräftigem Händedruck sah ich mich nun von ihm begrüßt.

Der Altpolitiker, knapp über 70, zeigte sich mir in einer seenahen Mischung von Gelassenheit und Sanftmut. Das Geduldige an ihm schien zu überwiegen. Ein Westdeutscher hatte mir erzählt, wie Krenz ihm an der Kasse des Supermarktes mit ein paar Cents aushalf, als das Geld nicht ganz reichte zum Bezahlen des Einkaufs. Nein, dies war keiner, der sich in grimmigem Grübeln verlor oder gar darauf sann, wie man sich rächen könnte. Aufstieg und Fall lagen weit genug hinter ihm. Das bescheidene Grundstück am Dierhäger Deich, auf dem er in Erbpacht saß, war sein Refugium. Dennoch folgte seiner Haftentlassung (vorzeitig, auf Bewährung) durchaus noch manches Ärgernis. So kam ein Rostocker Autohaus unter Druck, als es einem Veteranentreff Raum bot, dessen Mittelpunkt Krenz gewesen war. Und eine Lesung Hermann Kants in den Räumen der Ribnitzer Sparkasse wurde abgesagt, als deren Leiter erfuhr, daß unter den Zuhörern Egon Krenz sein würde. Freilich, der Sparkassenchef war ein Mann aus Lübeck. Aber auch Wendehälse und gut angepaßte Ostdeutsche wandten sich ja ab von den Ehemaligen der DDR, die nicht widerrufen hatten. Dafür drängten sich dem Krenz Reporter auf, um ihre vorgefertigten Storys durch den Hinweis aufzuwerten, sie hätten hier mit ihm gesprochen.

Würde es mir gelingen, sein Mißtrauen zu entkräften? Ich wies auf die leeren Taschen meines Anoraks: nirgends ein Diktaphon, das da Gesprächsfetzen mitschnitt, zitierfähig zu seinem Schaden. Doch solche Geräte sind heute sehr klein. Unwillkürlich dachte ich, in Filmen gern gezeigt, an das scheinbar herzliche Umarmen von Mafiosi, die sich so vergewissern, daß der andere weder bewaffnet noch verkabelt ist. Nur war der Vergleich zu unpassend, als daß ich dies hätte äußern können.

Über dem Kuchenteller hörte ich Egon Krenz schließlich sagen: „Sie suchen nach einer bündigen Antwort auf die Frage, wie unser Lager scheitern konnte, nach vier oder sogar sieben Jahrzehnten Sozialismus in diesem Teil der Welt."

„Die Antwort muß nicht bündig sein, dazu ist das Ganze viel zu komplex. Nur objektiv – eben ein Versuch, dies partiell und dann auch im Kern zu begreifen."

Der Gastgeber nickte, er wollte meinem Fragekatalog gern folgen, Punkt für Punkt. Den Sinn fürs Systematische verriet ja schon sein Buch; darin ähnelten wir uns vielleicht. Ich ahnte natürlich, daß er zwar Lehrer gewesen, aber als Tatmensch gewiß kein großer Theoretiker war. Rückblick mit Fehlersuche, behagte ihm das? Die Partei hatte an der Spitze da wohl nur ein Talent gehabt: Walter Ulbricht, Stratege wie Macher, dem es leider an Charisma so gefehlt hatte, daß er die Leute kaum mitreißen konnte.

Aus persönlichen Gründen nicht recht bei der Sache, merkte ich, wie Krenz das aktuelle Drama überging, das ihm doch eine Steilvorlage bot. Die DDR, zwar tot, schien plötzlich ein guter Resonanzboden für die fällige Kritik am Kapitalismus zu sein. Er aber hielt lediglich fest, unser Land sei mitnichten bankrott gewesen. Nämlich mit nur 15 Milliarden Dollar in der Kreide, laut Monatsbericht der Deutschen Bank vom Juli 1990, gegenüber den fast 2000 Milliarden Nettoverschuldung der Bundesrepublik heute! Selbst die fünfmal größere Einwohnerzahl und den Wertverlust des Dollar bedacht, zeige das: „Wir standen durchaus nicht am Abgrund, unsere Schulden sind aufgebauscht und hochgespielt worden."

„Das Dumme war bloß, wir hatten die beim Gegner, das macht erpreßbar. Heute kommt der Kredit vom Geldmarkt, von den Wohlhabenden. Bei denen leiht der Staat, was er sich scheut, ihnen wegzusteuern ... Franklin Roosevelt übrigens hat das mal geschafft, vor gut siebzig Jahren, in der großen Depression."

„Was hat er geschafft?"

„Die Steuern ganz oben stark angehoben, um den Aufschwung hinzukriegen. Eine Reichensteuer, die den Namen auch verdiente! Bei den Spitzenverdienern ging der Steuersatz bis zu neunzig Prozent. Damit hat er dann Arbeitsbeschaffung und Infrastruktur finanziert."

„Trotzdem, mit ihrem Staatskapitalismus sind die USA schon 1938 in die nächste Krise gerutscht. Da hatten sie wieder elf Millionen Arbeitslose, glaube ich."

„Ja sicher, endgültig hat ihnen erst der Krieg da herausgeholfen", sagte ich in dem Gefühl, mich in die Historie zu verlieren. „Aber Roosevelts New Deal, so hieß sein Ausgleichsversuch, hat noch lange nachgewirkt – ungefähr bis Reagan kam."

Dazu nickte Krenz. „Ich kann mich natürlich irren in manchem, was ich sage", bemerkte er konziliant. „Aber Fakt ist, allein die deutsche Hauptstadt hat heute rund sechsmal soviel Schulden wie die DDR 1989 und wird dadurch nicht `unregierbar´. Der Kollaps unserer Industrie, übrigens die modernste in den damals sozialistischen Staaten, fand nicht zu DDR-Zeiten statt, sondern nach 1990. Da ist binnen dreier Jahre ihr

Potential zu siebzig Prozent zerstört worden; das Forschungswesen sogar zu achtzig Prozent ... Die DDR hat bis zu ihrem Ende alle Rechnungen auf Heller und Pfennig bezahlt."

Dann wandte er sich meiner Liste zu. Punkt eins, die Schrecken der Stalinära. Machtkämpfe sind oft blutig, ein paar Leichen im Kreml hätten mich kaum bedrückt, doch das Verschwinden von Millionen im „Archipel Gulag"? Dies mit der Niedertracht des Sicherheitschefs Berija oder mit einer Paranoia Stalins zu erklären, das überstieg meine Fassungskraft. Ein Makel also, eine Mißbildung, die auch uns wie ein Geburtsfehler angehaftet und es den Siegern erleichtert hatte, von „Unrechtsregime" zu sprechen nach dem Muster: man schmäht den Feind, man delegitimiert ihn, um ihn zu berauben.

Dies hatte mich oft beschäftigt, daher fällt es mir schwer, zuzugeben, daß Krenz' Auskunft irgendwie unterging. Hat er versucht, zu deuten, was bei uns lange „Personenkult" hieß, nach Chruschtschows Wort von 1956? Es kann mir nicht entfallen sein, ich habe das, was von ihm vielleicht dazu kam, gar nicht erst erfaßt. Denn der Gedanke an Bettina lenkte mich stark ab. Ich malte mir aus, wie sie am Ende ihrer Flucht vor meiner Finnhütte stand und, da niemand öffnet, im finsteren Schuppen nach dem Schlüssel tastet! Man soll Privates nie mit Politik vermischen, nur es passiert uns unentwegt.

Nach meiner Erinnerung sagte ich etwa: „Das Schlimmste für mich ist die Willkür eines Diktators, dessen Macht, aus dem Dunkel heraus andere zu vernichten, durch Mißbrauch seiner Allgewalt."

Krenz nahm das in guter Haltung auf, er antwortete ungefähr: „Die ökonomischen Raubzüge, Krisen und Kriege des Kapitalismus haben mehr Menschen vernichtet. Bloß, dies klagt man gar nicht an. Allenfalls wird auf Hitler oder auf Kaiser Wilhelm gezeigt; ansonsten bleibt der Vorwurf unpersönlich. Das System wirkt anonym, der Imperialismus hat kein Gesicht."

Das traf zwar zu, entkräftete meinen Vorwurf aber nicht. Mir fiel dazu allerdings auch nichts ein, was die Kritik am Stalinismus erhärten konnte; erneut schweifte mein Denken ab.

Und als ich wieder begriff, wovon der Hausherr sprach, da hatte er schon Punkt zwei – den Alexander Dubcek – fast abgehakt. Für ihn ein sauberer, doch schwacher Charakter; ein Träumer, der ganz übersah, daß sein Drang, mehr Demokratie zu wagen, wohl begeistern und manche Verkrustung lösen konnte, dann aber schlecht enden mußte! In den Armen des Westens nämlich, als Rücksturz in den Kapitalismus, wie zwanzig Jahre später auch geschehen.

Das blieb Vermutung, es klang nicht einmal unwahrscheinlich, sah man auf den Wandel um 1990 – die Anziehungskraft der Marktwirtschaft selbst auf Menschen, die letzten Endes wenig davon hatten. Ich fragte aber doch, ob denn ein Zwei-Parteien-System, mit dem zum Beispiel Amerikas Oberschicht seit 200 Jahren bestens fahre, nicht auch bei uns möglich gewesen sei. Statt beinah einflußloser, in den Augen der Bevölkerung arg diskreditierter Blockflöten: zwei sozialistische Parteien mit leicht differierendem Programm. Die Bürger hätten solch eine Alternative sicherlich begrüßt, sie hätten wählen können wie im Westen und sich entsprechend frei gefühlt! Was habe es uns denn verwehrt, ein Erfolgsmodell des Gegners zu kopieren?

Krenz blickte abwartend drein, fast argwöhnisch. Offenbar mißfiel ihm der Vorschlag. Sein umschatteter Blick gab mir das Gefühl, etwas Fatales gesagt zu haben – so als wolle ich ihn aufs Glatteis führen. Jetzt mochte er mich für neunmalklug oder hinterlistig halten. Vielleicht klang dies ihm ja grotesk oder zynisch, aber war scheinbar Absurdes denn kein Teil von Politik, fest im Gefüge der Welt verankert? Ulbrichts früher Ausspruch blitzte in mir auf: „Es muß demokratisch aussehen, aber wir müssen alles in der Hand haben." Dieser Satz, von dem Dissidenten Wolfgang Leonhard überliefert, hatte eben die ganz fürchterlich empört, deren Rezept das längst war; weshalb nicht vom Gegner lernen? – Da der Hausherr noch immer schwieg, fügte ich hinzu, das sei keineswegs mein eigener Einfall. Eduard Goldstücker, einer der Urheber des Prager Frühlings, habe die Idee vor 40 Jahren propagiert.

„Ach, das wissen Sie noch?“ fragte Krenz.

„Es hat sich mir eingeprägt, auch durch das merkwürdige Wort Goldstückers für die zweite Partei. Er hat sie nicht `Opposition´ genannt, sondern er blieb im Interview mit deutschen Reportern bei seinem Ausdruck `Opponentur´.“ Ein Schnörkel, dachte ich, der ihm womöglich dazu diente, sich abzusetzen vom Demokratiemodell des Westens.

„Schön und gut“, hörte ich den Gastgeber schließlich sagen. „Aber bei uns wär das schiefgegangen. Sie vergessen die Rolle des Eigentums, Herr Wendt. Sowas klappt nur, wo das große Geld dahintersteht und alles Wichtige entscheidet, egal wer gerade gewählt worden ist.“

„Dubcek hatte demnach keine Chance? Und Leonid Breschnew nur die Wahl, entweder Prag an den Westen zu verlieren oder dort einzumarschieren?“

„So ungefähr. Das war sein Dilemma, und unseres mit. Aber immerhin hat er weder ein Blutbad verursacht noch den Böhmerwald chemisch entlaubt, wie es die USA zur selben Zeit im Dschungel Vietnams gemacht haben.“

Damit ließ er das Thema fallen und war schon beim Herbst 89. „Die Leute sind uns übrigens nicht weggelaufen um der Freiheit willen. Es ging ihnen um die D-Mark; mehr Wohlstand haben sie gewollt, mehr Konsum.“

„Wem kann man das verdenken?“

„Keinem. Und doch ist es traurig, im Grunde absurd.“

„Wieso absurd?“

„Weil schon der Konsum des Durchschnittsdeutschen gar nicht globalisierbar ist. Inzwischen gibt´s auf der Welt fast sieben Milliarden Menschen. Heben Sie die sämtlich auf unser hiesiges Niveau, bräuchten Sie drei Planeten, um genug sauberes Wasser, Atemluft, Ackerland und Bodenschätze für alle zu haben. Und vermutlich fünf Planeten, wenn Sie jedem den Lebensstandard eines Besserverdienenden von heute sichern wollten.“

„Ja, da geht die Rechnung nicht auf; wohl in keinem von uns.“

Um seinen Mund zog sich ein kleines Lächeln. „Der Mensch ist aus krummem Holz gemacht, wie aus ihm etwas gänzlich Gerades zimmern? Er neigt dazu, Freiheiten tüchtig zu nutzen, manchmal bis zur Selbstzerstörung. Kein Mitleid für andere, die weit genug weg sind. Wohlstand um jeden Preis! Das schaukelt sich hoch. Die dreißigtausend toten Kinder täglich in der Dritten Welt sind ausgeblendet. Dafür ist niemand verantwortlich. Ein anonymer Systemfehler ähnlich dem, der auch den Kollaps jetzt ausgelöst hat. Die Bankdirektoren und Manager, das sind Sündenböcke, keine Sünder, nicht wahr? Diese Art Demokratie ist doch pure Oligarchie. Wenige sagen den vielen, wo es langgeht, und geht es schief, waschen sie ihre Hände in Unschuld."

Das brachte ihn zu meinem dritten Punkt. Michail Gorbatschow schien für ihn ein noch heiklerer Typ als Dubcek oder selbst Stalin zu sein. Den beiden war er nie begegnet, mit Gorbatschow aber hatte er, im Russischen perfekt, selbst geredet, auf Augenhöhe. Wobei der ihm versichert hatte, die DDR stehe für Moskau nicht zur Disposition, sie sei kein Teil der Verhandlungsmasse – zu einer Zeit, da sie genau das längst war, in Washington wie vor der Insel Malta.

Und endlich, als Häftling in Berlin, hatte Krenz erlebt, wie dieselbe Stadt den einstigen Sowjetführer zum Ehernbürger machte und als Star des Westens feierte – jenem Westen, vor dem Gorbatschow in die Knie gegangen war. Damit endete zwar das Belauern der zwei Machtblöcke, die mehrmals hochbrisante Konfrontation, nicht freilich das Elend in der Dritten Welt und auch nicht der Klassenkampf in der Ersten Welt, die übrig geblieben und nach außen weiterhin bestrebt war, Restrußland auf den Pelz zu rücken, möglichst dicht, und dem alten Rivalen speziell an der Südgrenze ständig aufzulauern. Und im Inneren des scheinbaren Siegers erhielt das flotte Umverteilen des gesellschaftlichen Reichtums von unten nach oben einen starken Impuls! Das Profitmachen wie auch der Sozialabbau, dies beides begann erst so recht, nachdem das Modell einer sozialistischen Alternative überwältigt worden war – nun permanenter Schmähung preisgegeben.

Dies war kaum zu leugnen; dem ließ sich schwer widersprechen. Wie auch nicht seiner Bekundung, daß es Auslandseinsätze deutscher Soldaten, von Serbien bis Afghanistan, erst wieder gegeben hatte, nachdem die DDR von der Bundesrepublik Deutschland geschluckt worden war ...

Ja, mein Blick auf die Welt, ich leugne es nicht, weitete sich ein wenig im Laufe des Gesprächs: alles war vielfältig, multikausal. (Übrigens keine ganz neue Erfahrung für mich – die Perspektiven des Gauners, des Polizisten, des Halbstarken, der Jungfrau, einer Prostituierten oder ihres Bordellwirts sind mir von Berufs wegen seit langem bekannt; und ich weiß, man sieht so, aus mehreren Blickwinkeln, besser.)

Trotzdem, das Panorama des Lebens und der Weltpolitik, es blieb mir an diesem Nachmittag verschwommen, finster undeutlich. Jegliche Sicht hemmend, schob sich zwischen uns Redende in meiner Phantasie immer wieder das Bild Bettinas, wie sie zwölf Kilometer weg wohl langsam verzagend auf mich wartete. Ach, ich wollte sie beschützen, ihr Mut machen – und dabei natürlich ihren Duft riechen, den schlanken Leib sehen und berühren und durch den Stoff die Wärme ihrer Haut spüren ... Noch allerdings gelang es mir, dem Hausherrn zuzuhören und durch sachdienliche Fragen ein Interesse zu bekunden, das mich ganz allmählich doch verließ.

Und Krenz zeigte viel Geduld. Jeden Einwand konterte er im Ton einer Liebenswürdigkeit, zu der er nach kurzem Innehalten oder flüchtigem Ärger stets mühelos zurückfand. Er spielte auf Zeit, und darin war er gut. So oft ich fand, ein Wort von ihm zeige mehr Oberfläche als Substanz, kämpfte ich gegen ein skeptisches Grinsen an, das er nicht bemerkte oder großmütig übersah. Nach meinem Gefühl genoß er es sogar, negative Aspekte, zumal zum Verhalten der Kremlführung, plausibel und nachgerade beweiskräftig darzulegen. „Die Gier oben führt zur Not unten, auch in Rußland", sagte er.

Zunächst blieb unklar, ob Gorbatschows Rolle als Liquidator sich aus dessen schwacher, eitler Persönlichkeit ergab oder aktiv von ihm gesucht und lebhaft gespielt worden war. Getriebener oder Täter? Neigte Krenz in seinem Buch noch der ersten Deutung zu, so zeigte er mir nun, als Beleg für die zweite, ein Papier aus seinem Archiv. Es steckte in einer Klarsichthülle, was für häufigen Zugriff oder Wertschätzung sprach, und gab auf deutsch den Text eines Vortrags wieder, erst kürzlich von Gorbatschow gehalten; und zwar in einem amerikanisch finanzierten Institut der Türkei. Dort hatte er schlankweg erklärt, nur deshalb erster Mann der UdSSR geworden zu sein, um von dieser hohen Position aus Staat und Partei auflösen zu können – sowie die verbündeten Länder des Zwangs zu entheben, einer verfehlten Idee weiter dienen zu müssen.

Das öffnete mir die Augen, es machte die Abwicklung plausibel und perfekt. Der Held des Abendlandes! So hatte ich den Mann noch nie gesehen. Nicht nur in puncto DDR hatte er – nicht unüblich in der Weltpolitik – ein Doppelspiel getrieben, sondern auch die eigenen Genossen, ja das ganze Volk routiniert hinters Licht geführt ... Im übrigen wurde das uferlos. Ich fand, es reiche nun, bedankte mich für das Gespräch und brach auf. Mehr ließ sich jetzt weder erfragen, noch wollte ich mehr dazu hören. Auch zog es mich heim, zu Bettina, die trostbedürftig in meiner Stube saß.

Die Rückfahrt zählt zu den dunklen Punkten jener Tage. Mir kam der naive Gedanke, wie gleichgültig es doch ein jedes Stück Erde ließ, was im Laufe der Zeit auf ihm geschah. Was hatte dieser Landstrich bereits alles erlebt! Hinter der Nebelstation langte ich, nahe dem Windrad, nun wieder bei der einstige Passage zwischen Bodden und Meer an, die vor gut 600 Jahren dem legendären Piraten Störtebeker gedient hatte. So wie später den Darßer Schmugglern zum Landtransport ihrer Salzsäcke, wenn die Zöllner in den Bülten auf sie lauerten. Und, nochmal 100 Jahre später, dem Westspion Jörg Bocho zum Ein- und Ausschleusen von Agenten.

Kräftig die Pedale tretend, kreuzte ich den Kurs all dieser Illegalen, Freiheitskämpfer oder Gesetzesbrecher. Bocho übrigens, ein Mann des Militärischen Abschirmdienstes der BRD wie auch der Amerikaner, war 1966 (getarnt als Saisonkellner) in Wolgast aufgeflogen. Und obwohl er dabei die Pistole zog und auf die Stasi schoß, kam er mit acht Jahren Haft davon, war vom Westen freigekauft und 1995 sogar durch das Landgericht Berlin rehabilitiert worden! Er hatte halt für die richtige Seite spioniert ... Längst war es finster geworden, ich hatte das Licht am Rad repariert, doch nach den vier oder fünf Kilometern auf dem asphaltierten Deich fiel es durch etliche Erschütterungen aus. Das bekümmerte mich nicht, ich befuhr ja keine Landstraße, bedroht vom Verkehr, und kannte den Wanderweg recht gut. Auch sickerte ein bißchen Mondschein durch den Nebel, der flach über Buschwerk und Feldern lag.

Nein, mich störte der Verdacht, durch mein Zerstreutsein die Chance schlecht genutzt und nur einen Bruchteil dessen gehört zu haben, was sich von diesem wichtigen Mann erfahren ließ. In Kontakt zu bleiben, das hatte er mir nicht vorgeschlagen, vielleicht genervt von meinem Zögern, sein Urteil über den Prager Frühling zu teilen.

Dieses Gespräch, so sagte ich mir, wäre dem Löw viel besser gelungen, er hätte es als Interview eines Gleichgesinnten geführt. Es war seine Stärke, den Eindruck zu vermitteln, er bewundere den Partner und möge ihn exakt so, wie der nun mal war. Eben das schien mir sein Trick: wer albern will, politisch streiten oder auch flirten, Löw macht alles mit und paßt sich jedem an. Wer auch immer ihm begegnet, dem sagt er, was der andere gern hört über sich und die Welt. Er vereinnahmt alle, indem er jedem das gibt, was er braucht. Und dies in schönen Sätzen, von volkstümlich derb bis geistreich oder blumig, seine Bandbreite läßt das zu. Wenn ihm ein hübscher Spruch einfällt, muß der heraus – und er genießt den Effekt.

Mir hatte er einmal erklärt: „Man gibt ja nicht auf, bevor es vorbei ist, komplett und endgültig. Peng, du bist raus, so schnell geht das! Für jeden kommt der Tag. Darum geht´s doch im Leben, solange du nur einen Hauch deines Traums noch riechen kannst, mußt du weitermachen, okay?“ Und was würde er jetzt zu meinem Trübsinn sagen, der stummen Klage, ich hätte bei Krenz die Gelegenheit verpaßt? „Sei ehrlich, Chris, du willst dahinterkommen und fürchtest dich davor, daß dein Zeitfenster sich schließt und du noch immer nicht kapiert hast, was da gelaufen ist. Tja aber, Junge, wem der Kompaß in der Hose sitzt, der hat's halt schwer, sich durch die Zeitgeschichte zu tasten.“

So oder ähnlich. Löws Sarkasmus würzt das alles; neben der Flinkheit das Zugstück seines Charakters ... An diesem Punkt des Nachsinnens muß es passiert sein, daß ich vom Weg abkam oder in ein Sandloch fuhr. Ich verlor die Balance und fiel auf die rechte Seite, einen Schmerz in der Schulter, der mich daran hinderte, gleich wieder aufzustehen. Besorgt danach tastend, blieb ich zum eigenen Erstaunen einfach liegen.

Der Sturz unterbrach meinen Gedankenflug. Das weltweite Beben der Märkte und die Niederwalzung des Prager Frühlings spielten keine Rolle mehr, jetzt lag ich selbst am Boden – wie damals im Wendeherbst der Autor Richard Nebel. Von meinen ungelösten Fällen wohl der bitterste; noch blamabler vier Jahre später die Affäre des aalglatten Anwalts Thomas Prill, der es geschafft hatte, sein Tun zu verdunkeln und straflos zu bleiben. Wobei es ihm auch noch geglückt war, den Ermittler auszuschalten – mich. Prill war mein Klassenkamerad gewesen, so wie Pelzer ein Schulfreund von Helmut Löw war; welch trübe Parallelität.

Ächzend im Grase liegend, standen mir jene Strafsachen vor Augen, meine ärgsten Pannen im Beruf. Der Fall Prill hatte mich das Amt gekostet, der Fall Nebel den Glauben an meinen Staat. Daß mir dies einfiel, mag absurd klingen, doch die Ähnlichkeit von Nebels Situation in der Todesnacht mit meiner eigenen lag auf der Hand. Er war Ende November 1989 in der Einöde des südlichen Boddenufers gestorben, unterkühlt und entkräftet, von keinem bemerkt, nachdem es ihm noch gelungen war, an Land zu schwimmen. Und was stand mir bevor, sollte ich hier liegenbleiben? Mich konnte ein Regenguß durchnässen ... Ich verwünschte wieder einmal den dummen Verzicht auf ein Handy und stemmte mich stöhnend hoch. Das Fahrrad schien heil, nur daß ich's jetzt lieber schob.

Ein dumpfer Schmerz saß unterhalb der Schulter, gebrochen war nichts, weder der Arm noch das Schlüsselbein. Also schleppte ich mich weiter, dem Ort entgegen, an dem Bettina in gewiß wachsender Ungeduld auf mich wartete. Dieser Heimweg entlang des Steilufers – links das alljährlich wegbrechende Buschwerk vor dem reglos tintenschwarzen Meer – dauerte reichlich eine Stunde; er wird mir ewig im Gedächtnis bleiben. Ein Unbehagen erfüllte mich, so als ob mir langsam ins Bewußtsein sickere, daß ich eines Tages sterben werde. Ähnliches hatte ich schon im letzten Jahr gefühlt, als eine Dame mich mit ihrem Auto gestreift, auf der Chaussee zu Fall gebracht und dann zum Arzt geschafft hatte: mein Schädel im Röntgenbild ganz unversehrt, nur eben an einen Totenkopf erinnernd.

Dazu gesellte sich der Verdacht, für die herbeigewünschte Frau als Liebhaber momentan auszuscheiden. Sie würde mich allenfalls pflegen wollen. Alter schützt vor Liebe nicht, doch Liebe schützt vor Alter – sofern man nicht gerade vom Rad gestürzt ist. Dann erwartet einen bloß noch Mitleid. Kann das die Qual des Alleinseins überwinden? Oder bleibt doch noch Raum für Zärtlichkeit?

Tatsächlich wurde ich den Verdacht nicht los, unser Wiedersehen könne enttäuschend enden. Wieso, das blieb so dunkel wie der Weg vor mir. Und meine Ahnung erfüllte sich auf seltsame Art. Denn als das Haus endlich vor mir lag, da brannte drinnen nirgends Licht. Bis unter den spitzen Giebel war es fürchterlich finster. Von Bettina keine Spur! Und ihr Fehlen empfand ich als Höllenpein. Mir war, als müßte sie unbedingt noch kommen, damit mein Zustand sich besserte. Sollte ihr unterwegs etwas zugestoßen sein?

Dann sah ich im Briefkasten das Telegramm „Helmut wünscht daß ich bleibe – herzlich Bettina". Ihr Besuch fiel einfach aus! Das teilte sie so lakonisch mit, weil sie mich telefonisch nicht erreicht hatte und mir auch ein Anrufbeantworter fehlt. Verstört wankte ich ins Haus. Was nun? Mich vor den Bildschirm setzen oder, vorwiegend linkshändig, mir das Abendbrot bereiten?

Nein, das konnte nicht der Schlußpunkt sein. Dieser Tag brauchte ein besseres Ende – etwas, das Trost bot, ein Quentchen Wärme ... In raschem Entschluß wählte ich Löws Nummer, hoffnungsvoll, und hatte zu meinem Verdruß ihn selber in der Leitung.

„Was ist denn eigentlich los bei euch?" fragte ich, ohne mich vorzustellen, ziemlich abrupt.

„Ach, du bist's, Chris", rief er verdutzt, als befremde es auch ihn, an mich zu geraten. „Wir konnten dich nicht erreichen, wo hast du denn gesteckt?"

„Ich bin bei Egon Krenz gewesen."

Löw blieb stumm, das berührte ihn nicht. Früher hätte es ihn elektrisiert, nun war der Mann abgemeldet. „Du verstehst doch, daß Betti hier die Stellung hält?" Da war kein Argwohn in der Stimme. „Äußerst freundschaftlich, deine Bereitschaft, sie aufzunehmen! Wissen wir zu schätzen, beide. Aber ich hab ihr erklärt: Wenn du aufgibst, merken die das und denken, sie haben gewonnen."

„Helmut, wer sind 'die'?"

„Natürlich Pelzer und sein Clan. Wie erträgst du überhaupt die Nähe dieses Kerls?"

Keine Spur von Zweifel an meiner Redlichkeit. So sicher und selbstgefällig! Ich war kein Rivale für ihn. Vielleicht reizte mich das, zu kontern: „Ganz prima. Pelzer hat mir heimlich sogar Pornos zugesteckt."

„Na, der traut sich was. Sehr vielseitig, der Strolch, und clever. Sucht immer nach dem Schwachpunkt."

„Den gibt's allerdings auch bei dir. Nämlich, er steht im Grundbuch! Das hast du leider versäumt, mir zu sagen."

„Ach Gott, das Grundbuch, die Bibel unserer Tage", seufzte er. „Das ist so auslegungsbedürftig wie die Heilige Schrift. Der Typ steht nur drin, weil diese alte Schachtel, die Tante aus Amerika, den Vorbesitzer ausgetrickst hat. Aber das wird keinen Bestand haben! Mein Anwalt ist da guter Dinge."

„Es gibt ein Gegengutachten?" fragte ich, bemüht, nicht so verdrießlich zu klingen, wie ich war.

„Genau. Dr. Quast ist sicher, zu gewinnen. Und Pelzer weiß das auch. Deshalb will er mich kleinkriegen. Sogar ein Fenster ging heute früh zu Bruch."

„Das hat Bettina ja gar nicht erwähnt."

„Sie ist halt restlos auf ihr Kuscheltier fixiert." Liebevoll klang anders; mich entlastete sein Ton.

„Jetzt gibt's Polizeischutz, ein Peterwagen steht vor der Tür" (Löw sagte wirklich Peterwagen, wie einstmals in der DDR.) „Hier ist sie also sicherer als bei dir ..."

Mit ein paar Floskeln endete das Gespräch. Es ließ mich nachdenklich zurück. Verbarg er mir seinen Zweifel? Hatte er nicht doch Verdacht geschöpft, im Hinblick auf mich und meinen stillen Traum? Nein, keineswegs. Helmut, der Unvergleichliche! Sein Ego schloß das ziemlich aus.

Bettina! Der Text ihres Telegramms verfolgte mich: Helmut wünscht daß ich bleibe. Aber er wünschte es nicht, weil sie ihm sonst gefehlt hätte, sondern weil er's für ein Schwächezeichen hielt – in den Augen des Clans, der nicht glauben sollte, er habe es geschafft. Löw, fand ich, ist genauso fixiert auf Pelzer wie der auf den Leuchtturm und Bettina auf ihr Kuscheltier, die Katze ... Oder ich auf sie.

Weiter geschah zunächst nichts. Während der folgenden Nächte plagte mich wirres Zeug. Sonst zerfällt beim Aufwachen sogleich mein letzter Traum (anders als bei Jenny, meiner zweiten Frau, die so etwas tagelang behielt). Doch der lädierte Arm störte meinen Schlaf, weckte mich bei jedem Umdrehen; dann galt es, sich schmerzarm neu zu betten. Und während ich das tat, schien mein Gedächtnis den phantasierten Ablauf zu speichern, so daß er eben haften blieb.

Öfter ragte Reales in die Traumwelt hinein, vermischt mit Absurdem oder längst Vergangenem. Jenny erschien, sie trug ein Plakat ihres Neuen Forums, das *unbekrenzte Demokratie* forderte. Am Tor des Stasi-Bezirksamts in der August-Bebel-Straße hing der Spruch *Wir haben uns aufgelöst! Ihr MfS*; Echos aus der Wendezeit. Jemand rief: „Gorbi, hilf!" Während eine Stimme aus dem Off klagte: „Das alles hat uns Gorbatschow eingebrockt". So kraß klafft ein Urteil selten auseinander.

Häufig kamen Frauen im Schlaf zu mir, bekannte wie fremde. Bettina zum Beispiel, an Löw geschmiegt! Natürlich, das starke Band von Zusammengehörigkeit, der Sicherheit, die er ihr bot ... Dabei aber sah sie mich an, und ich merkte, wie zärtlich ihr Blick sein konnte, auch wenn er nicht der Katze oder dem Haus „Pemba" galt. Das war wie Speiseduft für einen, der hungrig ist.

Öfter noch traten Männer auf, gar nicht plump wie Pelzer, sondern eher respektabel, Leute aus Talkshows, um zu klagen, das Geld zerstöre die wahren Werte der Gesellschaft. Tadellos gekleidet standen sie wie im Auge des Orkans. Der Fortschritt, wüst beschleunigt, werde zur Geißel des Menschen, das Profitsystem stoße an Grenzen, es erlebe bald die Kernschmelze, den Hitzetod. Gier sei gut, Eigennutz stärke, Verschwendung treibe den Kreislauf an? Nein, die Zeit ist aus den Fugen, das meint sogar der Papst! Wenn Spekulationswellen immer wilder um den Globus rasen, die Meere steigen und die Kraft der Stürme wächst, dann bringt uns ein entfesselter Kapitalismus den freien Fall ins Nichts.

Hörte man diesen Mahnern zu, so klang es, als gehe das Abendland unter und die DDR kehre zurück. Karl-Eduard von Schnitzler erhob sich aus dem Grab und sagte, man rede ja schon von Verstaatlichung der Banken, so fange es immer an. Milliarden seien es gestern gewesen, nun gehe es um Billionen! Die Ego-Gesellschaft wär am Ende, deshalb sei die K-Frage – Kommunismus oder Kapitalismus – wieder offen. Dem trat die Bundeskanzlerin barsch entgegen. So verstimmt wie beim Vormarsch der Russen im Kaukasus meinte sie, das sei keine Frage, sondern eine Falle; ihr Kabinett strebe eine gemeinsame Lösung an. Ein striktes Dementi klang freilich anders.

Der Innenminister rollte herbei. „Apokalypse, Zeitenwende, Untergang“, rief er, „da läuft doch den Hetzern das Wasser im Mund zusammen! Die Medien wollen immer Schlagzeilen. Wenn es Sie glücklich macht, das so zu sehen – bitte. Seriös ist das nicht.“ Trotz seines Konterns wirkte er so, als wäre er lieber woanders.

„Wer den Hammer in der Hand hat, der sieht nur Nägel“, erklärte er mir, öfter die Sitzhaltung wechselnd, wie bei Rückenbeschwerden. – „Und wen die innere Sicherheit umtreibt, der sieht sich von Feinden umringt“, gab ich zurück. Darauf wurde der pfiffige Schwabe zu einem Übelmann wie Pelzer, der gern warnt, eine Spur zu dick: „Lieber Herr, Sie haben ja nicht die leiseste Ahnung! Unterschätzen Sie nicht mein Aggressionspotential.“

Ein Kabarettist fragte nach dem Unterschied der Systeme, man antwortete ihm: „Im Sozialismus wird die Wirtschaft erst verstaatlicht und dann ruiniert, im Kapitalismus ist es umgekehrt“ ... Und so weiter. All die huschenden Gestalten befremdeten mich, sie führten in meinem Kopf ihr bizarres Eigenleben. Brachte mich das um den Schlaf, griff ich zum rettenden Buch. Eines lag stets parat, jetzt die Memoiren Ralph Giordanos; die hatte Löw mir im Frühjahr geschenkt. Wie viele Schreiber klammerte Giordano – was deren Recht ja ist – im Rückblick seine Affären aus. Die schrumpften bei ihm zu dem Satz: „Die Frauen haben mich immer gemocht.“ Um diese Gewißheit beneidete ich ihn.

Sorgfalt übte er auf dem Feld der Politik. Sein Bruch mit dem Kommunismus vor gut 50 Jahren fesselte mich. Der folgte für ihn zwingend aus Chruschtschows Geheimrede, als die dann in der Westpresse erschien. Da stand er noch im Bann der reinen Lehre. Solch ein Purist oder Gutmensch war er, daß Stalins Untaten ihn bis ins Mark erschüttert hatten. Sein Weltbild war zerstört. Er hielt jene Verbrechen für nahezu unvergleichlich, für so singulär wie Auschwitz. Zornig widersprach er Versuchen von KP-Genossen, den Schrecken zu relativieren; etwa die Zahl der Toten im Gulag mit dem 60-Millionen-Opfer der zwei Weltkriege zu vergleichen, die ja nicht von sozialistischen Ländern ausgegangen sind. Den Wunsch anderer, der Beichte des Parteichefs möge ein Geständnis der Gegenseite folgen, wies er glatt zurück. Da hatten doch etliche KP-Genossen ihn gefragt: Wo bleibt die Selbstkritik der Wall Street, des Großkapitals für das, was Profitgier im letzten Jahrhundert angerichtet hat? Die Frage ließ der Autor gar nicht zu. Für ihn war das bloß die jämmerliche Ausflucht derer, die noch immer jener Irrlehre folgten, verblendet oder opportunistisch.

Und vollends in Rage brachte Giordano ein Artikel in der *Berliner Zeitung*, wo nämlich der gar nicht staatsfromme oder partei-konforme Autor Stefan Heym unter der Rubrik „Offen gesagt" schlankweg geschrieben hatte: „In der öffentlichen Auseinandersetzung ist das Eingestehen von Fehlern zu einer großen Mode geworden. Und es gibt Leute, die sich um so revolutionärer vorkommen, je öfter sie sich in symbolische Säcke hüllen und ihre Häupter mit Leitartikel-Asche bestreuen. Mit der öffentlichen Selbstkasteiung jedoch sollte man Pause machen, bis wir von Krupp oder IG-Farben oder der Suez-Kanalgesellschaft oder der Standard Oil oder von General Motors das erste reuige Wort hören."

Das war Ende 1956 für Ralph Giordano ein Schlag ins Gesicht. „Seit wann kompensieren Sozialisten Unrecht in den eigenen Reihen mit dem Hinweis auf kapitalistisches Unrecht?" fragte er in einem offenen Brief an Heym Anfang Januar 1957 in der *Anderen Zeitung*, einem linken Hamburger Blatt. „Hier ist die Rede nicht von Fehlern oder Vergehen, sondern von Verbrechen! Was er, Heym, aufgeschoben wissen will, ist in Wahrheit das Problem von uns Schriftstellern, eine Wendemarke in unserem, in meinem Leben ... Wir haben ein Recht auf volle und erschöpfende Auseinandersetzung ... Befreiung aus der armseligen Enge der vergangenen Epoche!"

Mir aber blieb Heyms Einwurf wichtig, wenn ich auch meinte, Giordano zu verstehen. Dessen Befindlichkeit lag auf der Hand. Alle Übel der Welt von gestern kannte er, hatte sie hautnah erlebt; da war ihm die Sowjetmacht als Retter erschienen, die er nun schrecklich besudelt sah. Seine Enttäuschung war tief, sie kam aus dem Herzen, weniger aus dem Verstand. Denn der hätte ihm schließlich sagen müssen, daß eine bessere Ordnung kaum unbefleckt aus der alten hervorgehen kann – aus dem gräßlichen Sumpf von Elend und Zerstörung durch Bürgerkrieg und Intervention. Vielleicht war er einfach zu gefühlvoll, zu romantisch. Der Sozialismus war ihm Herzenssache gewesen, und solche Menschen verzweifeln, wenn die Wirklichkeit weit zurückbleibt hinter ihren Erwartungen. Eine Illusion zu verlieren, das kann sie erbittern; ich wußte es ja von mir selbst.

Tags darauf las ich in dem druckfrischen Aufsatz eines Philosophen über den marxistischen Abweichler Rudolf Bahro, der für seine Kritik am real existierenden Sozialismus in dem Buch „Die Alternative" ins Zuchthaus gekommen und dann vom Westen freigekauft worden war: „Der russische Weg war ein armseliger Kriegskommunismus, dann ein Staatskapitalismus in einer durch Krieg und Bürgerkrieg zerstörten Wirtschaft und einer Bevölkerung, die zum größten Teil aus ungebildeten Bauern bestand. Der Sozialismus wurde auf einem Zarenreich provisorisch gegründet – einer ‚Selbstherrschaft', einem Polizeistaat mit unfähiger Bürokratie, fehlender Aufklärung, fehlendem Liberalismus, einer Staatskirche ... Und genau das setzte sich in Sowjetrußland Punkt für Punkt fort: als Selbstherrschaft (Stalin), als Polizeistaat (Tscheka, GPU, KGB), als Staatsreligion mit allen Symbolen (Leninismus). Das haben Rudi Dutschke und Bahro öffentlich gemacht. Und das war für die SED und ihre Ideologen undiskutierbar."

Am Schluß des Essays stand: „`Diktatur des Proletariats´ – ich habe auch damals diesen Begriff verachtet und sogar gehaßt, ich wollte die Verbindung zum Sozialismus nicht akzeptieren; und warum marxistische Wissenschaftler stolz darauf waren, in einer Diktatur zu leben, das wollte mir nie einleuchten. Wenn `Diktatur der Intelligenz´, so wäre dies zwar ebenso abzulehnen wie jede Diktatur, aber noch geistig nachzuvollziehen. Aber warum Angehörige der Intelligenz mit Wort und Schrift die

Diktatur des Proletariats feiern und rechtfertigen – das ist ein politisches und psychologisches Rätsel."

Der 68-jährige Wissenschaftler, ein mir also gleichaltriger Mitarbeiter am Institut für Philosophie der Berliner Humboldt-Universität, hatte dann noch vermerkt: „Immerhin rechtfertigte Bahro im Kassationsverfahren vor dem Obersten Gericht der Noch-DDR im Juni 1990, das ihn vollständig rehabilitierte, diese Unterdrückung mit der Feststellung, daß ‚Honecker (ich meine damit nicht nur die Person) Recht hatte. Nämlich der real existierende Sozialismus, die Ordnung, für die ich mich so eingesetzt habe, war tatsächlich so beschaffen, daß Kritik meiner Art den Abgang des Ganzen zur Folge haben würde. Ich habe die Konterrevolution mitorganisiert, mit der Alternative'."

Nach diesen Sätzen stand für mich fest: ich hätte nicht nur mit Egon Krenz, sondern auch mit Rudolf Bahro reden sollen. Aber Bahro, gerade mal 62 geworden, war seit elf Jahren tot.

Übrigens beschrieb ich einem Freund von früher meinen Besuch bei Krenz, ohne das eigene Manko zu verschweigen: die situationsbedingte Schwäche, den Standpunkt des Ex-Parteichefs zum Komplex „Stalinismus" zu erfahren. Wenig später antwortete mir der alte Gefährte. Seinem Brief lag, von Egon Krenz selbst verfaßt, ein Auszug aus dessen Haftnotizen bei, in denen unter anderem auch folgendes stand:

„Ideologen lieben Schlagworte. Eines davon heißt ‚Stalinismus'. Es ist ein von Antikommunisten bewußt schwammig gehaltener Begriff, der es ermöglichen soll, Sozialismus generell als stalinistisch zu denunzieren. Er ist nach Belieben auslegbar: Wer unter dem Begriff ‚Stalinismus' nur die tragischen Repressalien der 30er Jahre versteht, verharmlost diese. Das waren Verbrechen, die niemand rechtfertigen kann, dem die Sache des Sozialismus am Herzen liegt.

Wer unter ‚Stalinismus' die gesamte der Geschichte der

UdSSR summiert, der unterschlägt, daß die Sowjetunion sich seit 1917 aus einem rückständigen Feudalstaat mit Analphabeten zu einer Weltmacht entwickelt hatte, die die entscheidenden Lasten des Kampfes gegen den deutschen Faschismus trug. 27 Millionen tote Sowjetmenschen in diesem Krieg dürfen nicht unter dem Motto Stalinismus begraben werden. Wird nun die Entwicklung der DDR in ihrer Gesamtheit als stalinistisch entwertet, so steckt dahinter, sie auf Mißlungenes zu reduzieren, das hier Geleistete zu leugnen und zu suggerieren, sie habe nur Verbrechen in die deutsche Einheit eingebracht ..."

„Entscheidend für mich", ging es weiter, „ist aber noch etwas sehr Wesentliches: Solange sich Nazi- und Kriegsverbrecher, die in der Sowjetunion oder in der DDR rechtmäßig abgeurteilt wurden, als Opfer des `Stalinismus´ ausgeben können, solange bleibt dieser Begriff für mich auf eine antikommunistische Zwecksetzung verengt, eben ein politisch gewollter Gummibegriff – ein Totschlagsargument. Alles Nachdenken über einen künftigen Sozialismus soll so blockiert werden.

Diese antikommunistische Zwecksetzung bestimmt auch mein Gerichtsverfahren. Angeklagt bin ich wegen meiner Funktionen in der DDR, genauer: Der Funktionen im SED-Politbüro und im Nationalen Verteidigungsrat der DDR. Um das zu kaschieren, wurde ich des mehrfachen Totschlags beschuldigt. Das kann man in der Anklageschrift nachlesen. Sie ist 1555 Seiten lang – drei dicke Aktenordner. Ausgearbeitet wurde sie von einer Generalstaatsanwaltschaft, die ausnahmslos mit Juristen der alten Bundesrepublik besetzt ist. Die DDR war für diese Leute ein `unbekanntes Land´, wie Marion Gräfin Dönhoff und Theo Sommer schon 1964 nach ihrer Reise durch die DDR formuliert hatten. So ähnlich, wie sich manche noch heute Sibirien vorstellen. Sie glauben, das Leben in der DDR besser zu kennen als wir, die hier gelebt haben. Jetzt wollen sie sich die DDR aus Akten erschließen. Diese interpretieren sie nach gängigen Klischees der politischen Elite der Bundesrepublik. Das heißt, aus einem bornierten Blickwinkel heraus. Eine Vorstellung von dem, was die DDR wirklich war, haben sie nicht. Brauchen sie ja auch nicht. Wie sie die DDR zu sehen haben, wurde durch den Deutschen Bundestag in einem Wälzer von 15.000 Seiten festgelegt. (Materialien der Enquete-Kommission `Aufarbeitung von Geschichte und Folgen der SED-Diktatur´, neun Bände in 18 Teilbänden, Baden-Baden / Frankfurt am Main 1995.) Die PDS kam mit ihrem Sondervotum nicht recht zum Zuge. Die SPD variierte mit ihren abweichenden Bewertungen lediglich die geschichtspolitischen Aussagen der konservativen Parteien."

Der Text schloß: „Es dürfte einmalig sein in der Parlamentsgeschichte, daß die dominierenden Parteien verordnen, wie ein Volk über seine Geschichte zu denken hat. Leider sind auch sehr viele Historiker auf dem Gebiet der jüngsten Zeitgeschichte zu Handlangern dieser Politik geworden."

Dem hatte mein Freund noch hinzugefügt: „Kein Wunder, wenn Umfragen jetzt ergeben, daß knapp 20 Jahre nach dem Fall der Mauer in Ostdeutschland das Verhältnis zum demokratischen System deutlich kühler und negativer ist; wie es sich oft auch an der Wahlbeteiligung zeigt. Zwei völlig unterschiedliche Gesellschaften haben sich damals vereinigt, unter tief greifender Veränderung aber nur der einen. Willy Brandt sagte seinerzeit: ‚Aber mit Achtung und Respekt vor dem Selbstgefühl der bisher von uns getrennten Landsleute wird es möglich sein, daß ohne entstellende Narben zusammenwächst, was zusammengehört.'

Vollständig wird dieser Satz nirgends mehr zitiert. Man kennt davon bloß noch den Schluß – eine Verstümmelung, die wohl kaum zufällig ist."

In den grauen Tagen des Spätherbstes, mit dem Schmerz im Arm und dem vergeblichen Warten auf ein Lebenszeichen von Bettina, ging mir all das durch den Kopf. Manchmal fragte ich mich, ob es wohl einen gab, der die großen Zusammenhänge begriff und imstande war, sie zu deuten. Niemand will ja etwas glauben oder tun, das keinen Sinn ergibt. Der Mensch lebt nicht vom Brot allein. Mit sich im reinen ist man nur, wenn man etwas anstrebt, das wirklich erreichbar ist. Und bei diesem Grübeln kamen mir zu den üblichen Zweifeln ein paar seltsame Ideen.

Zum Beispiel, war das denn überhaupt erreichbar: eine Gesellschaft, die einem jede Freiheit ließ und dazu noch Gerechtigkeit bot, das heißt soziale Chancengleichheit und eine plausible Verteilung des Wohlstands nach Leistung – also entsprechend dem Maß, in dem man selber beitrug zur Wertschöpfung, zum allgemeinen Gelingen? Der Mensch ist aus krummem Holz gemacht, wie aus ihm etwas gänzlich Gerades zimmern, ohne jeden Druck?

Hartnäckig stellte sich diese Frage; in jenen Tagen verfolgte sie mich auf Schritt und Tritt. Und meine vorläufige Antwort war: Man kann nicht beides haben, ein ebenso hohes Maß an Freiheit wie auch an sozialer Gerechtigkeit. Das eine geht unvermeidlich zu Lasten des anderen, so daß es eine schier unlösbare Aufgabe ist, beides zu kombinieren; auch Quadratur des Kreises genannt. Dies scheint die Zwickmühle, das Dilemma der Menschheit zu sein. Uns bleibt nur die Wahl zwischen zwei ziemlich holprigen Wegen.

Kein Zweifel, der Sozialismus hat sich als wenig freiheitlich und weitgehend reformresistent erwiesen. Will man ihn entscheidend verbessern, hin zu mehr Freiheit, persönlich wie wirtschaftlich, kommt das System ins Rutschen – durch den enormen Sog des allgemeinen Wunsches nach Entfaltung und Besitz.

Und das kapitalistische Modell? Es wirkt flexibler auf den ersten Blick, ist aber gleichfalls unfähig zu grundsätzlichem Wandel, hin zu mehr Gerechtigkeit. Wer den will, der wird gestoppt vom großen Geld: der besitzstandswahrenden Oberschicht und all ihren gutbezahlten Helfern in den Medien, unter Wissenschaftler und Managern sowie auch im Bundestag. Perfekt abgeblockt, so daß nur kleine Schritte, der Elite mühsam abgetrotzt, allenfalls möglich sind.

Seit 200 Jahren schwankt der Kapitalismus weltweit im Zyklus von Konjunktur und Krise, von Aufschwung, Absturz,

Blütezeit und Krieg. Es ist seine wahre Schwäche, daß er sich im Normalverlauf selbst ebenfalls nicht wirklich reformieren kann. Hier bei uns hat er die Leute mehrfach ruiniert: in der Hyperinflation von 1923, während der tiefen Rezession ab 1930, im Zusammenbruch nach 1945 und womöglich im Verlauf der Weltwirtschaftskrise jetzt.

Es lohnte sich also, jedes andere System daran zu messen, ob in ihm die Abstände zwischen den Katastrophen länger sind. Allerdings, wählen ließ sich ein anderes Modell einstweilen sowieso nicht mehr. Man saß im Gegebenen fest und konnte nur versuchen, die Linke zu unterstützen, damit die Lage der kleinen Leute, also der großen Mehrheit, erträglich blieb ... Dies war, karg genug, das Ergebnis meiner Sinnsuche, im Moment.

Drittes Kapitel

DIE CHANCE

Hier angelangt, stockt mein Bericht, weil der Ablauf stagnierte. Für ein paar Tage standen die Dinge still, wenn auch nur bei mir. Anderswo lief natürlich alles weiter. Ein Ostsee-Erdbeben der noch verträglichen Stärke 4,8, das von Südschweden ausging, ließ frühmorgens die Küste erzittern, es riß mich aus dem Schlaf. In Bagdad schleuderte ein irakischer Journalist seine beiden Schuhe nacheinander auf George W. Bush. Der scheidende US-Präsident duckte sich flink, doch gilt solch ein Wurf in der islamischen Welt als schwere Kränkung. Und der Hollywood-Star Peter Falk, den ich in der Rolle des listigen Ermittlers „Columbo" immer gern gesehen hatte, war mit 81 Jahren zum Pflegefall geworden, ereilt von der Alzheimer-Demenz, wie lange vor ihm bereits der Schauspieler und Altpräsident Ronald Reagan.

Ist es das schwache Beben gewesen, das mich Punkt 6.20 Uhr weckte? Es war so, als rumpele jemand durchs Haus oder als durchbreche ein Jet von Rostock-Laage gerade über mir die Schallmauer. Jedenfalls fuhr ich hoch, und es mag sein, daß diese jähe Bewegung den Gedanken an etwas wachrief, das sich acht Monate zuvor im Leuchtturm abgespielt hatte. Es war mir nach und nach von drei Seiten erzählt worden, stets bruchstückhaft; doch haben die Quellen einander derart ergänzt, daß schließlich für mich ein plastisches Bild der Geschichte entstanden ist. Die füge ich hier ein, weil sie ein Schlaglicht wirft auf zwei der handelnden Personen des Geschehens. Nicht über alles schweigt des Sängers Höflichkeit, und vieles verstehen heißt manches verzeihen.

Ich wußte längst, es gab drei Dinge, die Helmut Löw die Laune verderben konnten: ein erotisches Mißlingen oder permanentes Regenwetter an der Ostsee; das dritte war die Kombination von beidem. Ende April war Löw ans Meer gereist, und zwar allein, ohne Bettina und den (von ihm ungeliebten) Kater Baffi. Bettina nämlich nahm an einem Kursus teil, um jene Kunst der Text- und Bildgestaltung zu erlernen, für die bei uns das englische Wort Layout steht. Sie probierte das schon in Löws Büro und wollte sich durch Unterricht für Fortgeschrittene jetzt darin vervollkommnen. Das äußere Bild eines Druckproduktes, von ihr arrangiert, sollte ihrer eigenen Erscheinung nicht länger nachstehen. Talent hatte sie ja, und ihr Partner war ein moderner Mann, der sich mit keiner Nur-Hausfrau schmücken mochte. Es tat ihm gut, auf einer Party beiläufig zu sagen: Bettina hat viel Geschmack, sie wacht ganz exzellent über das Layout bei mir.

Er hatte einen Geschäftsfreund aus Lübeck erwartet, für ihn das Dachgeschoß des Leuchtturms tüchtig heizen lassen, doch der Kunde hatte kurzfristig abgesagt. Nun saß Löw trist herum, während Regengüsse aufs Glasdach prasselten. Zur Heimfahrt lockte das Wetter nicht, was also tun? Spontan fiel ihm Martina Franke ein, die Frisöse aus Ribnitz. Sie hatte sich selbständig gemacht, ihre Handynummer hinterlegt und schien für Hausbesuche verfügbar. Er rief sie an, noch ohne feste Absicht, und freute sich auf ihren Besuch, der ihm auf jeden Fall Zerstreuung bot. Sie war auffallend hellblond, blauäugig und zart, mit Anfang 20 allerdings zu jung für ihn. Er schätzte Frauen über 30, die nicht mehr verkichert oder zickig waren, reif auch für gescheite Unterhaltung. Nicht mal besonders hübsch mußten sie sein. Vier Jahrzehnte sexueller Erfahrung hatten ihn gelehrt, daß entzückende Damen im Bett recht oft langweilig sind. Sie haben es nicht nötig, vielseitig zu sein und erotische Tricks zu kultivieren: man begehrt sie auch so.

Während er eine flotte CD in den Recorder schob, stand ihm Martina reizvoll vor Augen, mit ihrem Metallkoffer voll des professionellen Handwerkszeugs; dabei auch ein großes Tuch, das sie vor der Prozedur auszubreiten pflegte, damit nichts den Teppich des Kunden beschmutzte. Dank ihres natürlichen Blondhaars, des vollen Mundes und der kleinen spitzen Brüste war sie nach seiner Weltkenntnis eine Spur zu attraktiv, um phantasievoll zu sein, wirkte aber doch so fügsam, ja ehrerbietig, daß sie für ihn anziehend blieb. Ihr Einkommen, das hatte er letzthin von ihr erfragt, hielt sich knapp auf Harz-IV-Niveau. Er war sich seiner Hinneigung zu Frauen von tiefem Sozialstatus bewußt. Bei freundlichem Umgang mußten die ja auf ihn fliegen, auch wenn er mit seinen 56 Jahren doppelt so alt war wie sie.

Löw hatte gar nicht vor, in Abwesenheit seiner Bettina hier „zum Schuß zu kommen", wie man das in der Nationalen Volksarmee salopp genannt hatte. Immerhin trug er, alleinreisend, meist ein winziges Päckchen der Marke *condom nature* bei sich, das – im Stil der NVA – drei „Mündungsschoner" enthielt. Die Erfurter Herstellerfirma warb, wie er jetzt sah, mit den Slogans „für aufregende Momente" und „mit Sicherheit viel Gefühl". Zwei simple Sprüche; ihm wäre da Charmanteres eingefallen.

Gewiß, man sollte sich schützen. Dies aber war gar nicht das Hauptproblem. Tatsächlich plagten ihn neuerdings Zweifel an seiner männlichen Präsenz. Die unterlag, wohl stressbedingt, leidigen Schwankungen. Ein Freund hatte ihm enthüllt, daß er schon mit Ende 40 an Zeichen von Erektionsschwäche litt. („I tell you that´s the hell" hatte er, durchaus branchenüblich, auf englisch geseufzt.) Während manch 80-Jähriger da noch standfest sei oder doch so tat! Die menschliche Natur war, wie alles auf der Welt, ziemlich launisch und ungerecht. Zwar, es gab das blaue Viagra des Konzerns Pfizer, doch den Griff zu der rautenförmigen Tablette hatte er bislang gescheut, als arg deprimierend. Auch waren Nachahmungen der teuren Potenzpille auf dem Markt, täuschend echt, nur durch abweichende Konzentration des Wirkstoffs und Verunreinigungen gesundheitsgefährdend ... Also Finger weg! Da ließ sich halt nichts machen. Oder etwa doch?

In jüngster Zeit führte Helmut Löw sein gelegentliches Versagen auf den Umstand zurück, daß er fast immer bloß mit ein und derselben Frau schlief, eben seiner Bettina. Mußte da Gewöhnung nicht durch ein Schwinden der Neugier, das

Fehlen des Überraschungseffekts, zwangsläufig zum Spannungsabfall führen? Vermehrt noch durch den üblichen Ärger im Geschäft, wie heute wieder mit dem Lübecker Partner. Der hatte ihm einen fetten PR-Auftrag zugunsten des Steinkohlekraftwerks in Aussicht gestellt, das die Dänen am Greifswalder Bodden errichten wollten. Dong Energy hieß der dänische Laden, ein enormes Schwergewicht. Dagegen regte sich im Publikum Widerstand, den man kleinhalten mußte, damit das Milliardenprojekt genehmigungsfähig blieb. Bedeutete die Absage aus Lübeck etwa, daß der schöne Auftrag sich zerschlug? Ach, bloß nicht grübeln jetzt! Frust war, auch schon vorweggenommen, immer absolut kontraproduktiv, nicht nur in puncto Erotik.

Löw schüttelte die Sorgen ab, er fühlte sich bestätigt und belebt durch das, was da so volltönend aus der Stereoanlage drang. Es war, zum Anlaß passend, der mitreißende Evergreen „Hernandos Hide-away". Der Lockruf des Abenteuers. Ja, man mußte das sportlich sehen, mußte gegen das Manko antrainieren und einfach nehmen, was sich einem bot. Sollte es denn nach dem alten Fahrplan laufen, der darin bestand, das Mädchen mit der Rolle in einem Werbespot zu locken? Bei einem Girl , das durch die Wechselfälle des Lebens zur Figur im Prekariat, zur sozialen Ausschußware geworden war, zog das allemal. Und doch, wie simpel, wie beschämend einfallslos! Der übliche Dialog ging ungefähr so: „Ach, Herr Löw, ich könnte das nicht." – „Was befürchtest du denn?" – „Ich bin doch keine Schauspielerin." – „Nun, du brauchst nur zu lächeln, wem den Kopf zu waschen und das Schampon zu loben." – „Ob ich das schaffe?" – „Aber ja, du hast das Zeug dazu. Es geht doch bloß darum, das Produkt zu verkaufen. Und mit dir läuft das, da schlägt man es los!"

So plausibel wie primitiv. Löw wußte plötzlich, wie ihm das in den Sinn gekommen war, woher der Schlüssel eigentlich stammte. Die Urszene dieses Entwurfs war der Filmkomödie „Was diese Frau so alles treibt" entnommen, Hollywood anno 1963, mit James Garner und Doris Day, die durch den einsamen Entschluß eines Waschmittel-Milliardärs von einer gelangweilten Gattin zur Ikone für „Happy"-Seife wird, zum großen Star, nur weil sie ihren ersten Life-Auftritt im Fernsehen verpatzt und dadurch erfrischend natürlich wirkt. Eine köstliche Satire auf die Werbewelt von einst, als sowas noch passieren konnte.

Nein, Schluß damit, auf die Art ging es nicht mehr. Das war ein bißchen dicke, ein Griff in die Mottenkiste, und außerdem immer gelogen. Das Kölner Studio, das ihm die Spots drehte, hatte genügend eigene Darstellerinnen, es schätzte keine Empfehlungen aus Berlin. Ach, man gewöhnt sich leicht daran, Leute zu beschwindeln und nicht dabei erwischt zu werden. Es widerstrebte ihm, zu lügen, und noch mehr haßte er Klischees; sein Wahlspruch war: öfter mal was Neues. Kämpf an gegen die Abstumpfung des Konsumenten, denk an dessen dickes Fell, an das Gespür für falsche Töne! Vielleicht kennt die Frisöse sogar den alten Film, der Mitteldeutsche Rundfunk hat ihn neulich wiederholt. Wir alle haben zugelernt, plumpe Täuschung ist passé. Den anderen stets ein Stück voraus sein, darin liegt die Herausforderung heute.

Jetzt hörte er Schritte im Treppenhaus. Sie kam – das gab ihm einen Kick, der blitzschnell vom Kopf abwärts in die Lenden ging, als lustvoller Impuls. Seine Einbildungskraft trug ihn weit. Er hatte das Tor zum Turm nicht abgesperrt und einen Zettel angebracht, der ihr sagte, wo er zu finden sei. Er öffnete die Tür des Oberstocks, und während hinter ihm Perry Como oder Frank Sinatra „I've got you under my skin" sang, sah er ihr beschwingt entgegen – selber gespannt auf das Spiel, auf die Strategie, die er jetzt abseits des Herkömmlichen quasi aus dem Bauch heraus entwickeln würde, um das Mädchen zu gewinnen. Und zwar im Duell mit ihrer Ehrbarkeit, wie prickelnd, das verschäfte den Reiz! Denn nach dem wenigen, was er von ihr wußte, stand eines fest: käuflich war er nicht so ohne weiteres, ihr schlanker, lieblich lüsterner Leib.

Etwas außer Atem langte Martina Franke oben an, sprachlos staunend. Hier war sie noch nie gewesen, nur zwei- oder dreimal drüben im alten Fachwerkhaus, wo sie Löws hübsche Frau hatte frisieren dürfen; niemals jedoch ihn. Schon das edle Holz und die gediegene Machart der Wendeltreppe gefielen ihr. Und nun sah sie sich unter dem gewölbten Glasdach nett begrüßt und umgeben von schönem Mobiler aus marokkanischer Zeder, wie Löw ihr sagte; vornehmes Zeug, dem ein aromatischer Duft zu entströmen schien. Alles zeugte von Reichtum und Geschmack. Der halbkreisförmige Wohnraum war dem Meer zugewandt, abseits stand oval geformt das Bett, und ein Balkon, auf dem Regentropfen in jähem Sonnenlicht wie Perlen schimmerten, lief offenbar um die ganze Etage. Über den Rippen der Gasheizung hing ein Spruch, den sie nicht verstand: *Si tacuisses, philosophus mansisses.* „Hättest du geschwiegen, wärst du ein Weiser geblieben", sagte ihr Löw. „Oder, frei übersetzt, manchmal hält man besser den Mund ... Ja, die alten Römer! Ist schon toll, wie kurz sie sich fassen konnten."

Von all dem beeindruckt, setzte Martina den Alukoffer ab. Der Hausherr nötigte sie in einen fabelhaft schwenkbaren Ledersessel und fragte nonchalant, womit er ihr dienen könne: Tee, Kaffee, Saft oder Wein? Sie bat um ein Glas Wasser. Löws Gebaren erinnerte sie entfernt an die lockere Freundlichkeit des alternden Showstars Thomas Gottschalk. Seine Frau war anscheinend nicht daheim. Auch hatte sie auf den ersten Blick bemerkt, daß er weder eine Rasur noch einen Haarschnitt brauchte. Und als er ihr nun vorschlug, einander doch zu duzen, wunderte sie das noch mehr.

„Sieh mal, es geht nicht, ich nenne dich Martina, und du sagst Herr Löw zu mir", erklärte er leichthin, angenehm beiläufig. „Das schafft einen Abstand, der albern ist. Ich bin Helmut – nicht dein Chef, gar keine Autorität für dich. Wenn ich dir überhaupt mal etwas sagen darf, rein geschäftlich, dann wär das der Rat, deine Bandbreite im Beruf allmählich zu vergrößern. Stichwort: Wellness im Eigenheim, übers Haarschneiden hinaus."

„Was meinen Sie ..., meinst du denn damit?"

„Na, zum Beispiel Gesichtsmassage, Aromatherapie, Exotikmaske, Ingwer-Körperpeeling, Strandpackung für die Füße und Früchte aufs Gesicht."

Martina war sprachlos. Wollte er ihr Manager sein, hatte er sie deshalb herbestellt?

„Ist nicht schwer", redete er ihr zu. „Kannst du alles lernen. Immer mehr Leute ziehen ans Meer, alte Säcke aus dem Westen mit ´nem Haufen Geld und den Gemahlinnen. Da kann man absahnen. Das wär ein feiner Markt für dich, auch außerhalb der Saison."

Das klang ja ganz gut. Im stillen gab sie ihm recht. Aber sie hatte doch einen festen Freund, der ihr zur Seite stand, auch wenn er auf dem ehemaligen Russenflugplatz kaum mehr verdiente als sie. „Schön", sagte sie, „aber was kann ich jetzt für dich tun?"

„Mir bei meinem Drehbuch helfen. Hör zu, Martina. Ich bin nämlich nicht nur Werbemann, sondern viel länger schon Szenarist. In dem Film jetzt geht es um eine junge Frau, wie du es bist, eine also, die sich hart am Rande des Existenzminimums tapfer durchs Leben schlägt, Ich kann mir das nicht alles aus den Fingern saugen und brauche deinen Rat. Bitte, erzähl mir von dir!"

Das wollte sie gern tun, nur wo beginnen und wie weit gehen? Er sprach gedämpft, in schleichenden Worten, als pirsche er sich auf ganz Privates an. Trotzdem kam ihr nichts Böses in den Sinn, selbst als er hinzufügte: „Du weißt, die Branche ist nicht arm, sie zahlt korrekt für Informationen. Fünfzig Euro die Stunde, wär dir das recht?"

Sie schwieg überwältigt. War das wirklich sein Ernst? Der Betrag lag zehnfach über ihrem Stundenlohn.

„Wohlgemerkt", fuhr er fort, „es geht mir um deinen persönlichen Schatz an Erfahrung. Den Lebensbericht will ich kaufen, Martina. Die Seele, hätte Mephisto gesagt, nicht etwa den Körper, so lockend der vielleicht auch wirkt auf mich."

Ein Satz, der sie undeutlich warnte und sich wie Säure in ihr

Denken fraß. Sie war nicht so naiv, den Unterton von Begehrlichkeit zu überhören. „Da würde ich mich auch wehren", sagte sie keck, zog eine Sprühdose hervor und stellte sie auf den Tisch.

„Was ist da drin?"

„Pfefferspray, Helmut. Hab ich schon mal benutzen müssen."

Das schien ihn zu amüsieren. „Okay, keine Rose ohne Dornen", sagte er salopp, förderte eine Pistole zutage und packte sie mit einem dumpf polternden Laut zu ihrem Spray. „Si vis pacem, para bellum" – ein Spruch, den sie wieder nicht verstand. „Oder, wie es bei Berta von Suttner hieß: Die Waffen nieder?"

Für einen Moment verstummte Martina, während sie seine Wortwahl prüfte. Die Waffen ruhten, doch wurde sie aus ihm nicht ganz schlau. Klar war ihr nur, hier gab es etwas zu holen, und sie wollte es haben. Jeder spricht gern mal von sich, aber wem wird das auch noch bezahlt?

„Hörst du mir überhaupt zu?" fragte er. „Ich kann es dir nicht ansehen. Ich kann deine Miene nicht deuten."

Löw sprach ohne Vorwurf, er schlug einen munteren Plauderton an, der ihren Verdacht fast zerstreute. Martina stellte sich vor, daß er so auf einer Cocktailparty etwa das betrieb, was in seinen Kreisen wohl Smalltalk hieß. Das machte es ihr leicht, nun ganz beruhigt ihren Werdegang und auch die aktuelle Situation zu schildern. Daß sie erst Kellnerin gewesen sei, Fachfrau für Gastronomie, dann Frisörin geworden, in einem Ribnitzer Salon, den Job aber vor einem Jahr hingeschmissen habe, weil ihre Chefin trank und das Personal schikanierte, besonders dann, wenn sie merkte, daß ihr eigener Ehemann, ein übler Schmarotzer, es auf eins der Mädchen abgesehen hatte.

Der Zuhörer schrieb, wie sie sah, wohl einiges davon mit. Und weich gestimmt, wie Martina plötzlich war, erzählte sie Löw auch noch den Rest: Wie sie mit ihrem Freund in einem Wohnwagen auf dem verlassenen Fliegerhorst hauste, wenn nötig massenhaft Trümmerholz in den Allesbrenner schob, so daß man es trotz der dünnen Wände auch bei Frost schön warm habe und keine Miete zahlen müsse; die Gebühr für den Stellplatz sei gering ... Na, das war mehr, als sie zunächst hatte sagen wollen, kein Kunde kitzelte sonst sowas aus ihr heraus. Ihm jedoch war´s auf Anhieb geglückt, auf die väterliche Tour und durch seine Art, ihr ohne Unterbrechung aufmerksam zuzuhören. Wer hatte sich schon mal echt für ihre Lebensweise interessiert?

Einmal nur warf er ein: „Eurer Bleibe fehlt doch sicherlich das Bad?"

„Ja, wir waschen uns halt in der Schüssel, das klappt bestens." Ihr wurde ein bißchen heiß, dies war schon recht intim. „Und öfter mal in der Schwimmhalle unter die Dusche."

Endlich sah er von seinen Notizen auf, schaute ihr in die Augen und dankte für soviel Offenheit. „Du kannst gern hier duschen, jederzeit, der Turm hat vier Bäder mit allem Zubehör für die Gäste, einschließlich Bademantel."

Sie schüttelte sprachlos den Kopf.

„Dein Vertrauen hilft mir enorm, und es wird nicht mißbraucht", versicherte ihr Löw. „Kein Mensch stört uns übrigens, wir zwei sind hier allein, Martina. Aber wir leben beide in einer festen Beziehung, und das wird von mir respektiert. Bitte verlaß dich darauf, wenn ich dir jetzt ein Experiment vorschlage, das für mich wichtig ist."

„Was soll denn das sein?"

Die Antwort ließ auf sich warten, weil sein Handy läutete. Es meldete sich mit einem Klingelton, der an irgend einen alten Schlager erinnerte, wie sie ringsum auch leise aus den Boxen drangen. Er schien ein Fan antiker Schmusemusik zu sein. „Ach Sie sind das, Herr Brunner", hörte sie ihn sagen. „Wie, Sie starten jetzt und sind in knapp zwei Stunden bei mir? Okay, ich freue mich und stehe Ihnen zur Verfügung ... Sie finden mich oben im Turm, Haus `Sansibar´ ist derzeit ungeheizt ... Bis dann, mein Freund."

Er knipste aus und sagte zu ihr: „Ein Geschäftsfreund aus Lübeck. Erst hat er abgesagt, nun plagt ihn das Gewissen und er schickt mir immerhin den Junior, seinen zweiten Mann."

„Da mach ich mich wohl besser aus dem Staub."

„Unsinn. Unseren Versuch, den kriegen wir ganz rasch hin. Es geht um die Psyche meiner Filmfigur, für die stehst du mir ja Modell. Die Frage ist, was empfindet sie als arme junge Frau, wenn ein reicher Verehrer wünscht, daß sie sich vor ihm auszieht? Nicht mehr; er faßt sie keineswegs an. Er sucht bloß den Kick, verstehst du, will den Anblick genießen und sehen, ob sein Geld ihm dazu verhilft."

Bei diesen Worten schob er zu ihrer Verblüffung drei grünliche Banknoten auf den Tisch, 100-Euro-Scheine, flink wie beim Pokern, und fächerte sie vor ihrem Pfefferspray auf, als wären es Spielkarten. „Die sind für dich, völlig real, und anschließend schilderst du mir ehrlich deine Empfindungen, wenn du dem Vorschlag folgst, dich zu entkleiden. Wir spielen das authentisch durch. Es geht nicht um deine Blöße, sondern um den Widerstreit der Gefühle in dir."

„Ich weiß nicht, ob ich das will." Sie merkte, verstohlen auf das Geld zu schielen, und auch, daß er es sah.

„Na, so schwer kann´s doch nicht sein. Stell dir vor, wir zwei sind dort unten am Strand gerade dabei, uns in die Sonne zu legen." Löw sprach plötzlich lebhaft und wies hinaus aufs Meer, er gestikulierte sogar, was sie sonst an ihm nicht kannte. Sie spürte den Pulsschlag am Hals. Ihr war, als sei er darauf aus, sie entweder zu erniedrigen oder sie unbedingt nackt zu sehen, was auch immer das ihm gab.

„Wenn´s dir hilft, leg ich selber die Klamotten ab", sagte er, wie um ihren Einwand wegzuwischen. „Tun wir´s mal so wie ein ganz normales Paar beim FKK."

Sie fingen beide an, sich zu entblättern. Es geschah wie durch Zauber, unter geheimem Zwang. „Wow!" rief er jungenhaft, als sie den BH abnahm. „Ich sag´s mal blumig, Mädchen: der Körper taucht den Verstand in einen Ozean des Schwelgens und der Ungewißheit! Und wie geht´s dir? Was verspürst du im Moment?"

„Mir ist das absolut peinlich", hauchte sie. „Wir sind eben nicht am Strand, das ist der Unterschied ... Also, ich schäme mich."

„Gleich nicht mehr“, frotzelte er. „Sei einfach du selbst, ganz locker und natürlich. Wir zwei sind im Zustand paradiesischer Unschuld, exakt wie Adam und Eva, bevor die Schlange kam oder der Apfel. Das hab ich als Kind schon immer verwechselt.“

Helmut Löw strahlte, er war fast am Ziel, seine Idee wurde belohnt. Wie er das wieder geschaukelt hatte! Darauf mußte man erst mal kommen. „Weg mit dem Slip“, bat er und sah dies prompt befolgt. Mein Gott, war das Mädchen süß, so schmal und scheu. Beinah glich sie Ingrid Steeger, dem Popstar der frühen 70er Jahre. Sein Blick strich an ihr abwärts bis zu den Schenkeln – einer Art Bermuda-Dreieck, wie es ihm schien, in dem Sitte und Anstand gleich versinken würden. Ja, er hatte ein Faible für diesen Typ; köstlich, was ihm hier geboten wurde. Dazu noch ihr üppig helles Haar, dicht auch unter den Achseln. Die leuchtendste Frau, die er je gesehen hatte, denn das lichterfüllte Blond setzte sich unten in betörenden Löckchen fort! Ihr Sexappeal trieb ihm einen Stachel ins Mark. Und ihre Fügsamkeit sagte ihm, sie werde sich kaum sträuben, wenn er sie gleich ins Bett lockte. Gewiß, das war frech, wohl auch falsch, doch im Moment fühlte es sich nicht so an. Was kümmerte ihn sein Geschwätz von eben? Das Achten fester Partnerschaften war doch nur Blabla.

Doch konnte er es wirklich wagen? Flüchtig sah er an sich herab, auf die strammen Beine: noch das beste an ihm, äußerlich; der Rest mochte schon Gammelfleisch sein für sie. Die Boxershorts hatte er anbehalten, vorsichtshalber, um sie nicht zu erschrecken; daran hob sich die erhoffte Schwellung ab. Welch ein gutes Zeichen! Daß Martina es abgelehnt hatte, zu duschen, störte ihn nicht. Er brauchte keine parfümierte Haut. War er mal so spitz und scharf wie jetzt, törnte weiblicher Eigengeruch ihn heftig an, zumal der Dunst ihrer Achseln.

Zurück zur Natur hieß die Losung. Manch anderer schätzte

dies nicht, das war ihm bekannt. Auf einer Premierenfahrt in den 70ern hatte ihm Minchen Mueller-Stahl mal geklagt, wie er leide unter mangelnder Reinlichkeit der Mädchen, die ihm nachstellten und hinterher auch noch ein Andenken wollten zur ewigen Erinnerung an ihn. In seiner Spottlust erwog der blauäugige Star sogar, Haarsträhnen oder Nasenpopel zu verschenken, so leicht flogen ihm die Herzen damals zu; das machte halt arrogant. Nicht eben ganz die Art eines Jean Buddenbrok, den der Mann, in Hollywood gereift, neuerdings im Film verkörpert ... Wie aber kam er, Löw, denn jetzt auf diesen Mimen? Offenbar durch Lübeck, die alte Hansestadt, von wo aus Dr. Brunner, Nelles´ Büroleiter, unterwegs war zu ihm.

Lauter dummes Zeug, werde mal fertig damit, komm zur Sache! Was zum Teufel ließ ihn zögern, woher bloß all die Verknüpfungen, seine Gedankenflucht, dieser Fluch des rastlosen Geistes, dem er doch soviel verdankte? Scheute er den Test, die Probe aufs Exempel? Er sah zur Uhr, noch 90 Minuten bis zu dem Gast aus Lübeck; reichlich Handlungsraum für ihn. „Anything goes", hörte er eine Frauenstimme rauh aus den Boxen singen. Und das Mädchen neben ihm rührte sich nicht, stand wie angewurzelt da, in ihr Schicksal ergeben, vielleicht erschauernd vor dem, was ihr da gleich geschah.

Ach, der ganze Sextrieb war im Grunde närrisch, rundum rätselhaft. Was lockte ihn denn, die Lust auszukosten, manchmal bis an den Rand seiner Reputation, um schier bedenkenlos in fremde Körper zu dringen? Was zog ihn derart hin zum weiblichen Genital, daß er sich dem oft zwanghaft näherte, wo immer eine Chance sich ihm bot, mit hündischer Liebkosung und saugender Delikatesse? Vermutlich überschätzt man stets, was einem selber fehlt, wenn ein anderes Wesen es hat. Den Weibern ergeht´s ähnlich, das ist ja noch ein Trost. Das Dienstmädchen aus dem Elternhaus fiel ihm ein, engagiert von Professor Dr. Löw und erpicht darauf, den winzigen Joystick des kleinen Helmut zu sehen, als sie ihn, den kaum Zehnjährigen, ermuntert hatte, in den eisernem Ausguß zu pinkeln, den es in der Küche des herrschaftlichen Altbaus noch gab: „Alle

Großstädter machen das, wenn des Klo besetzt ist, Junge ..." Schon damals hatte er ihr Motiv durchschaut.

„Mir wird kalt", seufzte die Frau neben ihm. „Einverstanden, ich zieh mich wieder an."

„Keine Hast, Chica", bat er. „Setz dich bloß nicht unter Druck." Was er gar nicht brauchen konnte, war Stress. Nur kein Zugzwang, keine Hektik jetzt, das war äußerst schädlich. Er nestelte an seinem Zeug herum, das auf der Couch lag, suehte erst in der Jackentasche, dann am Bett nach der Packung *condomi nature*, fand sie auch und fingerte schon an der Stanniolfolie, um sich heimlich damit zu versorgen, wenn es soweit war, als sie vom Fenster aus sagte: „Ich nasch mal kurz ab, es scheint, dein Besuch ist da."

Das konnte nicht stimmen, doch er begriff, sie wollte weg. Abnaschen hieß abhauen, ein Wort aus der Jugendsprache, die ihm halbwegs geläufig war, weil man die Zielgruppe unter 21 damit erreichte. Martina hatte den Jargon bisher vermieden, wohl ihm zuliebe. Nur als sie den Abbruch ihrer Kellnerlaufbahn beschrieb, war ihr der Satz entschlüpft: „Ieh hatte keinen Bock mehr, Servierschlitten zu sein."

Um im Stil zu bleiben, auch sachlich klar, wollte er gerade sagen: „Laß uns ein bißchen igeln, Bunny", was miteinander schlafen hieß. Doch da rief sie schon: „Alter Schwede, da steht wer unten und glotzt rauf!"

Er trat neben sie, und was er sah, das gab ihm einen Stich. Vor den auslaufenden Wellen stand eine böse Figur am Strand, breitbeinig, Hände in die Hüften gestemmt – Manne Pelzer! Und starrte herausfordernd hoch, als wollte er sagen: Helmut, ich krieg dich! Penn ruhig mit der Tussi, deren Blechei an der Düne steht, aber danach sprechen wir uns, dann bist du dran.

Löw wich vom Fenster weg. Hinter ihm sang, wie zum Hohn, mit Schmelz in der Stimme Robby Williams sein „It´s De-Lovely". Instiktiv griff er zur Waffe. Es war nur eine Gaspistole, doch auf kurze Distanz recht wirksam. Das Tor zum Turm stand offen, man sperrte hier nur nachts ab. Und es war auch gar nicht Pelzers Art, bei ihm einzudringen. Dem reichte es, sich provokativ zu zeigen; den Rest überließ er seinem Anwalt, diesem Übelmann. Das war nun mal sein bester Freund gewesen, dem hatte er im Film ein Denkmal gesetzt, fast hätten sie nach der Wende ein Maklerbüro eröffnet, gemeinsam – und nun das! Wegen schierem Hühnerdreck, einem Formfehler im Grundbuch, juristischer Krümelkacke machte der ihm den schönen Fleck streitig, wollte sechsstellig entschädigt sein! Soviel Undank, diese Gier, nein, das konnte man nicht fassen. Ein verstimmter Manne sei kein angenehmer, hatte der neulich gedroht, wollte ihm ein Ding nach dem anderen aus dem Kreuz leiern – den Weg über die Düne direkt beim „Sansibar", den elenden Hundestrand vor seiner Nase und wer weiß was noch –, aber jetzt war Schluß.

Leider auch hier, das dämmerte ihm. Da lagen auf dem Sessel nun Martinas Klamotten, das Unterzeug zuoberst, die Fahne der Kapitulation. Mit Rostocker Nutten hatte er Erfahrungen gemacht, die schwerlich zu unterbieten waren. Die Routine, nahm er an, der triste Alltag hat sie halt verformt ... Seltsam, wie wenig man geneigt ist, fremdem Leid nachzuspüren, es begreifen oder gar teilen zu wollen. Anders in diesem Fall! Gerade ihr leiser Protest, das stumme Widerstreben hatten ihn ja so gereizt – welch leckere Beute, und nun? Zerdeppert der Traum, wie weggeblasen sein Verlangen. „Yeah, let´s do it", spielte die Jazzband, doch eben das ging jetzt nicht mehr. Schluß mit lustig, Mädchen, du ahnst nicht, was dir entgeht; in den siebten Himmel gehoben hätte ich dich.

„Soviel Geld", sagte sie beim Anziehen. „Das ist tatsächlich für mich?"

„Dumme Frage." Löw lachte. „Kauf dir schnieke Pumps davon"

„Nein, da weiß ich was besseres."

„Verrätst du´s mir?" fragte er artig. Es war nicht ihre Schuld, daß man so auseinanderging – vorerst mal, für heute. Denn immerhin, sie hatte ihm nachgegeben, war gewiß kein Weib, das man schließlich doch nicht ins Bett kriegt. Um ein Haar hätte es geklappt mit ihr.

Martina schüttelte den Kopf; das wollte sie für sich behalten. Sie lächelte verlegen – tief beschämt, so kam es ihm plötzlich vor. Dabei glitt sie in ihre halbhohen Stiefel. Die zog sie, dem Landesbrauch folgend, immer gleich an der Tür taktvoll aus. Nun stand sie da und gab ihm hastig die Hand. „Hab ich wirklich helfen können?"

„Ein wenig schon. Ich arbeite noch an der Figur."

Das Mädchen schwieg. Ein kleines Achselzucken. Was für ein scheuer Abgang! Sie wirkte arg verwirrt, so betreten, als habe sie etwas Unrechtes getan, das man am besten vergaß. Doch genau das konnte er nicht. Sie sollte wiederkommen, irgendwann ... Als tief unter ihm ihr kleines Auto ansprang, sang Vivian Green romantisch „Just some of those things", gefolgt von „Love for sale". Okay, dachte Löw, während das schäbige Vehikel in Pelzers Wäldchen verschwand. Die Zeit bricht an, da ich mir die Weiber kaufen muß. Der Glamour schwindet, aber Melancholie ist keine Lösung; ungebrochen sind Kampflust und Machtinstinkt. Pelzer, zieh dich warm an, sonst erlebst du hier noch dein Waterloo. Aufgepaßt, Manne, auch ich kann zaubern! Das heute war dein letzter mieser Streich.

Auf den Gast aus Lübeck wartend, warf Löw sich zwei Halstabletten ein. Er war gestern den windigen Strand entlang gewandert, jetzt saß ihm ein Kratzen im Rachen. Auch das noch. Die blöde Erkältung, der Fehlschlag oben, das paßte zu dem tristen Wetter, der verunglückten Startphase hier am Meer. Und er ahnte, der Besuch des spindeldürren Dr. Alfons Brunner würde ihn nerven und vielleicht so belastend sein, daß es ihm den Rest gab; halt ein verpfuschter Tag.

Nein, diesen Mann mochte er nicht, den schickte der Nelles bloß als Troubleshooter, wenn es Negatives gab: Pannen, Absagen oder Chaostage. Der dicke Roland Nelles, als Rheinländer ein Mann der ersten Stunde, mit frühestem Zugriff auf Deutsch-Nordost, hatte Löw übrigens zu diesem Anwesen verholfen und, durch mangelnde Sorgfalt beim Kaufabschluß, ihm letztlich den Ärger mit Pelzer eingebrockt. Aber er schanzte einem auch manches zu, potende Kunden bauten auf seinen Rat beim Aufschlüsseln ihres Werbeetats. Er galt als graue Eminenz einer Viererbande im südlichen Schleswig-Holstein, an deren Spitze ein Müllmakler, ein milliardenschwerer Discounter und ein dubioser FDP-Politiker standen, nebst einem Herrn von uraltem Adel: die Geldelite des Bundeslandes.

Mit einem müden Lächeln entstieg Dr. Brunner seinem BMW. Als Veteran von Komplikationen hatte er dämpfende Gesten für den Moment entwickelt, in dem die Bombe platzte. Dazu gehörte ein prächtiger Blumenstrauß für die Gattin des Partners, von deren Abwesenheit er nichts ahnen konnte. Löw nahm das Bukett dankend entgegen. Er selbst machte sich aus derlei Grünzeug nichts, es stand einem dauernd im Weg, obendrein brauchte es Pflege, wozu Bettina ihn öfter anhielt.

Das zweite Mitbringsel war schon besser, eine Flasche Veuve Clicquot Vintage Reserve 2002, die der Gast aus einer Kühlbox hob. „Vortrefflich, davon schaffen wir auch zwei", sagte Löw, gewillt, die Gabe noch zu toppen, und zwar mit seinem Dom Pérignon Brut Jahrgang 2000, mehr als doppelt so teuer. Er schenkte ein, sie tranken einander zu, und Löw machte sich in dem Ledersessel, der vorhin Martina umschmeichelt hatte, nun auf etliches gefaßt. Die Unordnung war getilgt, und da sie kein Parfüm benutzte, war nach seinem Eindruck die Luft ziemlich rein.

Doch es kam härter als erwartet. Alfons Brunner eröffnete ihm säuerlich, Dong Energy habe den PR-Auftrag storniert. Den Dänen sei Löws Firma zu klein, zu unbekannt, sie wollten einen Partner „etwa vom Kaliber Jung von Matt; bei denen rangiert Renommee vor Qualität, tut mir leid."

Löw verzog keine Miene. „Lieber alt und stramm als jung und matt", scherzte er. So etwas steckte man doch weg. Was ihm mehr mißfiel, war Brunners künstliches Bedauern, dessen kühles hanseatisches Gehabe, das sich ganz langsam nur im Alkohol löste. Es hatte ihm den Spitznamen Kaltenbrunner eingebracht. Kein unbedingt schmückendes Wort, es sollte ja der Name eines schlimmen Nazis gewesen sein, irgend eines Geheimdienstlers unter Hitler. Etwas schattenhaft Verschlagenes haftete auch Brunner an; der hatte in der Tat ein Wahrnehmungsproblem. Obwohl doch Nelles′ Bürochef, quasi die rechte Hand, kam er in dessen gesellsehaftlichem Umfeld kaum vor. Er wirkte still im Hintergrund, spitzte Giftpfeile an, zielte aber stets nach draußen. Absolut loyal, kam es ihm nie in den Sinn, Roland Nelles oder sonst einen Partner in Frage zu stellen. Als Mann der leisen Töne schien er davon überzeugt zu sein, daß scharfe Attacken sich nicht lohnten; Leidenschaft wurde in Lübeck niemals honoriert.

Dafür, dachte Löw verächtlich, wird er nicht bezahlt. Bei der zweiten Flasche begann es ihn zu verdrießen, daß Brunner zögerte, ihm beizupflichten, als er den eigenen Ärger nun doch herausließ und sich an Dong Energy rieb, dem Konzern, dessen Geschäftsmodell aus seiner Sicht veraltet war und demnächst ins Schleudern kam. „*Think big*, ist da die Losung", höhnte er. „In die Vollen gehen beim Kraftwerkbau. Was aber tun die wirklich?"

„Geld verdienen", sagte Brunner, bemüht um Neutralität und Distanz.

„Na, das wollen wir doch alle, auch Ihr Häuptling Roland Nelles. Ich fürchte bloß, Alfons, der treibt kein bißchen Sport, und ganz ohne geht man allmählich aus dem Leim."

„Da bin ich nicht so sicher, Helmut. Kein Formverlust bei ihm. Neulich in Club, da hat ihn doch so ein Schlingel, Marzipanfabrikant, naßforsch gefragt, weshalb er eigentlich solch ein fetter Bastard sei. Und wissen Sie, was mein Chef erwidert hat? Weil mir dein Weib, wenn ich sie bumse, immer Pralinen in den Mund schiebt ... Nein, der Roland ist topfit."

Sie lachten beide, wobei Löw das ungute Gefühl hatte, daß dies nicht als Scherz, sondern als Zurechtweisung gemeint war. „Sie nehmen Ihren Job zu ernst", bemerkte er. „Das ist auf die Dauer der falsche Weg. Ich sag mir immer, vergiß nie, daß Geschäftsleute nichts anderes sind als ein Haufen geldgeiler

Narren, die sich sinnlos im Kreise drehen und das Leben verpassen. Ihr einziger Spaß, das sind Affären mit den Frauen anderer. Die aber laufen sich entweder tot oder fliegen ihnen um die Ohren ... Meistens beides."

„Das sehe ich freilich etwas anders", hielt der Gast fest, nun schon vage, mit schwerer Zunge.

Die Dunkelheit des naßkalten Aprilabends zog über dem Glasdach auf; allmählich langten sie beim ewigen Thema männlicher Zweisamkeit an. Eine Windbö brachte Löw auf die Frage, warum wohl die Meteorologen den Hurrikanen beim Nummerieren stets weibliche Namen gaben: „Weil, wenn sie kommen, Alfons, ist es feucht und heiß; und wenn sie weg sind, hast du kein Haus und kein Auto mehr."

„Sie neigen zu amerikanischem Humor. Ich persönlich ziehe da Frankreich vor." Dr. Brunner sah etwas verloren aus, irgendwie paßte es nicht zu ihm, lächelnd hinzuzufügen: „Da treffen sich zwei Pariser, und gleich fragt der eine den anderen: Kannst du dichthalten?"

So etwas ließ, wie Löw fand, Brunners Charakterbild verschwimmen, als klaffe da ein Riß in der hanseatischen Seriosität. Alles bloß ihm zuliebe, Nelles' Weisung folgend, ihn ja nicht ernsthaft zu verprellen? (Später erinnerte Löw sich nur deshalb dieses Schwachsinns, weil es das letzte Mal war, daß er an die *condomi* dachte, die sich rätselhaft verkrümelt hatten – bis Bettina sie fand und ihm, zumal aus der Dreierpackung ein Stück fehlte, auf die Schliche kam. Sie selber nahm auf seinen Wunsch die Pille, daher machte sie ihm wegen der Frisörin eine Szene, so heftig, wie er es überhaupt nicht verdient hatte; ganz als sei „auch der Versuch ist strafbar" weit über das Strafrecht hinaus eine gültige Devise.)

Die Serie trister Herrenwitze riß erst ab, als Löw beim deftigen Imbiß, den er gekonnt servierte, zum Thema zurückfand und sich in Dong Energy verbiß, dieser Bande, die auf den *big bang* aus war, also schon in puncto PR nicht kleckern wollte, sondern klotzen. „Big Bang Dong", ätzte er, ein Kaviarhäppchen im Mund, etwas undeutlich. Hießen denn nicht ähnlich jene Kerle aus China, die partout den Flugplatz Parchim kaufen wollten, aber bis dato nicht mal mit der Anzahlung rüberkamen? Doch, der Investor hieß Pang, 30 Mio schwebten im Raum – tausend Arbeitsplätze ... Und das nahm kein Ende, im Sog seiner Gedankenflucht tauchte ein chinesischer Jüngling auf, damals an der journalistischen Fakultät zu Leipzig, den er mit der Behauptung gehänselt hatte, der Name des Verteidigungsministers in Peking sei doch Tsching-Peng-Futsch! „So nicht heißen", hatte der Kommilitone unglücklich gelispelt, was in schenkelklopfender Heiterkeit unterging.

„Sie werden wohl nie erwachsen, Helmut", hörte er den Gast sagen.

„Erst, wenn ich tot bin ..." Löw überkam das Gefühl, im Leben sei das Lügen angesagt, ein Verfälschen aller Werte, und er selbst mache da mit. Erkenntnis ohne Konsequenz. Doch wer schaffte es schon, gegen den Strom zu schwimmen, ohne daß es ihn in den Strudel zog, nach unten, zu den Verlierern? Wer da ausscherte, der landete auch als Akademiker rasch bei den abgewrackten Typen, bei den Säufern ohne Schulabschluß, ohne Ausbildung, ohne Arbeit, die erstickten im Müll, an ihrer Langeweile und dem Haß auf die Leistungsträger, denen es so blendend ging wie ihm.

Sein Gast, das spürte er, musterte ihn nervös. „In gewisser Weise mögen Sie recht haben", hörte er Brunner etwas zittrig sagen, mit schwer definierbarem Unterton. „Ich möchte nicht klingen wie ein Verschwörungstheoretiker, doch in der Tat, es existiert ein System, das darauf hindrängt, um jeden Preis in Lubmin zu bauen, gegen all die Einwände in der Öffentlichkeit."

„Und wie, Alfons, soll das gehen?"

„Es läuft über die Entscheidungsträger. Messen wir uns nicht zuviel Bedeutung bei; PR wirkt lediglich flankierend."

Löw horchte auf. Ringsum quoll „You're the top" sanft aus den Boxen, Cole Porters Leichtigkeit übertrug sich auf ihn. Immerhin, es wurde Zeit für den Absacker, er entkorkte seinen *Salut of the Queen*, den Scotch, 21 Jahre alt, und gab Eis in die schweren, schön geschliffenen Gläser ... „Sie sprechen jetzt von Schwerin?“

„Von der Politik als Kunst, das Notwendige möglich zu machen, wie man in Bayern zu sagen pflegt. Im Sinne der Wirtschaft.“

„Ich hab's ja geahnt!“ Löw hob das Glas, still triumphierend. „Kein Glanzstück der Technik, das Licht bringen soll in den dunklen Osten. Man macht Feuer unterm Kessel wie vor zweihundert Jahren, pustet Dreck in die Luftund saugt das Kühlwasser aus dem Bodden, in den es dann zurückfließt, verschmutzt und erwärmt, auf Kosten der Umwelt, auch wenn die Ingenieurkunst da längst weiter ist, nicht wahr. Aber wird sie nicht gebraucht, die Energie?“

„O nein!“ Dr. Brunner setzte sein Glas hart ab. Er sah nun beinahe durchsichtig aus, so bleich war er. „Strom exportieren wir doch längst. Die vorhandenen Kraftwerke fahren niemals volle Leistung, um das Angebot knapp und den Preis hoch zu halten an der Strombörse in Leipzig ... Lubmin dient bloß zur Kapitalanlage. Als Geldmaschine ist das Ding gedacht.“

Und als habe ihn diese Auskunft, zu der er nicht befugt sein mochte, überfordert und erschöpft, sackte er in sich zusammen, fraglos einer Ohnmacht nahe. Löw erschrak, er warf sich vor, diesem Hänfling, der nichts vertrug, auch noch Whisky kredenzt zu haben. Es gelang ihm eben noch, seinem Gast aufzuhelfen und ihn an das Bett zu bringen, das er selbst mit Martina hatte teilen wollen. Dort klopfte er Brunner auf die Schulter, tätschelte dem besorgt die Wangen und zeigte ihm die Tür zum Bad, das alles Nötige enthielt, vom Elektrorasierer bis zum weißen Bademantel. „Kommen Sie zurecht, Alfons?“ fragte er. „Brauchen Sie 'ne Schlaftablette? Liegt im Schränkchen neben dem Spiegel. Mein Gott, man sieht Ihnen das Ruhebedürfnis an.“

„Danke, Helmut. Ich mag Menschen, die schnell begreifen.“

Aufatmend wich Löw in den dritten Stock zurück. Dr. Brunners Sarkasmus mißfiel ihm; der war dem eigenen so ähnlich. Das Appartment glich dem oberen aufs Haar, es schien nur wenig größer. Er zog die teuren Slipper aus, warf sein Wildlederjackett hin und verharrte in einem Zustand emotionaler Leere, in Gedanken bei der jungen Frau, diesem Klasseweib, das weder Cocktailparties noch schicke Kiezbotten oder Tussitreter nötig hatte, um wer zu sein. Es gibt halt Menschen, die einem liegen, mit denen man sich sofort verbunden fühlt. Der dürre Gast über ihm gehörte leider nicht dazu. Nur gut, daß Nobelpreisträger Thomas Mann es nicht mehr hat erleben müssen, was aus der Elite seiner Heimatstadt geworden ist. Doch auch bei ihm hatte es immerhin den Betrüger Grünlich schon gegeben.

Um drei Uhr nachts wachte Löw auf, mit Brummschädel und verstopfter Nase, indes schon wieder nüchtern. Er hatte von einer wilden Umarmung geträumt, wobei unklar blieb, mit wem. Vielleicht mit der Frisöse, auf die er fokussiert war im Moment. Ihre Handynummer half ihm gar nicht weiter, seine Selbstachtung verbot es, sie zu bedrängen; besser, sich die Hoffnung abzuschminken. Ohnehin war Sex absurd, ein höchst sonderbares, tierhaftes Phänomen, das niemand ganz verstand. Letztlich weiß kein Mensch, warum man sowas macht.

Er nieste mehrmals und leerte das Glas Mineralwasser auf einen Zug. Auf dem Couchtisch, neben der Brieftasche und seinem Schlips, lag vom letzten Besucher her eine saublöde Broschüre der Konkurrenz, fett betitelt *BRAUNKOHLE. Was liegt näher?* Ein Spruch, der Übelkeit erregte und doch hätte von ihm sein können. Gefolgt von dem Satz: „Müssen uns erst die Chinesen zeigen, wie umweltschonend sich Kohle nutzen läßt?“ Der Effekt war Volksverdummung; eine Geisterbahn für die Bürger. Das Zeug kam ihm vor wie radioaktiv.

Löw legte sich wieder hin, doch es mißlang ihm, nochmal einzuschlafen. Jetzt ging ihm durch den Kopf, was Brunner entschlüpft war, was der angedeutet hatte nach der zweiten Flasehe Champagner. Der zähe Filz, das Interessengeflecht der Macht, es zeigte sich ihm nicht zum ersten Mal. Kaum irgendwo ein Saubermann, eine Lichtgestalt im öffentlichen Leben. Staatsmänner ließen sich beim Abgang ihren Dienst am Lande vergolden. Und die Spitzenpolitiker sträubten sich, der Käuflichkeit von Ministern und Abgeordneten wirksam zu begegnen. Die war keineswegs unbedingt rechtswidrig hier. Ein deutscher Parlamentarier galt nur dann als korrupt, wenn er sich nachweislich vor einer Abstimmung hatte schmieren lassen. Sackte er den Lohn für sein Votum erst nachträglich ein, als ein Dankeschön, ging er straffrei aus. Und so entlarvte das Gesetz weniger die Bestechlichkeit solcher Typen als deren Dummheit, die Hand allzu flink aufzuhalten. Nur wer nicht warten konnte, der wurde womöglich erwischt. Allerdings nur, falls das Tarnkonto in Liechtenstein oder sonstwo wirklich aufflog.

Armes Deutschland. Doch weshalb brachte ihn das denn so auf? Es war überhaupt nicht sein Problem. Nein, was an ihm nagte, lag tiefer. Es wurzelte in dem Fehlschlag von gestern. Wie nur konnte das Bild des Halunken am Strand ihn derart erschüttern und seine Männlichkeit wegbügeln? Ja, das machte stutzig. Stand es bei ihm etwa auf der Kippe, sollte das ein Vorbote künftigen Unvermögens gewesen sein?

Löw wälzte sich auf die Herzseite, ohnehin außerstande, wegzudämmern. Impotenz, wie scheußlich, schon der Verdacht wirkt lähmend, man lebt bloß noch halb, auf Sparflamme. Aber das Fenster schließt sich einem heute doch nicht schon mit 56? Durch Fortschritt und Wohlstand bleibt eine Frau derzeit zwölf bis 15 Jahre länger frisch als früher und ein Kerl bis 75 fit ... Was freilich selten einer zugibt, jeder Mann hat Pech nicht nur beim letzten Versuch, sondern meistens schon beim ersten Mal. Das kommt vom Stress, der Angst vor Blamage, die ist reines Gift. Die schöne Literatur kennt Beispiele peinlichen Versagens am Anfang wie zum Schluß.

Der Fehlstart, weltweit typisch. Es gab das klassische Beispiel des Stendhal'schen Husarenleutnants, der in den ersten drei Liebesnächten nicht über Küsse und Freudentränen hinausgelangt war. Und zum Schluß fiel Löw der Titelheld aus Heyms Roman „König David Bericht“ ein, die triste Szene, da das Haupt der Judenheit aus Altersgründen versagt. Obwohl die Höflinge ihm zwei nackte Mädchen beigesellt haben, die gewiß ihr bestes tun, regt sich nicht mehr bei ihm. Aber sind zwei nicht schon zuviel gewesen für den Greis? Vielleicht lag der Fehler da. Na, das war ein weites Feld.

Im ersten Morgenlicht kam ihm der lateinische Wandspruch in den Blick, in jedem Stockwerk hing ein anderer. Hier lautete er *Aquila non captat muscas,* ein Adler fängt keine Fliegen, und seltsam, das baute ihn auf. Schluß mit dem Grübeln, dem dummen Zerpflücken von Bagatellen! Das Leben geht weiter, es gibt viel zu tun, packen wir es an ... Löw plante, dem Besucher ein Frühstück im besten Hotel des Ortes zu bieten, dort wo einst die Oberen der DDR getafelt hatten, traf ihn aber so zerknittert an, daß er es vorzog, ihn selbst zu bedienen; also aus Bordmitteln ein *American breakfast* zu schaffen, das im Kern aus Rührei mit gerösteten Speckstreifen, Toast und Grapefruit bestand.

Der Gast, nur noch ein Schatten seiner selbst, pflegte beste Umgangsformen. Jedoch sprach er sehr leise, was Löw zwang, scharf hinzuhören. Dr. Brunner wies auf das Motto *Si tacuisses, philosophus mansisses* und hauchte, es tue ihm leid, dem gestern nicht immer gefolgt zu sein. Er habe halt so dahergeschwatzt, sagte er mit glanzloser, vollkommen leerer Stimme. „Streichen Sie bitte, was Sie von mir gehört haben mögen zu Dong Energy. Ich ziehe meine Auskünfte zurück. Besser so, Helmut ... Sonst sind vielleicht auch bei Ihnen Jobs in Gefahr."

„Schon vergessen", beteuerte Löw höflich. Er hatte auch gar nicht erwartet, daß der Mann bei Tageslicht zu dem Bestechungsvorwurf stand. Dong war ein Koloß mit Scharen von Anwälten.

„Sehr gut. Ich hab nämlich inzwischen mit Lübeck gesprochen, da scheint sich etwas anderes aufzutun, das Sie hinreichend entschädigen dürfte."

„Das ist ganz lieb von Ihnen, Alfons. Worum dreht sich´s?"

Dr. Brunner lächelte so, als laufe er trotz seines Katers dank des starken Kaffees zur Hochform auf. Löw fand ihn übrigens im persönlichen Umgang viel erträglicher als am Telefon. Und erst im Schriftverkehr, beim juristisch Belastbaren, wurde er zum eiskalten Arschloch. Beruflicher Zwang verengte oft die Neigung, ein netter Mensch zu sein; das machte aus manch gutem Partner ein Chamäleon.

Klatschend warf ein Sturmstoß Regen gegen die Scheiben. Als das Geprassel vorbei war, flüsterte Brunner geheimnisvoll: „Es geht um Werbung für Penkun!"

Das sagte Löw nichts. Er kannte das Wort nur aus dem Wetterbericht des NDR, wo der Name manchmal fiel wegen einer meteorologischen Besonderheit, die man schwer begriff. Penkun lag im Landkreis Uecker-Randow nahe der polnischen Grenze, in Mecklenburg-Vorpommern dem Einfluß des Seeklimas wohl am weitesten entrückt. Dem Wetterfrosch auf der Insel Hiddensee schienen gewisse Anomalien dort wichtig zu sein, etwas Abseitiges, das Roland Nelles kaum im Blick haben konnte.

Er hatte offenbar laut gedacht, denn Dr. Brunner sagte leicht pikiert: „Spotten Sie ruhig ... Energiewirtsehaft, denke ich, liegt Ihnen doch? Nun, seit drei Jahren läuft da das ehrgeizige Projekt einer Biogas-Anlage, und mittlerweile brummt der Laden. Saubere Energie, das wär doch was für Sie? Es würde auch Ihr Image stärken."

Jetzt erinnerte sich Löw dunkel an das, was seine ältere Tochter ihm erzählt hatte von ihrem Ex-Chef Felix Hess. Der ließ seinen lukrativen Job als Senior Partner bei der Unternehmensberatung Roland Berger einfach sausen, um zu dem Sony-Musikboss Schramm zu stoßen. Denn dieser Mann schwärmte plötzlich für erneuerbare Energie, weil ein Gesetz, jüngst auf den Weg gebracht, den Erzeugern von Öko-Strom äußerst günstige Preise versprach. Wer da etwa Mais oder Gülle zu Methangas vergor, das dann einen Kolbenmotor antrieb, der verdiente sich eine goldene Nase, den lockte ein sattes Geschäft.

„Wenn das Ding läuft, Alfons, wozu braucht es dann mich?"

„Das will ich Ihnen ja erklären", murmelte Brunner mit hängender Unterlippe, schluckte ein Stück Toast und setzte nachdrücklich und präzis hinzu: „Biogas ist, wie Sie wissen, eine der besten Kraftquellen unter den erneuerbaren Energien. Doch es sind Gegenkräfte am Werk; die traditionellen Stromerzeuger wehren sich natürlich. Sie sind dabei, das Gesetz zu kippen. Ihr Hebel ist, daß es nur Kleinanlagen so großzügig fördert."

„Geht's denn um Kleinanlagen in Penkun?"

„Ja und nein. Bitte lassen Sie mich ausreden, Helmut. Da wird nun gesagt, Penkun sei eigens, um den Vergütungssatz zu maximieren, als Ansammlung von Kleinanlagen gebaut worden. Und in der Tat, mit jeweils fünfhundert Kilowatt Leistung liegen die Module gerade noch unter der Grenze, ab der es schon sehr viel weniger Geld gibt. Der Glos fühlt sich dadurch neuerdings gefoppt, man quengelt ihm vor, es fehle im Komplex Penkun an jedem Tank nur noch ein Schild mit dem Namen eines Zahnarztes, Spediteurs oder anderer kleiner Investoren. Man will ihm einblasen, das sei Subventionsbetrug."

„Stimmt das, haben Hess und Schramm getrickst?"

„Keineswegs. Technisch ging es anfangs gar nicht größer. Aber die Schelte zeigt Wirkung, das Stromkartell drängt auf Novellierung, das heißt auf Neufassung des Gesetzes. Danach sollen Parks aus Kleinkraftwerken plötzlich Großanlagen sein! Sie können sich denken, was das bedeutet."

Ja, das konnte Löw. Gerangel um Profite war sein Lebenselixier. Hier also, auf den Punkt gebracht: Lubmin kontra Penkun. Oh, ihn lockte das, er spürte den Reiz, die Seite zu wechseln. Der Unterschied war nur, Lubmin-Werbung wär reine PR-Arbeit gewesen, während der Einsatz für Penkun als Lobbyistenkram kaum seine Stärke, beinah Neuland für ihn war. Da mußte man Abgeordnete ansprechen oder gar Fraktionschefs dafür gewinnen, die Gesetzesänderung abzulehnen.

Brunner fragte: „Trauen Sie sich das zu?"

An sich schon. Löw wiegte den Kopf. Im Grunde konnte er ja alles. Dies war freilich ein Schwenk um 180 Grad. Er verfuhr dann so wie ein Söldnerführer im Mittelalter, der zum Feind übertritt, weil sein Fürst den Glauben wechselt, etwa protestantisch statt katholisch wird, um – wie Gott selbst – bei den stärkeren Bataillonen zu sein. Was für eine Herausforderung, welch neuer Kick für ihn! Genau das, was er brauchte, was ihm guttat.

„Erst gefördert, dann gekippt", hörte er den Gast mit einer Betonung sagen, die zwischen Sarkasmus und Entrüstung lag. „Das ist Wortbruch, meint man in Penkun ... Und wir sollten das auch so sehen."

Falls es sich lohnt, dachte Löw. Falls die Finanzierung steht. Ein Sonderfonds mußte her, zur diskreten Einflußnahme. Sonst hatte er keine Bedenken; dem Mutigen gehört das Geld. Denn wenn schon Branchenfremde wie Hess, Roland Bergers Mann, und der Musikboss Balthasar Schramm fägig sind, plötzlich in Energie zu machen und von heute auf morgen Strom zu erzeugen, dann wird es auch ihm gelingen, denen zu helfen und ihr Werk zu schützen.

„Okay, Alfons", sagte er. „Ich bin dabei."

Dr. Brunner betupfte seinen Mund, legte die Serviette hin und reichte Löw die Hand. Er hatte den ins Boot geholt, seine Aufgabe gelöst und war nun so erschöpft und blaß, als würde er gleich ins Koma fallen. Trotzdem stand er hurtig auf, unbeirrt davon, daß sein Schlips befleckt war, vom Speck oder Rührei. „Die Details gibt Ihnen Herr Nelles selber", sagte er zum Abschied. „Könnten Sie wohl gleich morgen vormittag in Lübeck sein?"

Löw sah dem BMW nach, der so ins Wäldchen tauchte wie gestern der Kleinwagen Martinas. Kaltenbrunner, Nelles´ Wicht ... Doch dessen Idee war charmant. Schon dämmerte ihm das Ausmaß des Deals. Penkun kontra Lubmin, ein Knüller. Zwar stand da kein Sympathiebonus ins Haus wie sonst beim Kampf eines David gegen den Goliath, weil all das sich hinter den Kulissen zutrug. Wie schön aber, daß er´s richten sollte! Man schätzte ihn eben; er konnte im Gespräch von Mann zu Mann so richtig überzeugend sein.

Das mußte er feiern, sich mal was gönnen, und wieder fiel ihm Martina ein. Drei Hunderter für die kurze Überwindung, ihm einen tollen Anblick zu bieten – manch einer würde sagen, rausgeschmissenes Geld. Doch was sollten ihm die Moneten? Nachwachsender Rohstoff! Davon gab es genug. Er war Jäger, kein Sammler. Daß sie arg gezögert hatte, machte ihre Person noch wertvoller und lockender.

Er hatte es nicht zuende gebracht, das nagte an ihm. Er war hungrig geblieben, halb angeregt und halb frustriert. Gewisse Anzeichen sagten ihm das. Er fing an, sich für sie zu begeistern und ihr Kosenamen zu gehen. Längst war sie nicht nur Chica oder Bunny, er nannte sie auch schon Bianca, Schneeweißchen und Flava, was auf lateinisch „die Blonde" hieß: der hellste Typ Frau, der ihm je begegnet war ... Mehrfach rief er sich die Szene wieder ins Gedächtnis, die Phantasie tat ein übriges, so daß er seinen Stolz verschluckte und am Telefon die Speichertaste drückte, die ihre Handynummer abrief.

Sie meldete sich mit einem schwachen „Ja?"

„Grüß dich, Bunny, ich bin's, Helmut. Na, wie geht es dir?"

„Ach, so lala ..." Die Stimme kam ihm dunkler vor, als er sie noch im Ohr zu haben glaubte. „Kommst du zurecht da oben?"

„Bestens, Chica. Ich träume halt ein bißchen von dir."

„Helmut, du klingst so anders, was ist los?"

„Ach, ich bin etwas erkältet. Keine Angst, das gibt sich wieder."

„Lieb klingst du, ganz zärtlich! Chica und Bunny, so nennst du mich sonst nie."

Löw erschrak, ihm zitterten die Knie. Etwas in Sprache und Wortwahl war ihm da vertraut, zugleich wirkte es fremd, ganz unerwartet. Und nun ging ihm auf, in der Leitung war Betti, seine Frau. Durch falschen Tastendruck hatte er sie erreicht statt Flava, das Schneeweißchen. „Kein Wunder, das macht die Trennung", rief er, heilfroh, die Kurve noch zu kriegen. „Du fehlst mir eben, Betti, glaubst du's nicht? ... Weshalb so still? Warum sagst du gar nichts?"

„Weil es mir Angst macht, Helmut."

„Was macht dir denn Angst?"

„Das, wovon du nicht sprichst."

Sie hat was gemerkt, durchfuhr es ihn. Ihr sechster Sinn, das ominöse weibliche Gespür. Und augenblicklich wünschte er sich heim in sein Berliner Haus, wo er ihr in die Augen schauen und sie besänftigen konnte, bloß durch sein Dasein, die überzeugende Präsenz. Kein Laut kam aus dem Hörer, und in der Qual des Lauschens öffnete sich sein Mund; der begann ihm auszutrocknen. Zwischen ihnen breitete sich das aus, was er im Geschäftsleben, bei hartem Verhandeln, gern Kampfschweigen nannte. Denn er war jetzt gleichfalls verstummt, in dem Gefühl, um so verdächtiger zu sein, je harmloser er daherredete. – „Put the blame an me", sagte er endlich, um die fatale Stille zu beenden.

„Mußt du immer englisch sprechen, Helmut?"

„Asche auf mein Haupt, Betti." Die inkorrekte Übersetzung war belanglos, wenn nur der Faden nicht abriß, jenes Band, das ihm trotz allem so wichtig war. Er hörte ein kleines nervöses Lachen, aus purer Verlegenheit wohl, und lachte ein bißchen mit, um die Lage zu entkrampfen. Es schien ja, als bröckele ihre Abwehr schon. So jung und naiv sie auch sein mochte, dumm war sie nicht, und manchmal – ganz selten bloß – hatte sie ihn durchschaut, kannte ihn als schlagfertig, fähig zur List, und folglich neigte sie dazu, ihm zu mißtrauen.

Na wenn schon! Löw mochte Betti weitgehend so, wie sie war – nur ohne die Bereitschaft zur Eifersucht und ohne den unerfüllten Kinderwunsch, der fraglos schuld war an ihrer Vernarrtheit in den Kater Baffi. Ansonsten war er recht glücklich mit ihr und wollte sie keinesfalls verlieren ... Er gab sich einen Ruck, ließ sich von ihrem Layout-Kursus berichten, erwähnte Lübeck, wo sich ihm ein neuer Fischzug biete, und versprach ihr fest, morgen zum Abendbrot pünktlich zurück zu sein. Und so, in partnerschaftlichem Frieden, klang das heikle Gespräch aus.

Uff, das war nochmal gut gegangen, denkbar knapp. Löw

atmete tief durch, etwas fiepte oder rasselte dabei in seiner Brust ... Erst wieder daheim, würden Betti all die kleinen Gesten der Vertrautheit trösten, ihr unaufdringlich, besser als jedes Wort zeigen, wie sehr sie zusammengehörten und daß dies immer so sein wird, *from here to eternity*, bis in die Ewigkeit oder bis daß der Tod euch scheidet.

Jetzt aber fühlte er sich matt, sogar ein wenig fiebrig, jedenfalls außerstande, es nochmal bei Martina zu probieren, dem Schneeweißchen, seiner Flava, die allein dadurch, daß sie ihm erneut entrückte, um so begehrenswerter wurde. Ein heiß loderndes Gefühl; doch wie er sich kannte, kaum von Bestand. Während er die Wendeltreppe hinabstieg, dem Prachtstück seines Turms, und das massive Außentor hinter sich abschloß, ging ihm ein uralter Schlager durch den Sinn, gebraut nach dem Rezept: der Text ganz schlicht, die Melodie nie über den Umfang einer Oktave hinaus. Das muntere Lied begann: „Ich nenne alle Frauen Baby, denn das ist mir sehr bequem / Man kann sie dann nicht mehr verwechseln, und das ist angenehm ..." Mensch, wie wahr! Das prägte sich ein und lud ein zum Mitsingen, so locker und volksnah, wie es klang. Schon die Popkunst früherer Zeiten hatte da den Bogen raus.

Er trällerte den Song vor sich hin, stieg in seinen Porsche und hörte erst auf zu singen, als der Motor ansprang und ihn dumpf blubbernd übertönte. Entertainment ist die halbe Miete, dachte er, so ein Lied bringt vieles auf den Punkt. Das ist schon bei Walter Kollo und Paul Lincke, selbst unter Josef Goebbels so gewesen.

Löw durchquerte Pelzers Waldsiedlung, stoppte an der Ampel, kreuzte die Bäderstraße und fuhr in Richtung Gemeindeamt. Der Rachen kratzt und die Nase juckt, doch Erfolg hat seinen Preis! Also auf zum Bürgermeister Kesselring, der ihn im Beisein des Kurdirektors schon erwartete. Es ging um einen Prospekt des Seebads für Fahrradtouristen, den sollten die zwei absegnen. Wobei der Kurdirektor, zur Schönfärberei neigend, den Himmel immer satt blau haben wollte. Auch wenn der in seiner Zerrissenheit künstlerisch stärker war, das Spiel von

Wind und Wolken ahnen ließ – anstatt hier alles in Harmonie und karibisches Licht zu tauchen.

Das Honorar für den Entwurf, ohnehin kaum nennenswert – den genauen Betrag kannte Löws Buchhaltung, ihn selber kümmerte das nicht –, floß übrigens aus Berlin stets retour an die See. Nicht etwa als Kick-back für den Bürgermeister persönlich, der galt als ebenso integer wie sein Team. Obwohl diese Männer, ziemlich unterbezahlt, so dicht am Meer über teure Dinge entschieden, hielten sie das Banner der Korrektheit hoch, das anderswo in der Berliner Republik längst in den Staub gesunken war.

Nein, der Betrag ging auf dem Spendenweg zurück an die Gemeindekasse, als Zuschuß für Attraktionen wie das traditionelle Reiterfest, das Jazzfestival oder sonst ein Event zur Hebung von Ansehen und Akzeptanz, zum Steigern des Gästestroms, zwecks besserer Auslastung der Bettenkapazität auch in der Vor- und Nachsaison. Lebte das Land an der Küste doch vom Tourismus.

So wie er, Helmut Löw, von Reklame. Deutschlands Wirtschaft, als jetzt noch drittstärkste der Welt, schuf alljährlich etwas, das gut 2300 Milliarden Euro wert war. Für das öffentliche Anpreisen ihrer Waren und Dichstleistungen gab sie, bisher jedenfalls, 1,3 Prozent davon aus, nämlich 30 Milliarden Euro im Jahr. Und von diesem Kuchen hätte Löw für seine Firma gern wiederum ein Promille gehabt: 30 Millionen Umsatz, das war sein Ziel, nicht unbescheiden, dennoch ehrgeizig genug angesichts der in 60 Boomjahren zu erdrückender Übermacht erstarkten Westkonkurrenz. 30 Millionen, das hieß bei einer Umsatzrendite von nur sechs Prozent nach Steuern eine Million für ihn. Da fiel es nicht weiter schwer, großzügig zu sein.

Unausgesprochen galt, daß Kesselrings Team im Gegenzug die Hand sehützend über den Leuchtturm hielt. Das war ein stilles Arrangement; es ließ Freund Pelzer keine Chance. Dem blieb nur die Wahl, klein beizugeben oder zu ersticken an seiner Wut, dem Haß und der Gier.

Viertes Kapitel

IM LANDGASTHAUS

Diesem Porträt von Helmut Löw, im Spiel von Licht und Schatten, sollte ein Bild seines Schulfreunds folgen. Anders begreift man nicht die Wurzeln ihrer tragischen Rivalität. Das Leben hat mich gelehrt, immer beide Seiten zu sehen; schon im Polizeidienst ist uns das vermittelt worden. Es galt also, das Wesen Manfred Pelzers zu ergründen, nachdem dessen dunkle Seiten mich zu sehr beschäftigt hatten. Folglich überwand ich meine Scheu, mich dem Mann zu nähern, klopfte allerdings nicht bei ihm zuhause an. Das wäre zu weit gegangen, so wie wir zueinander standen. Vielmehr trat ich auf neutralem Boden an ihn heran, nämlich im Gasthaus „Am Kiel".

Das liegt unweit meiner Finnhütte zwischen Wustrow und dem Ortskern von Ahrenshoop. Es gehört dem Enkel des greisen Schriftstellers Woelk, den man manchmal auf dem Fahrrad sieht, aber kaum in einem unserer vielen Restaurants. Die meisten sind ja recht schmuck, doch das Lokal „Am Kiel" gefällt mir am besten, wegen der anheimelnden Atmosphäre, erzeugt wohl vom flackernden Kaminfeuer und dem soliden Mobilar: der schön geschwungene Bartresen, die Tische und Stühle aus Eichenholz vor dem Terrakottaton der Wände. Ist es diese gedämpfte Farbigkeit, belebt durch blauweißes Porzellan auf den Fensterbänken und etliche Gemälde, oder sind es Speisen wie der leckere Zander oder Steinbutt, die mir das Gefühl geben, der Gastraum sei so behaglich, als wäre das mein privates Reich? Kein Profi, die Familie selbst hat ihn so gestaltet, daß er intim wirkt. Mein Lieblingsplatz ist unter dem geheimnisvollen Ölbild, das „Landschaft am Vesuv" heißt. So etwas lädt ja zum Träumen ein.

Als ich an einem Novemberabend das Gasthaus betrat, saß Pelzer dort allein vor seinem Bier, wie üblich, da man ihn im Dorf ja durchweg schnitt. Er winkte mich jovial an seinen

Tisch, den neben der Glasveranda – sein Stammplatz, wenn er nicht am Tresen lehnt. Vor ihm standen zwei leere Schnapsgläser, kippt er doch zu jedem Bier immer „einen Kurzen". Wieder mal verharrte der an sich recht gesellige Hüne nach einem Wort von Löw hier in *splendid isolation*. Das meint einen Zustand glänzender Vereinsamung, wie ihn zum Beispiel die USA früher angestrebt haben, ohne das auf die Dauer durchzustehen.

Und ähnlich wie diese große Nation folgte Pelzer vor allem dem Ziel, möglichst viel Geld zu machen. Das war ihm selber zu vorgerückter Stunde hier einmal entschlüpft. Eines Tages hoffte er wohl, der reichste Mann zwischen Dierhagen und Prerow oder Zingst zu sein; der Platzhirsch des Fischlands zumindest ... Woher nur diese Obsession? Ging sie zurück auf seine Kindheit oder auf sein Leben vor der Wende? Das hätte ich gern von ihm gehört, spürte aber, er würde sich, danach gefragt, sogleich verschließen. Welch heikler Punkt auch – woher rührt das Habenwollen, der tiefe Wunsch, Geld zu verdienen, um es anzuhäufen? Anthropologisch scheint die Sache klar. Der Mensch kann sich kein Fett anfressen und davon im Winterschlaf zehren wie so manches Tier. Ohne Wintervorrat hätte keiner unserer Ahnen überlebt. Erblich vorgeprägt, läuft unsere Sammellust nun oft ins Leere. Heute geht es eher um den Rang in der Gesellschaft, um Luxus, das Sozialprestige oder schlicht um Dominanz. Man zappelt sich ab und vertut sein Leben, will man anderen imponieren oder gar ihr Herr und Meister sein.

Das war Manfred Pelzer kaum bewußt, deshalb kam ich da so schwer an ihn heran. Er dachte gar nicht darüber nach, handelte voll aus dem Bauch heraus. Wie ihm plaudernd etwas entlocken, über das er sich selbst keine Rechenschaft gab? Sein Motiv zu hinterfragen kam ihm niemals in den Sinn. Doch reden, sich auch ein wenig öffnen, das wollte er schon. Er war kontaktfroh und kumpelhaft genug, um sich einsam zu fühlen, so allein vor seinem Bier.

Zu meiner Verblüffung tischte er mir, nach ein paar beiläufigen Bemerkungen, Schnurren aus dem Milieu auf. Und das erstaunlicherweise ohne zu prahlen, denn aus seiner Sicht war er stets der Dumme und wurde abgezockt. Das schien mir ein neuer, sympathischer Zug. In den Geschichten, die er zum besten gab, trat er als Freier auf; nie war er ein Rausschmeißer, Drahtzieher oder Bordellwirt gewesen, wie der lokale Klatsch es ihm beharrlich unterstellte.

„Das erste Ding, gleich nach dein Fall der Mauer in Berlin, ging voll in die Hose", erzählte er in munterer Selbstverspottung. „Ich wollt einfach wissen, wie das läuft, bei uns gab´s das ja nicht, Herr Wendt. Also ging ich mit den hundert Mark Begrüßungsgeld gleich in die Bleibtreustraße, am Ku´damm hinterm Bahnhof Zoo. Ein Edelpuff, nicht meine Preisklasse, doch es gab ja Rabatt für uns aus´m Osten. Bloß als das Mädel mit dem Gummi an mir fummelte, da ist es schon passiert, und ich hatte ihr noch gar keinen gemacht, stellen Sie sich das mal vor."

Das tat ich und bedauerte sein Mißgeschick.

„Du bist ja ein ganz Stürmischer, hat sie zu mir gesagt, wohl ihr Spruch in solchen Fällen, das normale Prozedere. So war das Begrüßungsgeld schon halb im Eimer."

„Das ging also nach Leistung, nicht nach Zeit?"

„Gezählt hat nur die Nummer, ganz herzlos aber ist die nicht gewesen. Sie hat ganz lieb gefragt, schenkst du mir noch was, und ich schob ihr gleich nochmal ´nen Schein rüber."

„Ganz schön clever."

„Klar war die ausgebufft, aber nun auch echt gefordert. Ich bin da ja schon an die vierzig, also kein Sturmgewehr mehr gewesen – es hat gedauert mit dem zweiten Schuß. Da stand sie voll im Einsatz, so kann man wohl sagen."

Pelzer zog eine komische Grimasse, schöpfte Atem und ermunterte mich zu einem Beitrag aus eigener Erfahrung. Um vertrauenswürdig zu sein, tat ich ihm den Gefallen, wenn mir auch wenig daran lag, das Thema zu vertiefen. Mein Bericht handelte von polnischen Gastarbeiterinnen im nächstbesten Puff, das klang nicht so amüsant; hatte man die Frauen doch getäuscht und in eine Rolle gedrängt, die ihnen durchaus zuwider war. Diese Story konnte Pelzer kaum gefallen. Wie die meisten Leute sprach er lieber von Dingen, die er für lustig hielt, als darüber, was problematisch schien oder ihm selber wichtig war.

Prompt toppte er denn auch meine recht sachliche Darstellung mit einer übermütigen Fabel, von ihm angesiedelt in der nahen Boddenklinik: Helle Aufregung dort im Schwesternzimmer. Ein bulliger Seemann, Übersiedler aus Rußland, war eingeliefert und von der Oberschwester, einer reiferen Person, von Kopf bis Fuß gewaschen worden. Und dabei hatte sie auf seinem Glied das seltsame Tattoo „Rute" entdeckt. Gewiß, das klang ja ganz korrekt, so hieß das Genital bei männlichen Tieren; doch weshalb ließ der Kerl das seine derart dauerhaft beschriften? Waren andere Körperteile bei ihm auch entsprechend markiert – etwa, damit die Ärzte sich nicht irrten?

Einer jungen Lehrschwester ließ das Rätsel keine Ruhe, heimlich suchte sie den Patienten auf, machte sich neugierig an ihm zu schaffen, wurde knallrot und kehrte flugs zu den Kolleginnen zurück, um ihre Vorgesetzte atemlos zu korrigieren. Die habe das Tattoo stark verkürzt wahrgenommen – vollständig laute es in Wirklichkeit: „Ruhm und Ehre der Baltischen Rotbannerflotte!" Dieses schildernd, lächelte Pelzer stolz unter seinen waldigen Brauen hervor.

Während nun er den Faden weiterspann, ging mir auf: Das war im Grunde ein schlichtes Gemüt, wie schon die Art seines Lachens verriet. Ich hörte immer vor ihm auf, er lachte quietschfidel stets noch hintendran. Seine Schnurren waren ein leerer und etwas alberner Zeitvertreib für große Kinder. Vor der Wende war er Bestarbeiter gewesen, fleißig und ziemlich gewitzt. Und ich fragte mich im stillen, wie verkraftet ein so einfacher Mann den kommerziellen Erfolg, der ihm hier zuwächst, geht er als Mensch nicht hops dabei?

„Den Grundstückshandel, Ihre Geschäfte, Herr Pelzer", warf ich ein, „was treibt Sie da eigentlich, weshalb machen Sie das alles?"

Er sah mich verdutzt an, bleckte die Zähne und entgegnete amüsiert: „Ganz einfach, Herr Nachbar, weil ich es kann."

Klar war, daß sich mir auf diese Art sein Wesen nur schwer erschloß. Hier konnte man nicht ernsthaft reden, das Stammtischklima stand dem im Weg. Obwohl wir gar nicht am Stammtisch saßen. Der stand ein Stück vor uns nahe dem Tresen, in jenem Winkel, den eine große Seekarte ziert. Da blickte ich in den Gesprächspausen öfter hin. Sie stellt die Kadetrinne dar, jene Wasserstraße zwischen Falster und Darß, die so dicht befahren ist, daß man allgemein vor Schiffskollisionen zittert; zumal wenn Tanker verwickelt sind, deren auslaufendes Öl dann die Strände verpestet. Das würde den Tourismus furchtbar treffen.

Nein, Manfred Pelzer saß vielmehr, wie mir die Kellnerin später sagte, stets mit dem Rücken zur Wand auf genau dem Platz am Tisch Nummer drei, den unsere Bundeskanzlerin bei ihren inzwischen bereits fünf Besuchen des Lokals „Am Kiel" immer gewählt hatte, unter englischem Wandgeschirr und einem Gemälde Dieter Weidenbachs. Nordvorpommern war ja ihr Wahlkreis, und sie hatte an diesem Tisch meist Ente mit Rotkraut verzehrt. Den Stammtisch besetzten bei solchem Anlaß ihr sechs Bodyguards, die das Gasthaus vielleicht schon deshalb schätzten, weil es direkt an der Bäderstraße lag, auf halber Strecke zwischen Ribnitz und Barth, und ihnen nach drei Seiten freies Schußfeld bot.

Abseits solch möglicher Gründe der Schutztruppe, die Wahl lag natürlich bei der Chefin selbst, und der schien es dort offenbar zu gefallen, rein atmosphärisch wie auch kulinarisch. Auf die Dauer konnte ihr ja kaum entgangen sein, wie stimmig „Am Kiel" das Ambiente war und daß man dazu noch hier recht gesund aß.

Zum letzten Punkt hatte mir der Koch bereits die Augen geöffnet. War in der Küche für ihn nicht viel zu tun, so neigte er nämlich dazu, die zu verlassen und sich unaufdringlich den Gästen zu nähern, um nach deren Eindruck zu fragen – teils auf der Suche nach Anerkennung, wie sie ein jeder von uns braucht, teils aber auch, um den Nährwert und die Zubereitung der Speisen zu erklären, falls das denn gewünscht wurde. Dabei erwähnte er manchmal, was alles Balsam für die Nerven und Dünger für das Denkvermögen des Gastes sei – etwa eine Kur mit Blaubeersaft. Wer den zu sich nahm, der sei besser als andere gefeit vor dem Alzheimerleiden. Versuche mit Mäusen sprächen dafür, schon nach kurzer Zeit hätten sich bei denen 40

Prozent mehr Synapsen gebildet, also genau die Nervenfäden, die bei Alzheimerkranken zuerst absterben.

Solche Erläuterungen, fügte er hinzu, habe Frau Merkel ihm freilich nie abverlangt. Die habe ja auch noch gar kein altersbedingtes Gedächtnisproblem. Und als Naturwissenschaftlerin sei ihr der Einfluß des Essens auf die Gemütslage fraglos bekannt. Der Entenbraten zum Beispiel, den sie gern bestelle, enthalte die Aminosäure Tryptophan, die der Körper nicht selbst herstellen kann. Über den Blutkreislauf gelange die ins Oberstübchen, wo Enzyme daraus den wertvollen Botenstoff Serotonin machten. Der aber wirke wie ein Antidepressivum, er löse ein Gefühl von Wohlbefinden, ja von schläfriger Friedfertigkeit aus. (Je mehr von solchem Braten das Regierungsteam zu sich nahm, desto weniger Auslandseinsätze der Bundeswehr, blieb mir danach zu hoffen.)

Der Koch warb stets für ausgewogene Ernährung: viel Obst und Gemüse, wenig gesättigtes Fett. Bei reichhaltiger Kost wuchs die Spannkraft. Gut belegt war der Zusammenhang bei der Fettsäure DHA, die sowohl in unseren Hirnzellen als auch in frischem Fisch vorkam. Erst als der Urmensch auf Fischfang gegangen sei, habe das Wachstum seiner Hirnmasse begonnen, und inzwischen präge die Ernährungsart des Hirngesundheit ganzer Völker – deshalb empfehle er frischen Fisch!

„Wer im Durchschnitt auch bloß zehn Gramm Fisch pro Tag verspeist“, raunte er uns an jenem Abend zu, „der schafft seinen Job viel besser!“ Und die Wirkung steige mit der Dosis. Junkfood hingegen, wie es Würstchenbuden bieten, hätten den gegenteiligen Effekt. Wer derart billig esse, der baue geistig ab, das sei im Tierversuch bewiesen.

Ratten etwa, denen stark zucker- oder fetthaltiges Fressen gereicht würde, hätten Hirnschäden erlitten ... Das erklärte es mir endlich, weshalb unsere vielen Fernseh-Kommissare, die sämtlich auf Fastfood stehen, ihre Fälle, wenn überhaupt, dann immer nur so mühsam lösen.

„Der spinnt doch", maulte Pelzer, als der Koch zurückging in sein Reich. „Blaubeersaft steht gar nicht auf der Karte. Und fangfrischer Fisch aus dem Tiefkühlfach?"

„Das ist eben ein Idealist", sagte ich. „Der denkt an seine Gäste, das füllt ihn völlig aus."

Die Dachshaarbüschel über Pelzers Augen hoben sich. Da konnte er, mit beiden Beinen auf der Erde, mir nicht folgen. Und ich begriff, meine Rechnung, dem Mann in dieser Umgebung näherzukommen, schien nicht aufzugehen. Sein neues Leben und der Kampf um ein Stück Land, dies fraß ihn so auf, daß er nichts anderes mehr wahrnahm und es riskierte, zur lokalen Haßfigur zu werden.

Ich wollte den Versuch schon abbrechen und gehen, als ein jüngerer, adrett gekleideter Mann eintrat, sich kurz umsah und dann die wenigen Gäste am Bartresen – die Veranda neben uns war leer – leicht gehemmt fragte, wessen Trabant denn das sei, da draußen auf dem kleinen Parkplatz des Lokals.

„Das ist meiner", sagte Pelzer. Im Orts- und Nahbereich fuhr er tatsächlich diesen uralten Typ – kaum aus Heimweh nach der DDR, sondern eher, um auf sich hinzuweisen, kumpelhaft zu sein und den kleinen Mann zu spielen, der er längst nicht mehr war. „Ist was damit?"

„Nein, keineswegs", erklärte der junge Herr. „Ich hab nur dasselbe Modell gehabt, sogar in der gleichen Farbe."

„Und? Kaputt oder verkloppt?"

„Ach, das ist eine dumme Geschichte."

„Interessiert mich. Ich höre!" Pelzer winkte ihn an unseren Tisch und stellte sich, ja sogar mich dem Ankömmling vor. Ich schloß daraus, daß ihm unsere Zweisamkeit ebenso fade wurde wie mir. Wir waren halt grundverschieden, uns verband nur ein Hauch nachbarlicher Toleranz, das war ihm zu wenig; jetzt zog er einen Trialog vor.

„Ralf Kuschel", sagte der Fremde und setzte sich zu uns, von Pelzer beeindruckt oder erfreut durch dessen Geste. Es war nicht leicht, den zu übersehen und sich seinem Gehabe zu entziehen. Und so kam es, daß ich in der nächsten Stunde den Herrn Kuschel besser kennenlernte als das ursprüngliche Objekt meiner Wißbegier.

Ralf Kuschel wurde mir bald so wichtig, daß es mich drängt, unsere erste Begegnung kurz zu schildern. Übrigens auch deshalb, weil in der Story, die er zum besten gab, Löws Frisörin vorkommt; wenngleich nur am Rande. Die wirklich pikanten Details erfuhr ich erst später. Das Gespräch kreiste zunächst um einen drastischen Unterschied zwischen Männern und Frauen, der den Versuchen zur Gleichstellung zäh widerstand: Hatte ein Mann viele Intimkontakte, war er ein toller Hecht; sagte man jedoch einer Frau das nach, galt sie als Schlampe – es sei denn, sie war sehr prominent (in dem Fall steigerten Affären sogar noch den Reiz). Wie kam das nur, und wo blieb die Gerechtigkeit?

„Ja, da ist ´ne Diskrepanz", räumte Pelzer ein, mit einer Neigung, die ich an ihm schon bemerkt hatte: dem Faible des Autodidakten fürs Fremdwort, das er nicht früh erlernt, sondern sich erst später angeeignet hat. „Kommt sicher daher, daß sie uns prinzipiell so unterlegen sind."

„Uns unterlegen, wieso das?"

„Na ja, die haben´s schwerer, immer schon." Pelzer drehte die Handflächen nach oben, die schweren Pranken des Maurers, der er mal gewesen war, zu einer Geste des Bedauerns, die dem Schicksal die Schuld an derlei Ungleichheit gab. „Weil, an denen bleibt´s doch hängen, kaum an uns. Die können schließlich schwanger werden, wir nicht."

„Sie meinen, Herr Petzer, die Damen sind genetisch auf Abwehr programmiert, wir auf Eroberung?" fragte Kuschel. „Und deshalb wird von der Gesellschaft deren Abwehr grundsätzlich ähnlich honoriert, wie sie uns den gesitteten Zugriff gutschreibt?"

„Man muß das mal nicht so geschwollen sagen", brummte Pelzer. „Fakt ist doch, ganz simpel – `ne Frau kann Sie nicht vergewaltigen, oder? Aber umgekehrt!"

„Ich hab da mehr ans Seelische gedacht." Ralf Kuschel klang sanft, ohne Vorwurf, als gehe ihm auf, mit einem Mann aus dem Volk zu sprechen, der trotzdem ernstzunehmen war. „Ist Ihnen schon mal aufgefallen, wie kritisch Männer und Frauen einander sehen? Ich meine jetzt außerhalb des Zustands von Verliebtheit und Begehren. Da fehlt es nach meiner Erfahrung dem Blick aufs andere Geschlecht sehr oft an Fairneß, schlicht an Güte."

„Sie reden wie der Pastor. Mann, die wollen doch Kerle, keine Softies!"

„Nicht von Sex ist im Augenblick die Rede. Dazu kommen wir vielleicht noch. Nein, ich spreche vom Alltag, dem normalen Leben. Begegnet uns da eine kluge oder auch nur energische Frau, Herr Pelzer, so schreiben wir das gern einer virilen Erbanlage, einem männlichen Gen in ihr zu. So als sei die Frau als solche aus eigenem unfähig, Tugenden wie Intelligenz und Durchsetzungskraft oder aber Züge von Gier oder Herrschsucht zu entwickeln. Ihr harter Kern muß männlich sein, in unseren Augen! Wie dumm und ungerecht."

Pelzer sagte nichts, sein Mund klaffte auf. Das war ihm wohl zu hoch. Gewiß bedauerte er schon, den Mann herangewinkt zu haben. Ich schwieg gleichfalls, gewillt, Ralf Kuschel zuzuhören. Das war doch ein heller Kopf, sein Beitrag konnte das Tischgespräch noch retten.

„Da tröstet bloß", fuhr Kuschel fort, „die Frauen machen es nicht besser. Sobald sie etwas Feines in uns spüren, ein bißchen Eleganz und Zartgefühl, sprechen sie ab einem gewissen Bildungsgrad von Bipolarität, von femininen Zügen. Und zwar meist abwertend, was dann zu Schmähungen führt. Es fallen Ausdrücke wie Weichei oder Softie – das auch von Ihnen eben genannte Wort. Mir geht sowas am Arsch vorbei, um´s mal klar zu sagen. Ich halte auch nichts vom Zurückpöbeln. Derlei Entgleisungen sind mir ein Graus."

„Was machen Sie denn beruflich?" warf ich ein.

„Ich bin Existenzgründer. Wie´s so schön heißt: Jungunternehmer."

Pelzer horchte auf. „Welche Branche?" fragte er.

„Bücher. Belletristik. Schöne Literatur."

„Gibt's denn auch häßliche?"

„Eigentlich nicht; sieht man mal ab von Pornographie. Keine Ahnung, wie Sie zu sowas stehen, oh Sie's spannend oder scheußlich finden."

„Das werd ich Ihnen auch nicht auf die Nase binden."

„Okay – nichts kann privater sein als das."

Mir fiel das Dutzend schamloser Hefte ein, die Pelzer mir, anonym und ohne es zuzugeben, in den Briefkasten gestopft hatte. „Es heißt schöne Literatur", mischte ich mich vermittelnd ein, „bloß im Unterschied zu Sach- und Fachbüchern, die lediglich nützlich sind."

Ralf Kuschel sagte: „Solch lustferne Texte können durchaus wichtiger sein als die sogenannten schönen, weil sie oft mehr an Erkenntniswert bieten – dem, der sich darauf einläßt. Manch einem geht ja schon rein beruflich Wissen vor Erbauung und Unterhaltung."

„Das reicht mir jetzt", stellte Pelzer fest. „Für mich ist das Tiefgeschwätz. Reden wir mal lieber von Ihrem Trabbi."

„Gern. Ganz wie Sie wünschen. Lassen Sie mich nur noch, um das Thema abzuschließen, eines sagen: Es geht auch ganz anders im Umgang, im wechselseitigen Blick auf Männer und Frauen. Die scheinbar geschlechtsfremde Beimischung läßt sich auch positiv sehen und deuten. Das hat mir meine eigene Ehefrau erst kürzlich klargemacht. In einem heiteren Moment entschlüpfte ihr ein Geständnis, da erfuhr ich von ihr, was sie überhaupt an mir gefunden hat, ursprünglich. Wissen Sie, ich bin ihr Ende der neunziger Jahre beim Bund begegnet. Da ist sie ziemlich umschwärmt gewesen, und nicht bloß wegen des Frauenmangels, unter dem wir da gelitten haben. Ja, wie fiel denn, bei derart reichem Angebot, ihre Wahl wohl auf mich? Das hatte ich mich immer schon gefragt. Ich bin doch weiß Gott kein Frauentyp, war nie so muskulös wie Sie, und rechnete mir damals beim Bund wenig Chancen aus."

Ralf Kuschel erwies sich als flotter Erzähler. Jetzt wischte er sich Bierschaum vom Mund und fuhr, den Ton dämpfend, eindringlich fort: „Folgendes kam heraus. Sie hatte bei einer

Routineübung, dem Zerlegen und Zusammensetzen der M-16 staunend bemerkt, wie sensibel und flink ich verfuhr mit den Einzelteilen der Waffe. Das Spiel meiner Finger auf dem kalten Metall ließ sie an gänzlich anderes denken, es ließ sie erschauern und weckte erotische Phantasie."

„Das ist ja'n Ding", entfuhr es Pelzer. „So sind sie, die Weiber ..."

„Beeindruckend, nicht wahr? Ein schöner Beleg für weibliche Vorstellungskraft! Die braucht keinen männlichen Schub, um Schlüsse zu ziehen, angenehm paradox. Mein einfühlsamer Umgang mit diesem Ding, also dem Schießprügel, versprach ihr feminine Züge, die mich befähigen würden, besonders zärtlich zu sein und möglicherweise auch sie glücklich zu machen. Es ist also rein weibliche Intuition gewesen, mit der sie – um im Jargon zu bleiben – voll ins Schwarze getroffen hat bei mir."

Er blieb bei dem Sujet, und obgleich das auch Pelzer reizte, wurde es dem allmählich zuviel. Da Ralf Kuschel gar nicht zurückkam auf seinen Trabbi, stand er grunzend auf und gesellte sich schier beiläufig am Bartresen zu zwei Einheimischen, die ihm Platz machten, indem sie zugleich von ihm abrückten.

„Sie bringen also Bücher heraus", sagte ich in der Verlegenheitspause nach Pelzers Abgang.

„Ja, nachdem ich zuvor Lektor gewesen bin, in Rostock, und das Haus dort mich entlassen hat. Aus Kostengründen, wie üblich."

„Und, läuft's bei Ihnen?", wollte ich wissen, sogleich beschämt von meiner Frage, die so peinlich kommerziell, fast möchte ich sagen westlich klang.

„Man schlägt sich durch", erwiderte er ähnlich banal. Und als ich nachsetzte, schon interessiert an seiner Branche und zunehmend neugierig auf ihn, da rückte er heraus mit ein paar Episoden. Und schließlich entstand durch sein Erzählen in mir ein Bild, das als unverzichtbar fürs Verstehen ostdeutscher Befindlichkeit hier in aller Kürze eingefügt sei.

Im Frühjahr 2004, beim Gründen des eigenen Verlags tief im Hinterland, hatte Ralf Kuschel zu den zwei Mitarbeitern, die er sich kaum leisten konnte, unumwunden gesagt: „Wir sind die Hoffnung eines knappen Dutzends Autoren, deren Schaffen keines der namhaften Häuser derzeit interessiert. Vielleicht ist dies ja auch nur ein Test, wird auch unsererseits zum Opfergang – aber solche Gläubigen braucht das Land. Was uns alle verbindet, ist das Wort. Bitte bedenkt stets, Schriftsteller sind oft schwierig, leicht erregbar, berührt man ihren Nerv, das Fabulieren; weihevoll auch Schöpfertum genannt. Ein Lektor muß sowohl respektvoll wie nüchtern sein. Autorität und Spürsinn, Wärme und Eloquenz ergänzen da einander. Gilt es doch stets, sich einzufühlen in ein Werk, in dessen Stil, und das heißt in die Psyche des Autors selbst. Denn `der Stil ist der Mensch´, wie es ja bei Schopenhauer steht."

Hier hatte Kuschel sich geräuspert, ihm wurde die Kehle eng, und einen Schluck Wasser getrunken, um beherzt fortzufahren: „Was ist für uns vorbildlich? Sprachlich gekonnt Erzähltes von einiger Bedeutung, mit hinreichendem Realitätsbezug. Von allem zutiefst Unanständigem halten wir uns fern, mag es auch kommerziellen Erfolg versprechen. Das ist nicht unser Weg. Gewiß bleibt es heikel, einen Text zu prüfen und dem Verfasser dann zu raten, etwas daran zu verbessern. Selbst Anfänger möchten lieber gelobt und gestreichelt sein; das übrigens unterscheidet sie von den Profis nicht. Jeder muß merken, es geht einem um das Werk. Er muß spüren, daß man auf ihn baut und trotz manchen Einwands durchaus mag, was er – oder sie – da zu Papier gebracht hat. Statt Rechthaberei, die man vielleicht argwöhnt, ist Feinschliff angesagt! Der Rohdiamant, den er – oder sie – uns allenfalls bringt, soll aufstrahlen zu wahrem Glanz, funkelnd in jeder Facette."

Fulminant. Das war der Startschuß gewesen. Und seitdem ging´s voran, wenn auch die *Edition Aphrodite* sich immer nur knapp über Wasser hielt. Privat konnte Ralf Kuschel gar nicht klagen, seine Ehefrau Ramona paßte gut zu ihm. Sie war sanft, anspruchslos, frei von Zanksucht und Kantigkeit. Er stand nicht auf Härte in der Partnerschaft, wenngleich ihm klar war, daß manch einen so etwas anregt. Willy Werth zum Beispiel, sein fleißigster Autor, sah verblüffenderweise in weiblicher Dominanz den ultimativen Kick. Den schien dergleichen zu beflügeln; zumindest zeitweilig brauchte er das.

Ralf Kuschel nicht, der stand darüber. Oder doch nicht ganz? Manchmal kamen ihm Zweifel, und zwar vor jener Frau, an der ihm gleich nach Ramona am meisten lag: sie war hochbegabt, sein bestes Pferd im Stall. Ein Hauch von dem umgab sie, wonach Willy Werth suchte, da es ihn zu erregen schien. Sein Star hieß Lydia Hochhut-Kaltenstadler. Gewiß kein Name, den man einem Schokoriegel oder einem Haustier gibt. An ihr war auch wenig Anschmiegsames. Immerhin handhabte sie meisterlich die kleine Form. Beinah perfekt in puncto Short Story oder Novelle, war sie als Autorin niemals schwierig, wirkte als Frau aber zwiespältig auf ihn: halb anziehend, halb streng, ja autoritär. Groß und schlank, apart geschminkt, zeigte ihr Äußeres noch viel von einer Lockung, der früher so mancher erlegen war. Aber Vorsicht! Ihre Haltung, immer aufrecht, riet ihm doch, Distanz zu wahren. Sie strahlte das aus, was schon in ihrem Namen lag: Würde und Kühle, gepaart mit höflich verdeckter Überlegenheit.

Einst hatte sie beim Schweriner Mundus-Verlag debütiert, mit einem Buch, das mutig von ihren ungeborenen Kindern handelte, zwei oder drei an der Zahl. Wie sie darin der Gesellschaft den Spiegel vorhielt, das hatte in der Endzeit der DDR Furore gemacht: die Selbstzufriedenheit in Sachen Gleichberechtigung der Frau entlarvt! Und als *Mundus* ihr bald nach der Wende, des schrumpfenden Buchmarktes wegen, den Laufpaß gab, da schrieb sie zurück: *Sic transit gloria Mundi.* Mehr noch als für Lydias Bildung sprach das für stolze Verachtung.

Auch legte sie Wert darauf, daß man ihren Doppelnamen aussprach. Zumal ihr hinterbracht worden war, jemand habe den boshaft verkürzt zu „Hochstadler". Die korrekte, immerhin sechssilbige Anrede schüchterte Kuschel ein, und als er dabei einmal stockte, hatte sie ihm erlaubt, Sie Lydia zu nennen. Ein

Vorrecht, für das er ihr dankbar war. Doch während sie ihn seither einfach duzte, blieb er doch lieber beim Sie. Und dies gab seiner Haltung etwas vage Ehrerbietiges oder sogar Scheues ... Das schmeckt ihr wohl, argwöhnte er; sie schätzt es, wenn man zu ihr aufsieht.

„Ralf, was stört dich denn an meinem Entwurf?" fragte sie ihn an dem trüben Nachmittag im März 2005, der tief einschneiden sollte in sein Berufsleben.

Er nippte an dem Tee in der goldgrundierten, henkellosen Schale. Aufgesucht hatte er Lydia, um zu klären, wie ihr neues Werk zu präsentieren sei. Anstatt ihm freie Hand zu lassen, mischte sie sich ein, verfaßte am liebsten die Werbung selber. „Also Ihr Text, Lydia, klingt doch etwas heftig", sagte er behutsam. „Die Rede ist da von Ekstase, von dunkler Chemie der Körper, sogar von Orgasmen."

„Geht es in *Eros Eterna* nicht genau darum?"

„Schon, Ihre Anthologie bringt das durchaus. Aber doch niveauvoll, fein dosiert, literarisch sublimiert ..."

Sie fiel ihm ins Wort mit dem Hinweis, ohne derlei Signale nehme kein Mensch ihr Buch auch nur zur Hand. Reizwörter müßen aufs Cover, wer nicht wirbt, stirbt! Und wieder einmal sah er, wie tief sie den Marktbetrieb verinnerlicht hatte nach ihrer Konversion, dem Übertritt zur Glaubensgemeinschaft des Kapitalismus. Glaube? Man sollte es eher Schicksal nennen. Die Branche begriff er als Dschungel, da sah sich Lydia zu Recht im Gestrüpp, umkreist von Tigern – nur zu verkrampft, zu aufgeregt. Und dieser Stich ins Verbissene kam aus einer „Überidentifikation mit dem System nach der Wende" – so hatte Willy Werth, Kuschels zweitbester Autor, das Phänomen genannt. Der schrieb die Neigung, den Eifer des Konvertiten zu zeigen, besonders gern Frauen zu. Die seien halt gefühlsgesteuert. Wer habe denn schon Adolf Hitler hysterisch zugejubelt? Und wem sei die SED-Justiz anfangs stur gefolgt? Der gnadenlosen Hilde Benjamin.

Gab es ein Frauen-Monopol auf Fanatismus? Sicherlich nicht. Willy Werth war trotz seiner 40 Jahre in mancher Hinsicht kaum gereift, der blickte doch keiner Frau ins Herz … Sacht setzte Kuschel die Teeschale ab und beschwor seine Autorin: „Bitte, verkaufen Sie Ihr Werk nicht unter Wert! Ekstase, Perversionen, Lüsternheit auf dem Cover – so empfiehlt man doch keine Belletristik."

Wie immer sprach er gut, das Wort stand ihm flüssig zu Dienst, Lydia aber entzog sich dem. „Vergiß mal den Buchhandel, Ralf", riet sie, bebend vor Energie, fast so als sei sie auf Kokain. „Der ist doch verstopft, völlig zu. Aber die Erotikshops! Mit meinem Text rutscht das Buch in die Nische rein … Und jetzt, wo ist der Vertrag?"

Kuschel war baff. Sie hatte sich vorgebeugt und näherte sich ihm mit zitternden Nüstern. Das volle Haar, kastanienbraun, lag wirr und weich auf der Stirn, und ihr Duft hüllte ihn ein, Moschus mit einem Hauch von Röstkaffee. Lydia schien bereit, der Keuschheit aus dem Weg zu gehen und ihn auf der Stelle zu verführen. Wenn auch bloß, um ihm zu zeigen, es gibt all das wirklich, nicht nur in ihrer Phantasie. Im Hinblick auf den Vertrag für ihr Skript wirkte sie total enthemmt. Und um ein Haar geriet er auf beschämende Art erneut in ihren Dann. Schon beschlich ihn jene fatale Lähmung, der süße Sog, sich ihr zu fügen – wie kürzlich, als sie ihm den Vorschuß für *Hautnah* abgeluchst hatte, das kleine Paperback.

Ja, es stand auf der Kippe. Sekundenlang fand er, es wäre schön, sich ihr probehalber zu ergeben. Nur um herauszufinden, ob Willy recht hatte damit, daß es neben ehelichen Freuden und dem, was er Blümchensex nannte, noch weit Wilderes, wahrhaft Hinreißendes gab … Nur war sein Konto im Soll und die Kasse leer, also faßte er sich und bat: „Gedulden wir uns doch, Lydia, bis *Hautnah* verkauft ist! Noch liegt mir die halbe Auflage im Wagen."

Wortlos wich sie zurück und wandte sich ab, mit hoheitsvoller Gebärde. Darin lag schwindendes Vertrauen in Kuschels Männlichkeit und seine Kompetenz als Kleinverleger. Auch er selbst blieb stumm. Klang seine Stimme eben bereits dünn, nun drohte sie ihm vollends zu versagen. Ein peinlicher Moment, der schlimmste wohl, seit man ihn in Rostock entlassen und er sein eigenes Haus gegründet hatte. Damit war es geglückt, die Wunde zu schließen. Und jeder Titel, von ihm verlegt, beschleunigte die Heilung. Auch Lydia trug dazu bei; wie bitter, sie zu enttäuschen.

Draußen stand sein Trabant neben dem hochbordigen Jeep, den die Autorin neuerdings fuhr. Sie hatte ihn aus dem Nachlaß ihres Hausarztes gekauft, der jüngst verstorben war – entnervt, wie es hieß, vom Einzug der Praxisgebühr, die ihm auch noch Patienten vertrieb. Sein Emblem, das Signal „Notarzt im Einsatz", klemmte noch oben am Dach. Dies und das dicke Stoßrohr vorn, Kuhfänger genannt, sowie die Chromlettern TURBO machten den Blechklops zum Hingucker. Kein Wunder, daß Lydia zögerte, Beiwerk zu entfernen, das anzeigte, wie wichtig die Fahrerin war.

Kuschels kleines Auto hingegen stand für Genügsamkeit, die Solidarität der Plan- und Mangelwirtschaft. Er war ein Meister der Entbehrung, stiller Diener von Autoren, die ohne ihn vergessen worden wären. Allerdings hing das Heck des alten Wagens durch, unter der Last von 600 Paperbacks auf der Rückbank und im Kofferraum; das meiste davon Lydias Büchlein *Hautnah*.

Sie hatte ihn höflich hinaus geleitet, den Mund verpreßt beim Anblick seines Fahrzeugs, das ihr wohl verachtenswert erschien, als Zerrbild seines Sparsinns oder Zeugnis von Armut. „Ziemlich lahm, die Pappe, ja?" fragte sie, den Kunststoff tätschelnd.

Ihm fiel nichts Gescheiteres ein als zu sagen: „Der Trabbi lebt", gehemmmt gleich durch das dumme Wort. Dergleichen war ihm ähnlich zuwider wie der Satz „Nicht die Nacktheit, das Geheimnis ist erotisch"; den gab er jungen Autoren öfter mit auf den Weg. Es war Lydias Herablassung, ihre betörende Dominanz, die ihn in solche Niederungen zwang.

„Hoffentlich knallt dir nicht mal einer drauf", äußerte sie in hübsch geheuchelter Besorgnis. „Was wird denn aus mir, wenn ich meinen letzten Halt verliere?"

Immerhin, sie winkte Ralf Kuschel nach, und das versöhnte ihn sogleich mit ihr. Selbst ironisch getöntes Lob baut einen auf, wenn es aus solchem Munde kommt. Was ihn verdroß, war seine eigene Empfänglichkeit für den Reiz, der von ihr ausging: die erotischen Signale. An dieser Schwäche war Willy schuld. Dessen Berichte aus dem Rotlichtmilieu hatten ihn sensibilisiert, ja neugierig gemacht. Natürlich, er brauchte sie beide. Lydia für das Schöngeistige, Willy Werth als den Mann fürs Derbe. Lydias Sprache hob den Sex aus der Dunkelheit, ohne ihm das Dunkle zu nehmen. Sie war sein Feigenblatt, er sicherte ihm das Überleben. Werth schrieb volksnah, DDR-nostalgisch, manchmal leicht anstößig, obschon sein Talent zu Besserem reichte. Seine Oberflächlichkeit deutete er glatt: Stecke man im Loch, sei es falsch, tiefer zu graben; das führe nur zur Selbstbestattung. Er wollte Kunden keilen, bildungsferne Menschen wegholen von der Glotze, und das schaffte sein grobes Zeug. In Kuschels Augen Futter, das man ohne Einsatz höherer Hirnfunktionen problemlos verdaut. So bediente Werth das untere Segment. Das brachte ihm Geld für sein Hobby: Besuche in Nachtklubs oder Etablissements.

Dazu hatte er auch ihn schon überreden wollen. Und Ralf Kuschel hatte sich versucht gefühlt, mal mitzukommen. Der Gedanke an prickelnde Varianten war auch ihm nicht völlig fremd. Doch sein Sinn für gute Manieren und eheliche Treue stand dem schroff entgegen. Wozu den guten Ruf aufs Spiel setzen? Er fand, das hätte weder ein Autor noch gar dessen Verleger wirklich nötig; selbst Werth nicht, bei dessen Fabuliertalent – weshalb da noch die Praxis erkunden?

„Aber du bist doch glücklich verheiratet", hatte Kuschel gesagt, worauf Werth ihn anstarrte, als sei ihm über Nacht eine Verunstaltung gewachsen.

„Sex hat mit Liebe, Treue oder Freundschaft herzlich wenig zu tun", erklärte er dann. „Das weiß jeder, es gibt bloß keiner zu! Sieh mal, Ralf, meine Laura und diese Lydia, das ist der Unterschied zwischen herzensgut und phantastisch. Lauras Köpfchen, ihre Mütterlichkeit und die Figur – na, das paßt zu mir. Ich bin froh, sie zu haben. Und trotzdem, diese Lydia, weniger üppig, verspricht einem in mancher Hinsicht mehr. Bei der hat man den Eindruck, sie würde immer so sein, rank und schlank. *Eros Eterna*, so heißt doch ihr neues Buch! Muß ich noch mehr sagen?"

Nein, das mußte er nicht; Kuschel hatte verstanden. Dies war der Tag gewesen, an dem er seinen Autor ermuntert hatte, mit Lydia anzubändeln. Wenn Werth weibliche Dominanz sucht, so die Idee, bei ihr hätte er die gefunden, sogar bargeldlos, rein partnerschaftlich. Kuschels halb im Scherz erteilten Rat, auf sie zuzugehen, war Werth indes nicht gefolgt. Und zwar mit dem Hinweis, er sei ein *swinger* oder *switchman*, Weichensteller – was heißen soll, er schätzt den Rollentausch. Wie viele, hatte er hinzugefügt, die sich bloß spielerisch den Extremen nähern, ohne echten Zwang. Und er bezweifelte, daß Lydia sich zur Abwechslung dann ihm fügen würde. In ihr sah Werth eine Frau, der es absolut zuwider sei, vom herrschenden Part in den dienenden zu wechseln, wenn ihm selber mal danach war. Er nämlich nutze, lustig am Limit balancierend, je nach Laune beide Chancen, tausche flink die Seiten, das Feld des Düsteren allenfalls streifend. Bei Lydia aber spüre er, der sei es ernst, die müsse herrschen um jeden Preis; niemals könne sie devot sein. Die Rolle der Sklavin, undenkbar bei ihr. Dazu noch ein Spiel mit dem Feuer.

Vermutlich hatte er da recht. Außerdem, Ralf Kuschel war zu weit gegangen, das stand längst für ihn fest. Er hielt sich seitdem in derlei Dingen völlig zurück. Unmöglich für einen Mentor, zwei Schützlinge zu verkuppeln; noch dazu seine besten. Obgleich das Resultat, die literarische Frucht des Tests, hätte spannend sein können, zumal im Vergleich. Damals hielt er jäh inne und wechselte schleunigst das Thema. Werths

Redefluß hatte ihn auf ein Feld gelockt, von dem er tatsächlich nichts verstand. Weshalb nur war es ihm jetzt so angenehm, sich des Gesprächsgegenstands zu erinnern?

Eine Zeitlang ging es ihm hinterm Lenkrad seines Trabbi richtig gut. Er pfiff ein bißchen vor sich hin. All das versetzte ihn, hier auf der B 105 zwischen Stralsund und Damgarten, in träumerisch beschwingtes Grübeln. Ein Zustand, den er so genoß, daß es ihn überhaupt nicht störte, ständig überholt zu werden.

Doch dann, ein Stück hinter Löbnitz, bröckelte seine Stimmung. Beim Blick in den Rückspiegel kam ihm der seltsame Verdacht, Lydia traue ihm nicht und habe sich angehängt. War das nicht ihr Jeep, der ihm in großem Abstand beharrlich folgte – ohne Versuch, sein durch die Last im Heck recht langsames Auto einzuholen? Das Dachemblem „Notarzt im Einsatz“ konnte Kuschel nicht erkennen. Er glaubte eher an eine Sinnestäuschung und suchte den Grund bei sich selbst – in der lebhaften Beschäftigung mit ihrer Person. Es war ja, als habe ein böser Geist ihm ihren Namen und den magischen Titel des neuen Werkes ins Ohr geträufelt. Da bildete man sich leicht etwas ein. Aber die Möglichkeit, daß Lydia hinter ihm her fuhr, bestand durchaus, bei ihrem Übermaß an Tatkraft. Wollte sie etwa prüfen, ob er ihrem Drängen folgte und sofort Erotikstuben anlief, um das Bändchen *Hautnah* loszuschlagen?

Falls es so war, brachte ihn das in Verlegenheit. Jene Läden, gab es die denn noch? Keine einzige Adresse fiel ihm ein. Damals, in den fernen Tagen nach der Wende, schossen sie wie Pilze aus dem Boden, blühten auf wie all die Männermagazine am Kiosk, um dann gleich diesen zu verwelken. Die Neugier nach 40 Jahren Mangel schien bedient, der Rest an Nachfrage wurde, mehr diskret, vom Versandhandel gedeckt. Viel sprach dafür, daß Lydia diesen Ausweg überschätzte. Das konnte kaum die Lösung sein. Und trotzdem, er mußte sich drum kümmern.

Kuschel hielt an, wie es Vorschrift ist, um Willy Werth zu befragen, den Experten. Es gab keinen besseren als den.

Seine diesbezüglichen Recherchen hatten ihn zu dem Sachbuch *Das Freudenhaus* inspiriert. Dessen Erfolg, fast 3000 verkaufte Exemplare, machte ihn übrigens so dreist, daß er's wagte, die Kosten einer Reise nach Thailand komplett von der Steuer abzusetzen. Und als das Finanzamt Rostock II sich sträubte, ihm den Flug ins Reich der Sinne zu vergüten, da hatte er die Damen dort mit eben dem Werk schockiert, das seine Präsenz in Fernost zu ihrer stummen Erbitterung bewies.

Kein Jeep überholte Kuschel beim Stopp; war der abgeschwenkt oder lauerte er irgendwo? Keine Ahnung. Werth ließ ihn gleichfalls warten, der saß wohl an seinem ersten Roman. Den Plot hielt er geheim, um sich wichtig zu machen. Dem Wenigen zufolge, was er durchsickern ließ, war ein Thriller zu erwarten nach Art des Films „Das Mädchen Rosemarie", der in den 50er Jahren lief. Die Schurkerei der Mächtigen im Rostokker Milieu ... Kuschel zögerte sehr, ihn dabei zu ermuntern.

Endlich hob Werth ab, spürbar erfrischt von der Frage, mochte aber so am Handy nicht viel dazu sagen – besser, man komme selbst. Er sei jetzt soweit, Textproben zu zeigen. Immerhin ließ er wissen, auf dem Weg zu ihm liege bereits ein Ziel. In Ribnitz nämlich halte sich solch ein Shop nahe dem einstigen Puff, der, dürftig getarnt als Pornokino, vor Jahren noch als „Sandra's Club" firmiert und dem verwöhnten Freier sogar ein Sado-Maso-Studio geboten habe, gut sortiert und bis zuletzt in Schuß.

„Schon kapiert", sagte Kuschel, um ihn zu bremsen.

Doch anstatt Schluß zu machen, rühmte Werth den Standard des alten Etablissements, voller Schwatzlust, aufgestaut in der Einsamkeit des Arbeitszimmers. Kuschel hatte gelernt, sie zu ertragen; ein Lektor muß zuhören können. Bildkräftig schwärmte Werth von bizarrem Zeug wie Masken, Fesseln, Peitschen, Zwingen mit Reizstrom und aufblasbaren Knebeln; selbst ein klassisches Requisit wie das Andreaskreuz fehle nicht, mannshoch, schwarzledern, mit silbernen Beschlägen. All dies im Oberstock und gegen Aufpreis, hundert Mark damals; hoch über dem Blümchensex, der im Erdgeschoß verabfolgt worden sei.

Der Mann fand kein Ende, und Kuschel reichte es längst. Ihm kamen Zweifel, ob sich privater Umgang mit dem Autor lohne. Bevor dessen spezielles Wissen vollends über ihn kam, dankte er knapp, knipst aus und fuhr los ... Kein Jeep mit dem Notarztschild hatte den Platz passiert. War alles bloß Einbildung gewesen? Wurde er, Lydias Tatkraft fürchtend, denn schon paranoid?

Vor Damgarten gestand er sich ein, der Schwatz zeigte Wirkung bei ihm. Zwar hatte Werth schon zweimal versucht, ihm so etwas nahezubringen und das an sich furchterregende Instrumentarium des Sado-Maso-Freaks als harmlos, ja lustbringend hinzustellen. Ihm aber blieb es fremd, tief suspekt. Er fand es erbärmlich, sich so aus der Hand zu geben, in die einer Hure. Das sollte aufputschend sein, wahren Genuß spenden? Da ging einem doch die Selbstachtung verloren.

Umgekehrt freilich, das mochte schon sein, wurde vielleicht auch für ihn ein Schuh daraus. Er konnte es sich als spannend denken, von einer jungen Frau Gehorsam zu verlangen. Das gazellenhafte Wesen beim Frisör zum Beispiel, es zog ihn an, bei jedem Gang in den Salon. Wenn das blonde Mädchen ihn scherenklappernd umstrich, kamen ihm in der Tat oft seltsame Ideen. Sie hieß Martina, und ihr schmales helles Gesicht schaute ihn fragend an, mit zaghaft einladendem Ausdruck, wenn sie zuletzt den Spiegel hob, damit er ihr Werk, den Rundschnitt, billige. Ihr verlockend leuchtendes Haar schien ihm schöner jedes Mal, und ihr Mund lächelte Nacht für Nacht in seiner Phantasie. Doch da sie, wie er spürte, keinesfalls leicht zu haben war, hätte es einer Bindung bedurft, einer festen Beziehung ... Und das war nichts, was sich neben der Ehe flink knüpfen und problemlos wieder kappen ließ.

Was eigentlich reizte ihn bloß an ihr? O Gott, er wußte es nicht. Die Stimme, eventuell. Falls sie überhaupt bei der Arbeit sprach, berührte der Ton ihn ganz sonderbar. Stimmklang und Haarwuchs ließen für sein Empfinden klarer auf den Charakter und die Erotik schließen als das Make-up und die Handschrift einer Frau. Sie mal am Andreaskreuz zu sehen, das würde atemberaubend sein, eine neue Erfahrung. Gar nicht nackt, nur leicht entblößt, so daß der Effekt sich noch steigern ließ. Und die erschauernde Haut mit Silberklammern ritzen, was für ein prickelndes Bild!

Bei ihr vermutete Ralf Kuschel zierliche Titten, das kam noch hinzu. Schwere Brüste bedeuteten ihm nichts, die schüchterten ihn ein; er fand sie eher bedrohlich. Weil sein Verlag *Edition Aphrodite* hieß, war ihm kürzlich ein englischer Bildband geschenkt worden: „The Big Book of Breasts". Es widerstrebte ihm, darin zu blättern. Weniger ist mehr, sagte er gern zu Autoren, gemünzt auf die Häufung von Adjektiven. Es galt ebenso für Brüste. Schon von Berufs wegen mied er das Schwülstige. An Martina jedoch war nichts verzichtbar. Sie würde sich schämen und winden, dabei mehr von dem Duft aussenden, den er so mochte an ihr. Wie ihren Ernst, die Sittsamkeit und die straffe Frisur; eben das pagenhafte Flair.

Aber was da auch immer ihn anzog, er rief sich zurück und schob das Wunschbild weg ins Unbewußte, wo es sich murrend regen würde, spätestens beim nächsten Haarschnitt ... Komm, vergiß es, alter Junge! Wer will so frivol und lasterhaft sein, um später mal zu enden wie einst der Marquis de Sade? Von dem man weiß, er hat den Sieg des Bösen verkündet, den Triumph der Gier auf dem Felde der Sexualität. Kein Rauch ohne Feuer, doch alles hat seine Grenzen, hatte er damals zu Willy Werth gesagt.

Dessen Wink folgend, fand Kuschel unschwer die Erotikstube, kenntlich an fehlender Werbung. Nur die dünne Zeile „Gabi´s Shop" und ein rotes Herz klebten neben der Ladentür. Was hat ein Herz mit Sex zu tun, fragte er sich. Das Schaufenster war geweißt, ganz undurchsichtig, dem Jugendschutz oder der Kundschaft zuliebe, die Wert legen mochte auf Anonymität.

Das Läuten der Türglocke verhallte. Es war kein Mensch im Laden. Die Inhaberin kam, sie hieß Gabi Humme, eine Frau um die 50 mit sahnig gepflegtem Teint, nett und gesprächsbereit. Sie schien auch nicht abgeneigt, ein wenig von sich selbst zu reden. Dazu lud er ja stets ein. Kein pures Verkaufsgespräch bleibt im Kunden so haften wie mitfühlendes Verständnis in harmonischer Plauderei.

Vor der Wende, hörte er, sei sie Säuglingsschwester gewesen und sehe sich beim Publikum noch immer in der Helferrolle. Sie war sanft, hatte die schmalen Hände einer Hebamme und wirkte auf ihn wie der Gegentyp zu Lydia. Wie entspannend, sich ihr zu widmen! Frau Humme gab ihm das Gefühl, erwünscht zu sein, Einfluß auf sie zu haben – so als ob sie unsicher und anlehnungsbedürftig sei. Von ihr ging naive Heiterkeit aus; er glaubte sogar, einen Hauch von Babypuder oder Kinderseife wahrzunehmen.

Das widersprach natürlich dem, was sie da feilhielt. Ihr Sortiment von Reizwäsche und stimulierendem Klimbim hatte die paar Büchlein an den Rand gedrängt, wenn nicht unter sich begraben. Von Willy Werth sah er nur zwei, *Die schöne Nachbarin* und jene *Shaven Angels*, mit denen der das Finanzamt erschreckt und besiegt hatte. Sein Standardwerk *Das Freudenhaus* fehlte, es paßte gewiß auch nicht hierher. Der Rest war dubioses Zeug, Schund aus der Hand von Dilettanten, betitelt *Pussycats*, *Die Sklavin* oder *Bizarre Lust*. Nie hätte er in Betracht gezogen, es zu edieren, und so entschlüpfte ihm der Satz: „Nicht die Nacktheit, das Geheimnis ist erotisch."

Das hörte Kuschel sich wirklich sagen und sah Frau Humme dazu lebhaft nicken. Die Vertrauensbasis war gelegt. Über Kondomen und all den Hilfsmitteln unklarer Funktion malte er ihr aus, wie es den Rang des Geschäfts höbe, führe sie neben obskuren Schriften auch schöne Literatur. Das erschlösse ihr ein neues Feld. Bessere Kundschaft käme dann her, Standespersonen wie Anwälte, Zahnärzte und Steuerberater, die bislang keinen Fuß über die Schwelle setzten, weil man in der Kleinstadt ja einander kennt.

Leuchtete ihr das ein oder blühte sie bloß auf in seiner Gegenwart? Wirkte da ein stiller Magnetismus wie jener, der ihn selbst halb zu Martina, halb zu Lydia hinzog? Nach einem Blick auf sein Angebot nahm sie, leicht zögernd, zwei der Titel, darunter zehn Exemplare *Hautnah*, in Kommission.

Draußen vor der Tür freilich sank sein Mut. Das Resultat war mager, und ihm wurde klar, er hatte Blech geredet. In solch einem Shop ging jedes wertvolle Buch unter wie ein Schiffbrüchiger im Meer. Die Chance war zu gering; das konnte die Lösung nicht sein. Jede Marktstudie, seinen Absatz betreffend, hätte das Potential hier bei null gesehen ... Was also tun? Wie Lydia dienen, ohne sie anzulügen?

Wenigstens war die Luft rein; von ihrem plumpen Auto keine Spur. Kuschel bog ab in die Bäderstraße, denn Werth wohnte auf dem Darß. Nahe Dierhagen allerdings tauchte im Verkehrsfluß hinter ihm erneut ein Offroad-Wagen auf. Hatte sie ihm aufgelauert oder sah er wiederum Gespenster? Auch eine Reise in den Verfolgungswahn beginnt mit dem ersten Schritt.

Es beruhigte ihn, zu wissen, wie zahlreich solche Vehikel heute auf den Straßen sind. Immer mehr Leute kauften die für ihr Ego, den Spritverbrauch wog ein Steuervorteil auf: bis zu vier Fünftel konnte man sparen. Kuschel hatte sich erkundigt – die umlegbare Rückbank und ein mögliches Gesamtgewicht von 2,8 Tonnen reichten hin, um das Spaßmobil als Kleintransporter anzumelden, gewerblich genutzt ... Doch was sollten ihm jetzt Fakten aus dem Finanzwesen? Gereizt spähte er hinter sich, ohne Klarheit zu gewinnen.

Bleib locker, redete er sich zu, und suchte seine Nervosität durch Geistiges zu dämpfen. Ein Spiel mit Feinheiten der Sprache half ihm oft, Streß abzubauen. Zum Beispiel Lydia, hatte sie recht, wenn sie meinte, der Ausdruck Dilettant ruhre her von *delight*, dem englischen Wort für Wonne und Ergötzen? Kaum, die Wurzel lag wohl im Lateinischen. In ihren Augen war übrigens Werth solch ein fröhlicher Stümper, der mehr zum eigenen Genuß als anderen zur Freude etwas schuf. Wohl weil sie in ihm den Erfinder der maliziösen Verkürzung ihres Namens sah, erklärte sie ihn außerdem noch für borniert – platt abgeleitet von seinem Wohnort Born. Derlei Wortspiele, stets zu Lasten anderer, störten Ralf Kuschel. Ach, die Autoren, ihre Sottisen und Süffisanz! Die Zunge stichelnd, spitz die Feder, doch selten eine Tat.

So dachte er, als hinter Ahrenshoop sein Handy klingelte. Im Vordarß dämmerte es bereits, er drehte das Licht an. Wildwechsel! Man durfte höchsten 70 fahren. *Nehmt Rücksicht!* mahnte grell ein Schild; es zeigte ein Wildschwein, dazu einen Hirsch und noch ein Reh. Er ging vom Gas, nahm das Handy ans Ohr und hörte, unverkennbar, ihre Stimme. „Ralf, wo steckst du?" Lydia klang krächzend, fast hexenhaft.

Kuschel war perplex. „Bei Drei Eichen", erwiderte er. „Wieso, was gibt's?" Ihn fröstelte, das war ja unheimlich. „Sind Sie etwa hinter mir her?"

„Das darfst du nicht persönlich nehmen."

„Ja wie denn dann, Lydia?"

Ihre Antwort verstand er nicht. Der Wagen rollte aus, Kuschel zog die Handbremse an, er drückte das Warnlicht, ihm schwirrte jetzt der Kopf.

„Halt an und steig aus!" Lydia klang so aufgedreht, als habe sie eine Überraschung für ihn.

„Bitte, weshalb das?"

„Weil ich dich kaum verstehe. Dein Auto ist ein Faradaykäfig."

Das glaubte er nicht, was wußte sie schon von Physik, von Funktechnik im besondren? Da fehlten ihr doch die Grundlagen. Der Aufbau des Trabbis enthielt kaum Metall, wieso dann ein Faraday-Effekt? Dennoch trat er vom Wagen weg, folgsam, ohne zu wissen, was Sache war. Der Empfang wurde nicht viel besser, so daß sein Argwohn wuchs. Nach dem, was nun an sein Ohr drang, versuchte Lydia, ihn zu beschwichtigen, ihn für irgend einen Stoff – etwas Sinisteres aus der DDR-Vergangenheit – zu erwärmen. Sie sprach mit Emphase, doch er merkte, sie hielt ihn hin!

Eben wollte er sie unterbrechen, um ihr das zu sagen, als ein Licht aufschien, schräg hinter ihm. Da schoß doch so ein Narr aus dem Wald, nahm die Kurve, bremste mit kreischenden Reifen, bloß viel zu spät! Und anstatt seinem Wagen noch auszuweichen, rammte er den brutal. Wohl nur noch mit Tempo zwölf, höchstens fünfzehn, doch für den Trabbi reichte es. Ein übler Knall, Glas und Plaste splitterten, der Wagen tat einen Satz, und sein Heck, so gestaucht, schrumpfte jäh zusammen.

Ralf Kuschel war entsetzt, ganz fassungslos, zumal aus dem fremden Fahrzeug nun Lydia stieg. Und zwar als wäre nichts passiert, mit eben dem Schwung, der auf ihn stets halb lähmend, halb erfrischend wirkte, waren es Frauen, die ihn zeigten. Ohne sich zunächst um ihn zu kümmern, sicherte sie recht professionell den Unfallort, rief die Polizei an und sah dann im zerquetschten Trabbi-Heck nach ihren Büchern. Die hatten den Stoß geschluckt und waren dabei aus dein Leim gegangen.

„Total im Eimer", stellte sie fest. „Ich hab mir schon gedacht, das überstehen die nicht."

„Was verlangen Sie denn von Paperbacks?" rief Kuschel krähend, noch viel zu geschockt, um zornig zu sein.

„Genau das", sagte sie, ein Lächeln in der Stimme. „Die Eignung zum Recycling. Statt Ladenhüter – nun Altpapier."

„Das war Absicht?" keuchte er. „Und mein Auto?"

„Ist doch eh Schrott gewesen. Allerdings, nie war es so wertvoll wie heute, dank der Bücher! Die zahlt jetzt die Versicherung ... Ralf, hörst du mir überhaupt zu?"

Er konnte sie akustisch gut verstehen, doch er begriff sie nicht; seine Gedanken wanderten. Das war Wahnwitz, war die Krone! Mochte die Idee, Ostbücher einzustampfen, auch einmal marktkonform, ja sogar Trend gewesen sein. Ihn schüttelte es immer, wurde etwas zerstört, das noch brauchbar war – ein Baum gefällt, ein Haus abgerissen –, selbst wenn der Restwert so gering war wie bei seinem Trabbi.

„Lydia, so geht das nicht!" Beinah hätte er sie angeschrien, ganz gegen seine Art. Ihm lag Kränkendes auf der Zunge, doch was half das, wenn man vor einer Irren stand?

„Paß auf, Ralf", sagte die Autorin. „Wir müssen dringend was besprechen."

„Ich weiß nicht", stammelte er; ihm wurde auf einmal schlecht. „Ich bin fix und fertig! Zu erledigt, um was zu bequatschen."

„Trotzdem", drängte sie. „Merk dir, das ist ein Wildunfall

gewesen, für die Polizei. Du hast wegen eines Rehs ganz plötzlich gestoppt. Und mir blieb gar nichts anderes übrig ... Ich hab sogar an die Bremsspur gedacht."

Sie zerrte ihn in ihrem Jeep, der heil geblieben war; dem fehlte nur das Notarzt-Zeichen. Mit der Formel „unabwendbar" nahm sie das Urteil von Polizei und Versicherung vorweg. Und Kuschel spürte, wie diese Rührigkeit ihn stützte. Er fühlte sich beruhigt, ganz wohl an ihrer Seite, ja fast geborgen. Sie handelte an seiner Stelle. Ihr Stoizismus übertrug sich auf ihn.

Hautnah war weg, die Restauflage – nun gut, also schloß er mit ihr, vorerst mündlich, den Vertrag für *Eros Eterna*. Demnächst dann schriftlich in seinem Büro. Und am Rande des Gesprächs, das Lydia so sachlich führte, blitzte in ihm der Gedanke auf, wie eng poetische, geschäftliche und kriminelle Energie doch heutzutage miteinander verflochten sind ... O Lydia! War er wütend auf sie oder dabei, ihr zu verfallen? Was erwartete ihn neben ihr, Wahnwitz oder Verheißung? Das Gefühl wallt auf, in beiden Fällen kocht es über. Und doch, das war ihm klar, ist da ein Unterschied.

„Da kommt schon Polizei", hörte er sie sagen, dicht an seinem Ohr. „Es war ein Wildunfall, Ralf, bleib dabei, und alles wird gut – auch mit uns beiden."

Den Schluß der Geschichte hatte Manfred Pelzer kopfschüttelnd mit angehört. Leicht beschwipst war er zurückgekehrt zum Tisch drei, entweder weil er am Bartresen schlecht Anschluß fand, oder weil bei uns die Bedienung gewechselt hatte. Die nicht mehr ganz junge Serviererin war abgelöst worden von einem hübschen, kurvenreichen Girl, das Ralf Kuschel eben ein neues Bier brachte und dabei kurz in seiner Nähe blieb, wohl um den feinen Duft des After Shave zu schnuppern, der von ihm ausging. Das große lebensfrohe Mädchen hieß Sarah und schien ein Gewinn für das Lokal, geizte sie doch weder mit kecken Blicken noch mit flinken Angeboten. Da Pelzer nun auch speisen wollte, riet sie ihm sogleich zu gebratener Boddenschleie mit Rahmsauerkraut, Apfelmeerrettichsoße und Petersilienkartoffeln. Der vierteilige Wortsalat sprudelte fehlerfrei aus ihr heraus.

Pelzer musterte sie wohlgefällig, er strich über den kratzigen Stoppelbart an seinem Kinn, der ihn etwas verrucht aussehen ließ, und stimmte dem Vorschlag ohne weiteres zu. Um ihn zu necken, fragte ich: „Sie trauen dem Braten? Ist der auch fangfrisch?"

„Wenn sie´s doch sagt! Ich höre immer auf Frauen, Herr Wendt, mit denen ich auch ins Bett gehen würde."

„Das würde ich Ihnen hier nicht empfehlen."

„Wer sollte mich denn daran hindern?"

„Vermutlich ihr Freund. Oder schon der Wirt. Sie ist seine Schwester, mein Lieber. Und der ist ebenso stark wie Sie, aber nur halb so alt, also notfalls schneller."

„Jetzt soll ich wohl Angst kriegen? Wissen Sie was, Freundchen? Aus einem verzagten Arsch kommt nie ein fröhlicher Furz."

Ralf Kuschel sagte: „Bravo, Herr Pelzer. Sind Sie religiös?"

„Ich? So ein Quatsch."

„Immerhin haben Sie eben Martin Luther zitiert."

Pelzer guckte verständnislos; darauf hatte er keine Antwort. Unwillkürlich fiel mir Löws böses Wort ein, der über ihn gesagt hatte: Da Manne nichts im Kopf hat, muß er wen hinter sich haben, und wer kann das anderes sein als die Mafia? ... In meinen Augen ein Fehlurteil. Aber der Kampf, den die zwei da austrugen um das Stück Land auf der Düne, der konnte eigentlich kaum gut ausgehen, für sie beide.

Manfred Pelzer, nun schon über seiner Boddenschleie, konnte noch immer Kuschels Versöhnlichkeit nicht fassen – vor der Verrückten, die ihm das Auto demoliert hatte. „Sie haben also Ihre Wut verschluckt? Schwache Nummer, würde ich sagen."

„Was hätte ich denn tun sollen, grob werden? Das ist nicht mein Stil. Eine Frau beschimpft man nicht."

„Na, ich hätte der den Spiegel abgeknickt oder ′ne Beule ins Blech getreten. Niemals den Schwanz einziehen, Herr Kuschel!“

Inzwischen beim Nachtisch angelangt, pries Pelzer die Tradition und robuste Technik des Trabbi, den Seltenheitswert, um dann auf Helmut Löw zu kommen, den Porsche-Fan und Schnösel. Ihm unterstellte er schlankweg Stasi-Kontakte in dessen Zeit als Filmautor und Journalist, während er selbst da sauber geblieben sei. Woher stamme wohl Löws Startkapital, womit habe der seinen Leuchtturm gebaut? Mit getarnten, beiseite geschafften Geldern des Mielke-Vereins oder der SED.

Nun mußte ich Löw in Schutz nehmen, ärgerlicherweise. Nach sovielen Jahren hing mir der Stasikram zum Hals heraus, all die Verdächtigungen, meist spekulativ und nur gut als Knüppel, zum Rufmord am Gegner. Ich hatte solche Affären, auch meine eigene, so satt wie das Geschwätz darüber und sagte ihm das ins Gesicht.

„Schon klar, Genosse Hauptmann, Schlußstrich“, ätzte Pelzer. „Eine Krähe hackt der anderen kein Auge aus.“

Schließlich jedoch verblüffte er mich durch sein Einlenken in diesem Punkt. Wollte er′s mit mir nicht ganz verderben oder hatte das Fischgericht ihn milde gestimmt? Plötzlich sprach er „Mielkes Laden“ eine gewisse Berechtigung nicht mehr ab. Jeder Staat hatte laut Pelzer mindestens drei Geheimdienste, nämlich nach außen, für innen und zum Schutz des Militärs; das habe er durchaus kapiert. Bloß bei ihm persönlich sei man an den Falschen geraten, als es darum ging, ihn einzuspannen zur Spitzelei, damals vor der Fahrt seiner Brigade zum Bau der Trasse in Rußland.

„An sich gern“, habe er zu den Werbern gesagt. „Nur wißt ihr, Genossen, bei meinen Weibergeschichten und, gelegentlich, dem Griff zur Flasche, da kommt das irgendwann mal raus. Wenn ich auch bloß halb voll bin, quatsche ich einfach drauflos und kann gar nichts für mich behalten. Überlegt euch das mal! Ist schlecht für den Geheimnisschutz.“

Das habe man ihm zwar nicht restlos geglaubt, aber doch

vergrämt von ihm abgelassen. Er fand seinen Schachzug heute noch äußerst schlau, war ganz stolz auf die Idee. Nicht jedem sei sowas eingefallen, im rechten Moment, unter Druck. Und ich stimmte ihm darin bei. „Auf gute Nachbarschaft", sagte er, leerte das letzte Glas und schüttelte mir zum Abschied in trunkener Melancholie die Hand.

Und ich begriff Pelzers helle Seite. Der trübe und bösartige Ablauf des Streits um den Leuchtturm, um das Stück Düne, war ihm jetzt ganz entglitten. Der Besitzwunsch hatte sich glatt in Alkohol aufgelöst. Trinkfest zu sein, gesprächsfroh, halt ein dufter Kumpel, das war im Moment seine Wirklichkeit.

Fünftes Kapitel

DER BRAND

Nach knapp einer Woche konnte ich mich wieder rasieren, ohne daß es weh tat. In dieser Zeit kam wenig Neues aus Berlin. Es gab keinen Anschlag mehr, so als habe der Polizeischutz gewirkt. Der bestand nun nicht weiter, Helmut Löw hatte Videokameras angeschafft, gekoppelt an die Bewegungsmelder des Außenlichts. Damit war die Alarmanlage komplett; das schien Bettina zu beruhigen.

Leider hatte ich immer nur ihn, niemals sie in der Leitung. Und er war stets guter Dinge. Dadurch provoziert, schilderte ich ihm mein Gespräch mit Pelzer, darauf aus, ihn zu reizen. Doch das weckte bloß seine Spottlust. Zu meinem verkürzten Aktionsradius, der gerade noch bis zum Gasthaus „Am Kiel" reichte, fiel ihm ein Vers des alten Theodor Fontane ein: „Immer enger, leise leise / ziehen sich die Lebenskreise / schwindet hin, was prahlt und prunkt. / Schwindet hassen, hoffen, lieben / und ist nichts im Blick geblieben / als der letzte dunkle Punkt."

Löw glänzte wieder mit seiner Bildung. Und der Streit um das Grundstück, ließ er mich wissen, stehe für ihn günstig. Ganz anders als Bettina neulich verbreitete er rundum Zuversicht, auch was die Konjunktur betraf, an der das Werbegeschäft ja hing. „Man rappelt sich bald wieder hoch", teilte er mir mit. „Das gehört zum Betriebssystem der Marktwirtschaft: Zyklen von Boom und Crash, von Übermut und Panik. Seit Jahrhunderten läuft das Spiel so ab, dynamisch. Schau in die Historie, dann wundert dich nichts mehr."

Seine Nonchalance ärgerte mich. „Mach's dir nicht so einfach, Helmut! Wir alle sind die Verlierer. Jedes neue Rettungspaket der Regierung verstärkt die Inflation. Wo bleibt da die Gerechtigkeit jetzt für den kleinen Mann? Sein bißchen Geld verliert an Wert. Als ehemaliger Marxist müßtest du eigentlich wissen ..."

„Wieso ehemalig?" unterbrach er mich. „`Das Kapital´ bleibt doch ein Hit für mich – brillant in der Analyse, wenn auch unscharf in der Vorschau. Im Zeitrahmen hat der Prophet sich geirrt. Und überhaupt, was heißt Gerechtigkeit? Die haben wir doch gehabt. War es nicht das, was unter dem Namen Sozialismus vor gerade erst zwanzig Jahren bankrott gemacht hat?"

„Die westliche Demokratie hat auch ein paar Anläufe gebraucht.

„Stimmt genau. Erst geht´s immer schief, wird abgeschmettert. Zunächst mal ist Frankreich im Blut ersoffen, die Revolutionäre haben erst den Adel und dann sich gegenseitig geköpft. Als dort die Menschenrechte proklamiert wurden, sind hunderttausende umgebracht worden. Da hast du übrigens die Parallele zum Stalinismus. Unsere freiheitsliebenden Dichter waren ganz angewidert. `Da werden Weiber zu Hyänen und treiben mit Entsetzen Scherz´, hat Schiller getextet, `noch zukkend, mit des Tigers Zähnen, zerreißen sie des Feindes Herz´ ... Und trotzdem leben wir heute eher so, wie die bürgerlichen Akteure es wollten. Irgendwann kommt die nächste Stufe, Chris, der Sozialismus, aber wir erleben das nicht mehr. Denn es ist ja keineswegs so, daß wachsende Armut den Linksruck bringt. Je mehr Angst die Leute um Lohn und Brot haben, desto lauter der Ruf: das Land ist in Gefahr, wir sitzen alle in einem Boot."

„Für dich ist die Marktwirtschaft. also weiterhin in Ordnung, halt unser Schicksal, und moralisch nicht zu tadeln?"

„Doch, Junge, und jede Sonntagspredigt schafft das mühelos. Nur hat das Profitsystem, jedenfalls hierzulande, einen nie dagewesenen Wohlstand produziert. Ich will dir das nicht weiter ausmalen, hab auch gar keine Lust, ein Loblied auf den Kapitalismus zu singen. Das hat der junge Marx viel besser gemacht als ich es könnte, nachzulesen in Teil eins des `Kommunistischen Manifests´."

„Ach, das weißt du demnach noch?"

„Aber ja. Nur was seine Hoffnung auf den Untergang dieses wüst-phantastischen Modells betrifft, da lag er mit seiner Vision ziemlich daneben. Und stell dir vor, ich hoffe es bleibt dabei, solange uns für die Ökonomie nichts Besseres einfällt."

„Und ich merke, es bleibt dabei: das Sein bestimmt das Bewußtsein."

Er lachte großmütig. Ihm war nicht beizukommen. Offenbar war er nicht geneigt, sein Weltbild den veränderten Verhältnissen anzupassen – noch einmal, nach kaum 20 Jahren. Das Gespräch verdarb mir fast den Tag. Löws gute Laune und seine Gewandtheit brachten mich gegen ihn auf. Ich hatte am Telefon den kürzeren gezogen – wie dumm von mir, mit ihm zu debattieren, mit einem, der auf der Sonnenseite stand. Ich war kaum zum Zug gekommen und fragte mich nun: Wohin geht ein unausgesprochener Gedanke, eine stille Liebe, unser Schmerz? Wohin auch immer, sie sind da, sind in der Welt.

Gegen Monatsende machte ich das Haus winterfest, harkte das letzte Laub zusammen und stopfte es in Säcke, die man für 50 Cent bei der Gemeinde kriegt. Wie üblich half mir das auf. Recht seltsam, schon solch bescheidenes Pusseln im Garten wirkt sinnstiftend, man glaubt dann, etwas geschafft und den Tag nicht vertrödelt zu haben. Tabletten zum Aufhellen der Stimmung, wie damals in der Wendezeit, nahm ich längst nicht mehr.

Dazu diente mir ein harmloser Wachtraum, der sich leicht variieren und ausschmücken ließ. Er begann mit Bettinas Ankunft, die es sich doch anders überlegt hatte. Und wenig scherte mich, daß es bloß eine Halluzination war – da es ja so täuschend echt ablief, meiner eigenen Regie und den tiefsten Wünschen folgend. Manchmal schien es mir fast unmöglich, die Grenze zwischen Traum und Wirklichkeit zu ziehen.

Und in dieses Schwärmen mischte sich öfter – es fällt schwer, das zuzugeben – der schimpfliche Wunsch, ein weiterer Vorfall dort in Berlin möge Bettina so erschrecken, daß sie gegen Löws Willen ans Meer floh, zu mir ... Aber es sollte ganz anders kommen.

In der Nacht zum ersten Advent hörte ich die Sirene gehen, welche die Freiwillige Feuerwehr in den Dörfern alarmiert. Sie saß, fünf Minuten weg, auf dem Dach des Feuerwehrschuppens. Es war kurz nach drei, ich lauschte dem Warnton nach und nahm fernen Fahrzeuglärm wahr. Irgendwo brannte es also! Ich konnte nicht wieder einschlafen und hatte auch keine Lust zum Lesen, ließ daher das dicke Buch auf dem Nachtschrank liegen. Statt dessen gingen mir, in törichtem Nachhall des Ferngesprächs, Löws Tiraden durch den Kopf.

Nun plagten mich wieder Menschheitsfragen, die Suche nach dem Weg in eine bessere Welt. Wo mochte der liegen? Vermutlich irgendwo zwischen der Planwirtschaft alten Typs und jener enthemmten Form, die man jetzt als Turbo- oder Kasino-Kapitalismus beschimpft. Die Verfechter beider Extreme waren ja gescheitert. Totales Verstaatlichen, das hatte damals ebenso versagt wie nun die Deregulierung, der völlige Rückzug des Staates aus dem Wirtschaftsleben. Der neoliberale Traum vom Selbstregulieren des Marktes war gleichfalls perdu.

„Die Marktwirtschaft entwickelt Heilkräfte", hörte ich Löw wieder tönen. „Weißt du, weshalb sie sich durchsetzt auf der ganzen Welt? Weil sie so wunderbar variabel ist. Egal, was das kosten mag, sie lernt aus jedem Absturz. Außerdem hat sich gezeigt, das Profitsystem ist überall willkommen. Ob Demokratie oder Militärregime, Ölscheichs oder Chinas KP: dem Kapital ist die Herrschaftsform schnurz, es wächst unter jeder. In seinen rhythmischen Krisen erneuert sich das System. Ohne die wär es längst verreckt wie einst die Planwirtschaft – was starr ist, das stirbt und vergeht."

Weshalb aber, falls es denn stimmte, war das so? Konnte eine humane Ordnung nicht ähnlich flexibel und lernfähig sein? Etwa weil der Wunsch nach Besitz stärker war als das Verlangen nach Gerechtigkeit? Das fragte ich, schlaflos in meinem Bett. Einmal schien es, als biete sich mir die Idee linker Sozis von einer gemischten Wirtschaft (alles Große in Staatshand, der Rest privat) als Ausweg an. Doch der Gedanke ließ sich nicht fassen von einem müden alten Mann.

Noch vor sieben jagte mich das Telefon hoch. Wer zum Teufel rief um diese Zeit bei mir an? Verdutzt erkannte ich Löws Stimme. Aber er sprach ungewohnt schleppend, bedrückt, gleichsam mit letzter Kraft.

„Chris, wir sind abgebrannt“, hörte ich ihn erschöpft sagen.

„Um Gottes willen! Ist euch beiden nichts passiert?“

„Ach, wir sind okay. Es hat ganz woanders gebrannt, oben bei dir.“

„Etwa Haus `Sansibar´?“

„Nein, nebenan, der `Leuchtturm´“. Die Polizei teilt es uns eben mit. Fährst du wohl mal kurz hin und siehst es dir an?“

„Selbstverständlich, Helmut.“

„Ich fürchte Totalschaden, bei all dem Schilf.“

„Vermutest du Brandstiftung?“

„Das muß ich wohl“, fuhr er fast tonlos fort. „Die Ermittlung läuft, das wird natürlich dauern. Aber das Haus war seit Wochen unbewohnt, der Strom gänzlich abgeschaltet, und es gab auch kein Gewitter, sagt man mir.“

Das bestätigte ich, versprach ihm, zurückzurufen, und brach unverzüglich auf. Draußen wurde es langsam Tag. Kaum Verkehr auf der Bäderstraße. Ich parkte am Wäldchen und ging das letzte Stück zu Fuß, vorbei an Fahrzeugen der Feuerwehr. Die Brandwache war noch vor Ort.

Der Anblick des schwelenden Bauwerks auf der Düne wirkte beklemmend auf mich. Im Morgendunst ragte der Turm hoch wie ein kariöser Zahn. Sein konischer Kern stand noch, doch die Glaskuppel fehlte und das Zinkblech des Balkons lag am Boden. Vor den rauchgeschwärzten Mauern war der Garten zertrampelt, versengt, mit Trümmern bedeckt. Ein scharfer Geruch hing in der Luft. Die Polizei hatte abgesperrt.

Und zwischen Löschwasserpfützen klumpten Schaulustige, ein Dutzend Leute aus dem Dorf, mir durchweg unbekannt. Über den nun defekten Zaun spähten sie empor zur Ruine. Haus „Sansibar“, der Brandstätte sehr nahe, war unversehrt geblieben. Das Dach aus grünglasierten Schindeln und ein Südwestwind, wie er häufig bei uns weht, hatten den Funkenflug abgewehrt.

Um mich herum äußerte man sich fassungslos, bestürzt, doch mir entging nicht manch lüsterner Zug schlecht verdeckter Schadenfreude. Ein Gemisch aus Frust und Langeweile trieb die Frühaufsteher her, vielleicht auch Haß auf den reichen Nachbarn oder der Kitzel, rauchende Trümmer zu sehen ... In diesem Moment erblickte ich Pelzer. Er kam auf mich zu, mit pendelnden Armen, so locker wie ein Cowboy im Film. „Meister Wendt", rief er mir entgegen, „woher wissen denn Sie Bescheid?"

„Aus Berlin. Na, und Sie?"

„Also von Löw", grunzte er, meine Gegenfrage ignorierend. „Tja, das wundert mich nicht."

„Was wollen Sie damit sagen?"

Unter den Dachshaarbüscheln der Brauen zwinkerten mich seine Augen an, schlaue tiefliegende Augen, wie geschaffen für solch durchtriebenen Blick. „Daß Löw Ihr Kumpel ist, mehr nicht."

„Und woher haben Sie's?"

„Von Amts wegen, wie es sich gehört. Schon mal bemerkt, daß das mein Grund und Boden ist, Mann?" Mit einem Kopfruck wies er auf die „Pelztierfarm" hin, sein Ferienobjekt im Wäldchen. Die Schnoddrigkeit des Eigentümers. Mir stank sein Auftritt gewaltig – der heimliche Triumph und das Bornierte, aus dem diese Haltung kam.

Und er setzte noch eins drauf. „Ich find's toll, wie schnell Ihr Freund geschnallt hat, was da bei uns läuft."

Das war unverschämt – ja, er reizte mich absichtlich. „Das klingt fast nach Unterstellung", gab ich zurück. „In Ihrer Situation sollte man damit vorsichtig sein."

„Was heißt das denn, in meiner Situation?"

„Schon vergessen, den Rechtsstreit hier?"

„Den werd ich in Kürze gewinnen."

„Sieht nur momentan gar nicht danach aus."

„Wer sagt Ihnen das? Immer ruhig bleiben!"

„Man nennt das auch `warmen Abriß', Herr Pelzer. Vielleicht wollten Sie ja Fakten schaffen. Na, in Ihrer Haut möchte ich jedenfalls nicht stecken."

Sein Mund klaffte auf – ein breiter, harter, fast lippenloser Mund. Ihm blieb wohl die Spucke weg. Es war nur ein Schreckschuß, ich wußte genau, meist brachte das wenig, konnte aber ganz schön verunsichern, selbst solchen ausgebufften Kerl. Oder ging da der helle Zorn mit mir durch?

Statt aus dem Tritt zu kommen, griff Pelzer an. „Das ist ja krankhaft", polterte er, „aber irgendwie doch logisch. Wissen Sie, was Ihr Problem ist? Ich sag's Ihnen mal: die ganze Richtung paßt Ihnen nicht. Das ist eben nicht mehr Ihre Welt. Sie sind ein Mann von gestern, Ihre Zeit ist um!"

Der Wortschwall verblüffte mich, und ehe ich etwas erwidern konnte, fügte er hinzu: „Deshalb achten Sie auch keinen Unternehmer."

„Doch – wenn der Herr andere gleichfalls respektiert."

„Kommen Sie mir bloß nicht komisch. Da lach ich doch! Ich respektiere jeden."

„Vielleicht, solange die Kasse stimmt."

„Sehen Sie, da zeigt sich wieder Ihre Sturheit, der kommunistische Quatsch, den Sie mal gelernt haben", bellte er. „Herr Oberkommissar, oder soll ich Genosse Hauptmann sagen? Ich verrate Ihnen noch was – heute sind wir ein freies Land, okay?"

„Von den Anschlägen in Berlin, dieser Serie, haben Sie natürlich nicht das leiseste gehört", konterte ich – ja, es war ihm geglückt, mich herauszufordern. „Ihr Kontrahent hat immerhin Personenschutz gebraucht."

„Was ist nun das für beschissenes Zeug?" fauchte er. „Jetzt reicht's mir aber, Freundchen! Ich laß mich doch von ihnen nicht ankacken. Machen Sie sich mal vom Acker! Sie sind auf meinem Grund."

„Das ist ein öffentlicher Weg."

„Hauen Sie bloß ab, Wendt! Wir sprechen uns noch. Sie werden von meinem Anwalt hören."

Da ich nicht ging, schoß Pelzer noch etwas Saftiges aus dem Keller seines Vokabulars ab, drehte auf dem Absatz um und ließ mich stehen. Wieder mal hatte der Rüpel das letzte

Wort gehabt. Doch das würde ihm in diesem Fall kaum helfen. Damit, dachte ich, kommt er diesmal schwerlich durch.

Eines fragte ich mich schon im Auto: Wie kann der Mann bei all seiner Dickfelligkeit so sicher sein, daß ihm, wenn er dahintersteckt, nichts nachzuweisen ist? Und wie häßlich, der Streit, irritierend, abstrus. Selber war ich auch zu weit gegangen; so kam es mir jedenfalls vor. Damals bei der Kripo hatte sich's manchmal gelohnt, offensiv zu sein, ohne viel Indizien in der Hand. Ein Privatmann aber darf keinen Verdacht äußern, für den nur eine gewisse Wahrscheinlichkeit spricht.

Dazu riet ich auch Löw dann am Telefon. In der Zeit, die seit seinem Anruf verstrichen war, schien er sich erholt zu haben. Seine Stimme klang fast wieder normal, nein, er war nicht mehr derart fassungslos. „Zuerst die gute Nachricht", sagte ich behutsam. „Dein `Sansibar´ ist heil und ganz intakt."

Als sei ihm das egal oder schon bekannt, fragte er nach der schlechten.

„Pelzer hängt da ´rum und verbirgt überhaupt nicht, daß ihm die Sache schmeckt."

„Logisch, Chris – Frechheit siegt. Da ist doch Sensationslust angesagt. Er benimmt sich instinktiv wie die anderen. Würde er Bedauern heucheln oder den Tatort meiden, fiele ein seltsames Licht auf ihn."

„Du, er muß ein Alibi haben. Allein kann man sowas nicht reißen. Es gäbe demnach Helfer; das schafft für ihn eine brenzlige Situation. Und dafür war er ziemlich cool."

„Ein Phlegmatiker steht das durch, den macht keiner so schnell nervös."

„Helfer belasten; da bist du erpreßbar."

„Ist mir klar. Komplize bedeutet Komplikation." Ein Hauch alter Leichtigkeit kehrte in seinen Ton zurück. „Aber nicht für ihn! Denk an sein Umfeld, den Hintergrund. Der Mafioso schweigt, *omertà* heißt: Verräter sterben. Folglich wird da nicht erpreßt."

„Was macht dich so sicher, daß es den Hintergrund gibt?"

„Sein Verhalten dir gegenüber ist der letzte Beweis."

„Ich nehme doch an, du bist versichert."

„Nein, zum Teufel! Ich hab die Police von Mau übernommen, die schloß sein Atelier mit ein, aber das ist praktisch wertlos gewesen ... Mein Neubau zog sich endlos hin, da hab ich's glatt vergessen."

Das überraschte mich. Löw meinte, die Baukosten lägen „im mittleren sechsstelligen Bereich", wegen der bizarren Architektur, er müsse erst nachschauen und addieren, komme am Ende auf eine halbe Million! Ein enormer Preis für so wenig Wohnraum, kaum 35 Quadratmeter pro Etage. Und ein schlimmer Verlust für ihn.

„Es kann dich nicht trösten, Helmut, aber die fehlende Police hat auch ihr gutes."

„Ach! Und das wäre?"

„Du bist aus dem Schneider, vom Polizeistandpunkt aus. Mangels Motiv hast du's nicht selbst getan."

Sein Krächzlaut gab mir das Gefühl, taktlos zu sein. Es war zu früh für derlei Scherze. Damit das Gespräch nicht abriß, fragte ich nach Bettinas Befinden – wie nahm sie es auf?

„Sie weint." Mehr sagte Löw dazu nicht. Er schien verstimmt, wollte nur noch wissen, wie es nun weiterging.

„Schritt für Schritt", erklärte ich ihm. „Man sucht nach Spuren einer brennbaren Flüssigkeit, sogar in der Asche, weil sowas heute kaum noch ohne Brandbeschleuniger gemacht wird. Ich bin allerdings kein Spezialist und weiß nicht, was jetzt Standard ist."

„Vielleicht könntest du dich aber schlau machen?"

Ich begriff, ihm schwebte vor, meine alten Kontakte ließen sich nutzen, um zu hören, wie die Sache stand. Mit Bedauern mußte ich ihm sagen, daß es da keinen Draht mehr gab. Vor 14 Jahren war ich ausgeschieden und kannte keinen mehr im Amt. Anfragen Außenstehender gingen dort ins Leere, selbst der Presse gegenüber hielt man dicht bei laufender Recherche.

„Na schön, vergiß es", seufzte er. „Immerhin wirst du vermutlich als Zeuge gehört."

„Für was, so weit vom Tatort weg?"

„Ich denke mal zu Pelzer, oder ist auch das naiv? Immerhin dein Nachbar, Chris. Wenn da ein Anfangsverdacht besteht, wird man wohl seine Nachbarn fragen."

Es war, als erhoffe Löw von mir, daß ich Pelzer indirekt belaste. Er wollte mich wohl als einen benennen, der den Mann kennt und ihm einiges zutraut an krimineller Energie. „Falls man mich fragt, sage ich genau das, was du schon gehört hast von mir Helmut."

„Ja bitte, tu das!"

„Nur versprich dir davon nicht zuviel. Ein Ermittler blockt ab, wenn er merkt, da drängt sich ihm wer auf mit ′nem dicken Vorurteil. Dagegen ist jeder Kriminalist allergisch."

„Du kennst ihre Mentalität und weißt sie zu nehmen."

„Auf mich wird keiner hören, ich bin zu lange da raus."

„Ach, du wirst das schon machen ..."

So klang das Gespräch aus, merkwürdig tröpfelnd, für Löw gewiß enttäuschend. Ungewollt hatte ich ihm den Eindruck vermittelt, die Polizei stehe vor einem Rätsel. Er tat mir ja leid, doch ich mußte ihm die Wahrheit sagen. Normalerweise gab es so kurz nach der Tat überhaupt noch kein Resultat; nur ein Knäuel aus Vermutungen, Argwohn, Angst und Haß. Die Aussicht, den Täter zu finden, lag im dunkeln; vielleicht im Reagenzglas des LKA-Labors oder in der Nase eines Spürhunds. Wenn kein Wunder geschah, konnte die Untersuchung glatt so lange dauern wie der Bau des Turms selbst, in dessen Schutt man nun stocherte.

Dieser 30. November 2008 war ein kalter, windstiller Sonntag. Gegen elf ging ich zu einer Ausstellungseröffnung in unserer Strandhalle. Wie meistens ein wenig zögernd, doch immerhin persönlich eingeladen als Mitglied des Gemeinderats. Eigentlich liegt mir an solchen Veranstaltungen nicht viel. Die Bilder können durchaus auf mich wirken, kaum jedoch das Gerede über sie, all die klugen Worte der Fachleute. Diesmal zogen mich schon auf den ersten Blick farbstarke Porträts in Bann, gemalt zur Zeit des Ersten Weltkriegs, doch so aktuell, als seien sie viel später entstanden.

Zugegeben, noch näher sind mir die alten Meister, die Gründungsväter der Künstlerkolonie, etwa mit ihren Winterbildern: Schnee auf Bauernkaten am Saaler Bodden, Schlittschuhläufer in glitzerndem Licht. Auch ein Sumpfgraben am Ahrenshooper Holz oder die Farbenvielfalt des Herbstes dort nimmt mich gefangen. Mein Geschmack mag konservativ sein, doch derlei Romantik rührt stets ans Gemüt.

Da sind andere Besucher eher störend. Sie bilden Grüppchen, verstellen einem den Blick, man muß sie begrüßen, soll keinen übersehen und möglichst auch teilnehmen an ihrem Gespräch. Das aber läuft oft, an der Kunst vorbei, auf den üblichen Dorftratsch hinaus. Ein Beitrag dazu scheint mir entbehrlich. Eben noch pünktlich angelangt, setzte ich mich zwischen den einzigen Komponisten des Orts und die Journalistin Elly. Diese zierliche Frau wirkt dank ihrer Freundlichkeit und des kessen Blicks, ja selbst durch ihre spitze Zunge ziemlich anregend auf mich. Nur ist sie leider längst in festen Händen.

Der Brand zwölf Kilometer südlich war hier durchaus kein Thema, im Moment. Es ging um die Malkunst der Hedwig Woermann, einer Hamburger Reederstochter, deren bedeutendes Werk 48 Jahre nach ihrem Tode im Nachbardorf Wustrow offenbar noch immer unterschätzt wurde. An den Stellwänden hingen Woermanns einstmals europaweit gefragte Porträts; auch Rollbilder, auf Seide gemalt, wie die Kuratorin der Ausstellung hervorhob.

Das war eine kleine, impulsive Person, Gefährtin des greisen Schriftstellers Woelk; sie strahlte Verbindlichkeit aus. In eine Aura von Kennerschaft gehüllt, sprach sie mit schöner Altstimme, kaum auf Notizen gestützt, ganz ohne Scheu vor kritischen Köpfen im Publikum. Vermutlich wußte sie, daß Menschen viel besser zuhören, wenn jemand frei redet. In den 80er Jahren hatte die lebhafte Frau eine Modenschau geführt, dann angekämpft gegen das Fortbestehen des Schießplatzes ostwärts von Zingst. Sie war damit sogar ins Fernsehen und bis vor zwei Verteidigungsminister gelangt. Und seitdem stand sie für Ausstellungen der Künstlerkolonie; von Litauen, England, Belgien und Paris bis nach Kronberg im Taunus. Ihr Einsatz galt immer all den einst so benachteiligten Malerinnen, die größte Mühe hatten, gegen die traditionelle Vorherrschaft der Männer ihr Talent zu entfalten.

Vor dieser Ausstellung, war dann am Rande zu hören, hatte es zwischen Galeristinnen Zank gegeben. Nichts davon floß in die muntere Rede ein. Anders als im Streit um Grundstücke blieb heim Zwist um das Herleihen von Bildern offenbar der Stil gewahrt. Kunst adelt, und Adel verpflichtet. Die Journalistin Elly, sehr an Sprachen interessiert, raunte mir zu, daß die Bezeichnung Kurator sich herleite vom lateinischen *cura*, was Sorge, Vormundschaft wie auch Pfründe mit Seelsorge heiße. Und der namhafte Komponist zu meiner rechten – er betrieb schräg gegenüber die Klanggalerie „Das Ohr“ – fügte hinzu, ihn lasse das Wort, wie seltsam, an Kurare denken, ein Pfeilgift südamerikanischer Indios, das Lähmungen mit Todesfolge nach sich zieht.

Ein festlicher Auftakt, rundum geglückt. Später, beim kostenlosen Glas Sekt, monierte jemand nur den musikalischen Rahmen. Den hatte ein Bläser mit klassischen Stücken auf der Oboe bestritten. Dies sei gar keine Oboe gewesen, sagte der Mann, sondern ein Englisch Horn. Immerhin habe der Künstler es vermieden, in der Pause aus seinem Instrument den Speichel zu kippen, was auch schon vorgekommen sei bei Vernissagen.

In der ersten Dezemberwoche wurde das Wetter rauh, ein kalter Seewind blies. Die rechte Zeit für den Innendienst. Ich wandte mich wieder jenen Notizen zu, die mir den Ruhestand versüßen. Seit neun Jahren führe ich die beharrlich fort – im Testament meinem Sohn aus erster Ehe zugedacht, der schon 45 ist und mit seiner Familie in Norwegen lebt, da er die Ära der Wikinger, niedrige Steuern und Vollbeschäftigung schätzt. Mir scheint, es gibt nichts, wobei man mehr lernt als bei dem Versuch, seine Gedanken zu ordnen und das, was man erlebt oder erkannt zu haben glaubt, in möglichst knapper Form aufzuschreiben. In der Kürze liegt die Würze.

Dabei hat das Zuspitzen freilich auch Grenzen. Manches geht dem ungeübten Schreiber echt daneben. Zurückblätternd in den Heften fand ich nämlich, es habe mir öfter an Distanz oder auch am rechten Ernst gefehlt. So stieß ich in einem Blatt aus dem Jahr 2006 auf Spitzen gegen den Leuchtturm, der gerade fertig geworden war. Weil dieser Bau, sich nach oben verjüngend, bei einem unteren Durchmesser von kaum acht Metern doppelt so hoch aus der Düne ragt, hatte ich ihn dreist mit Bettinas Brüsten verglichen – damals just von mir entdeckt. Und in einer zweiten frechen Bemerkung das neue Haus „Löws letzte Erektion“ genannt. Spott mag erlaubt sein als Ventil, doch kann man sowas seinem Sohn vermachen? Er würde meinen, der alte Mann habe zuviel an Sex gedacht.

Mochte die Kuppel des Bauwerks mit dem umlaufenden Balkon auch entfernt an die Rundung des männlichen Glieds erinnern, mein abwegiger Vergleich wies eher auf einen Neidkomplex hin. Mein Gott, es stand entsetzlich dummes Zeug bei mir. Was da alles aufgeschrieben war und durch mich auf die Nachwelt kam, wer eigentlich wollte das wissen?

Gute Frage. Manche Eintragung klang grüblerisch, andere waren überflüssig. Die hielten bloß fest, was mich einst belustigt hatte. Ein Heft zuvor, zur Zeit des Finanzministers Eichel, stand ein Satz des Kabarettisten Schramm. In Gestalt des Oberstleutnants Sanftleben hatte der, den Mangel an Rekrutennachwuchs tadelnd, die deutsche Frau ermuntert: „Nicht alles, was Eichel heißt, ist unangenehm – kleiner Scherz zur Auflockerung, Kameraden.“

Dabei sollte das kein bloßer Zeitvertreib sein. Ich wollte nichts Belangloses notieren, hatte es leider versäumt, mir ein Fundament zu gießen: Ideen und Themen zu verarbeiten, die meinem Leben nachträglich mehr Gewicht, ein bißchen Sinn gaben. Das sollte von nun an geschehen. Es ist nie zu spät, damit anzufangen.

Hier und da fand sich schon Substantielles vor. Einmal war schwermütig vermerkt: „Dieser historische Versuch, eine bessere Gesellschaft aufzubauen, ist rundum gescheitert; bis auf desolate Reste in Übersee. Der Kapitalismus bleibt unser Schicksal, in dieser oder jener Form. Nur, weshalb ist das so gekommen?“ Natürlich wußte ich es nicht, hatte aber nach Antwort gesucht, ähnlich einem Schriftsteller, der im Nachbardorf wohnte.

In dessen Rückblick hieß es zur Hypertrophie des Staatsapparats und dem oft peinlichen Eifer der Stasi, der mich noch nachträglich den Job gekostet hatte: „Aber, aus 18 Jahren Abstand gefragt, ist das denn völlig falsch gewesen? Befürchteten die Sicherheitsorgane – bei all ihrem irren Perfektionismus, über den sich jeder amüsieren kann, der ihm entgangen ist – nicht doch da einiges mit Recht? In der Welt von damals, dem Kampf zweier Machtblöcke und dem Zauber des Konsums, der bunten Vielfalt des Westens, dem Magnetismus des großen Geldes in den Metropolen dort drüben und dem eigenen leisen Wunsch, an dem teilzuhaben, was das Fernsehen einem da ständig zeigt? Die Effizienz des Profitsystems lockt, da blendet man gefühlte Kälte aus und übersieht die Schatten: Freiheit ohne Gerechtigkeit, ohne plausible Verteilung des Wohlstands, schleichende Korruption und Entsolidarisierung vor der stetig wachsenden Kluft zwischen Arm und Reich! Der entscheidende Systemfehler überhaupt, womöglich irreparabel. Doch die Mehrheit hierzulande sieht den nicht, wie also mit ihr den Sozialismus schaffen – laut Brecht `das Einfache, das schwer zu machen ist´?“

Das war schwer lesbar, es strengte mich an auf der Couch. Und vor den Text schob sich beharrlich Bettinas Bild. Wunderbar sexy sah sie aus, aber war sie´s denn tatsächlich? In meiner Schüchternheit würde ich nie erfahren, ob sie ein erotisches Wesen, also ein heißer Feger oder bloß ein lieber Mensch war ... Find es heraus, raunte die innere Stimme.

Im Wegdämmern war es mir nun, als hörte ich Louis Armstrong krächzen: *Just direct your feet on the sunny side of the street.* Gefolgt von den Scherzkeksen der Monty Pythons. Sieghaft stampfend – unmelodiös, fast jede Silbe auf demselben Ton – schmetterten sie ihre Botschaft unters Volk: *Always look on the bright side of life* ... So machten's die anderen, weshalb nicht auch ich?

Bald nach dem Brand kursierte bei uns, neben närrischen Behauptungen, das glaubhafte Gerücht, die Polizei sei einer Fährte gefolgt, die vom Tatort weg seewärts führte, an den Strand, wo sie nach links abbog und am Haus „Samoa" endete, das gleichfalls auf der Düne lag. Da der Wind in jener Nacht abflaute, sei das Meer zurückgewichen, so daß die Fußstapfen sich in dem zuvor glattgespülten Sand erhalten hätten.

Etwas daran ließ mich zweifeln. Vom Tatort zunächst an den Strand, das war zwar ein gängiger Trick, um seine Spur zu verwischen. Seit dem Einbruch in die hiesige Sparkassenfiliale zu Beginn der 90er Jahre hatten Ganoven mehrfach diesen Weg gewählt. Aber dann stapfte man doch nicht diesseits der Flutlinie durch den Sand, sondern lief im seichten Wasser! Noch nie hatten Täter nasse Füße gescheut, wenn es galt, der Verfolgung zu entgehen. Wurde da etwa eine falsche Spur gelegt?

Dann wurde erzählt, das Haus „Samoa" gehöre einem Freund des Manfred Pelzer. Es war mir neu, daß man Pelzer überhaupt zutraute, jemandes Freund zu sein. Womöglich lag nur eine Partnerschaft vor, rein Geschäftliches, das hätte eher zu ihm gepaßt. Vielleicht war er mit dem Partner über Kreuz und wollte dem eins auswischen? Na, das blieb Spekulation. Vom Stand der Ermittlungen sickerte nicht das Geringste durch.

Ein wenig wunderte mich, daß Löw nicht selber kam. Wollte er sich den scheußlichen Anblick ersparen oder war er beruflich verhindert? Die Werbung fürs Weihnachtsgeschäft war doch längst gelaufen. Ich hörte von ihm, ein Polizist habe ihn besucht und seine Aussage protokolliert.

Er habe den Eindruck, die Kriminalpolizei lasse den Fall

schleifen, da kein Personenschaden entstanden sei und es kaum Druck in der Presse gäbe. Andere Themen beherrschten das Feld; die Finanzkrise erfasse nun ganze Volkswirtschaften und breite sich wie ein Flächenbrand aus ... Löw klang da viel gedämpfter als neulich.

An diesem Punkt des Ferngesprächs erwartete ich fast, er werde in seiner Erbitterung über soviel vermutete Untätigkeit an den Verdacht gegen leitende Beamte der Kripo Schwerin oder Rostock erinnern, von dem die *Ostsee-Zeitung* Ende Februar zweimal berichtet hatte. Eine Ablichtung beider Artikel war mir durch ihn mit den Kopien der Kaufverträge zugegangen. Und bis heute ließ das Blatt es völlig offen, ob es seit 1997 durch den kalabrischen Zweig der Mafia Bestechung beim Landeskriminalamt in Mecklenburg-Vorpommern gegeben habe oder zumindest versucht worden sei. Doch obgleich Löw soviel Wert darauf gelegt hatte, mich auf jene Affäre hinzuweisen, hob er nicht neuerlich darauf ab. Gewiß nahm er an, daß ich von selber darauf kam. Es lag ihm immer fern, lästig zu fallen und penetrant zu sein.

Pelzer übrigens schien mir auszuweichen; jedenfalls sah ich ihn nie, obwohl er ganz in der Nähe hauste und praktisch mein Nachbar war. Er begnügte sich nämlich mit einer der Finnhütten seiner ersten Siedlung. Komfort interessierte ihn anscheinend wenig. Auf teures Bauland setzte er schmucke Häuser, für Normalbürger unbezahlbar, und handelte mit denen, bewohnte sie aber nicht selbst – auch darin in Kontrast zu seinem Rivalen. Anfangs hatte er sogar in einem Wohnwagen gelebt wie ein Zigeuner. Es sah so aus, als halte „Manne der Zauberer“ an dem Erscheinungsbild fest, das der alte Film Helmut Löws einst gezeigt hatte. Da blinkte kein Goldkettchen, keine Rolex an ihm. Einen Rotlichtkönig oder gar Mafioso stellt man sich anders vor. Sollte er diesem Milieu zuzuordnen sein, war immerhin seine Tarnung perfekt.

Bald nach dem Telefonat mit Löw – es war Mittwoch, der 3. Dezember – rief mich Pelzers Anwalt an, ein offenbar noch junger Mann namens Weißgerber. Er stellte sich als Mitglied der Kanzlei Prüfer & Partner vor, in Rostock bekannt für ihre Klagefreudigkeit und hochdotierte Beraterverträge. Damit hatte Pelzer, trotz seines Jammerns über den Niedergang des Baugewerbes, fraglos einen stärkeren Rechtsbeistand als Löw. Nach Weißgerbers ersten Sätzen fiel mir ein, daß dessen Firma aus der Sozietät Prill, Prüfer und Pragemann hervorgegangen war, gegründet von meinem Schulkameraden Thomas Prill, der sich im Winter 1994 dem Vorwurf der Anstiftung zum Mord in Tateinheit mit betrügerischem Kunsthandel durch Flucht ins Ausland entzogen hatte. Prill, ein langjähriger inoffizieller Mitarbeiter der Stasi, war unter seinem Klarnamen nie wieder aufgetaucht.

Weißgerber erbat einen Besuchstermin für den Donnerstag; wir vereinbarten 14 Uhr. Und pünktlich entstieg er seinem Audi, ein flinker, schneidiger Mann im Fulldress, mit besten Manieren, kaum halb so alt wie ich. Gewiß hatte er, als Prill mich damals aus dem Amt kegelte, noch nicht einmal sein Abitur gemacht. Damit die Bügelfalte nicht litt, zupfte er beim Hinsetzen an den Hosen, um nach den Eröffnungssätzen mit amtlichem Nachdruck zu sagen: „Herr Wendt, Sie haben unserem Mandanten am letzten Sonntag, schonend formuliert, ein persönliches Interesse am Ausbruch des Feuers unterstellt. Dabei sind Sie so weit gegangen, zu äußern: `In Ihrer Haut möchte ich nicht stecken´."

„Das möchte ich auch nicht."

„Dies ist demnach unstrittig? Wenn es sich auf die Brandstiftung bezog, wirkt es als Verleumdung. Sie sollen hinzugefügt haben, Herr Pelzer wolle wohl `Fakten schaffen´, durch einen `warmen Abriß´."

„Hat er wen, der ihm das bezeugt?"

„Nein, das Wort fiel unter vier Augen. Deshalb sieht er zunächst davon ab, Sie zu verklagen. Sollte sich aber Derartiges wiederholen, müßte er sich vor Gericht dagegen wehren. Wir raten Ihnen, das durchaus ernst zu nehmen."

Es klang korrekt und routiniert – eine Abmahnung, die der Jüngling wohl nicht zum ersten Mal vortrug. An diesem flotten Adlatus hätte Thomas Prill viel Freude gehabt. Sein Pathos allerdings reizte mich, zu kontern: „Ihr Mandant hat mich seinerseits grob beschimpft, und schon vor zwei Wochen zu mir gesagt: `Bei Löw brennt die Hütte´."

„Das ist doch bloß eine Redensart, Herr Wendt."

„Ja, das ist ihm so entschlüpft."

„Können Sie den Ausspruch denn belegen?"

„So wenig wie er meine angebliche Bekundung. Damit ist das wohl vom Tisch. Ich denke, das war´s, Herr Weißgerber?"

„Noch nicht ganz. Sie haben ihn auch mit Anschlägen auf Löws Berliner Domizil in Verbindung gebracht, von denen mein Mandant überhaupt keine Kenntnis hat."

„Was macht Sie da so sicher?"

Wider Erwarten lenkte der Anwalt ein. Er war zwar alert und präsent, aber noch nicht standfest genug. „Mir scheint, Sie machen sich, wie leider etliche hier, ein völlig falsches Bild von Herrn Pelzer", klagte er, ohne zu merken, wie defensiv das klang. „Das ist ein Wühler, ein Workaholic, mit illegalen Dingen hat der nichts am Hut."

„Für mich ist er auch eher ein Strohmann, der reichen Leuten dazu verhilft, womöglich unversteuerte Gelder bei uns anzulegen."

Und anstatt dies zu rügen, warb Weißgerber um Verständnis. „Ich gehe davon aus, daß Sie als ehemaliger Kriminalist wohl meinen, einen gewissen Blick dafür zu haben. Aber Manfred Pelzer ist ein gesetzestreuer Bürger, auch wenn ihm im Dorf das nicht jeder glaubt, weil seine forsche Art manch einen verprellt haben dürfte. Gänzlich unbescholten, keine Vorstrafen! Mit Herrn Löw war er früher sogar befreundet."

„Ja, ich weiß."

„Und zwar so eng, daß beide Herren gleich nach der Wende gemeinsam eine Firma gründen wollten, ein Maklerbüro für Immobilien: Pelzer der Fachmann, Löw als Verkäufer! Man stelle sich das mal vor."

„Das müßte man wohl als Erfolgsstory sehen." Ich merkte, der Vorwurf einer Beihilfe zur Steuerhinterziehung, oft auch schwer haltbar, kam bei ihm kaum an; dies war für ihn gewiß das kleinere Übel.

In deutlich gemilderter Haltung erhob sich mein Gast. Fast war es, als habe er den Standpunkt gewechselt; ein Jurist muß beweglich sein. „Grüßen Sie den Dr. Prüfer von mir", sagte ich an der Gartentür. „Ihr Chef erinnert sich vielleicht noch an mich."

So wie ich mich an ihn. Der Mann trug seit 1990 den Spitznamen Pleitenprüfer; er war als Konkursverwalter reich geworden beim Abwickeln sterbender Betriebe. Prills Abtauchen hatte er gedeckt und dessen Sohn in seiner Kanzlei noch lange mitgeschleppt, ihn sogar zum Partner ernannt ... Wieder ein Rückblick! All das Vergangene, es ließ einen nie ganz los.

Kaum war der Besucher weg, da dämmerte mir, was ihm den Schneid da abgekauft hatte. Durch die öffentliche Vorverurteilung seines Mandanten, von ihm durchaus eingeräumt, blies ihm selber der Wind ins Gesicht. Es wurde in Rostock wohl klar, welche Richtung der Fall jetzt nahm, durch erste Ermittlungsschritte, von denen man Kenntnis erlangt haben mochte. Noch stützte sich der Verdacht auf Indizien oder Hinweise, die zur Festnahme nicht ausreichten. Doch der Dorfklatsch war gefährlich – Grund für die Kanzlei, ihre Gehilfen zu entsenden mit dem Auftrag: ausschwärmen und die Leute ruhigstellen.

Weißgerbers schwacher Abgang konnte eigentlich auch bedeuten, daß er an der Unschuld des Mandanten zweifelte. Und das hieß: Pelzer hatte kein Alibi. Nachdem feststand, daß der Brand von außen gelegt worden war, kam hauptsächlich er in Betracht. Denn wem nützte das Feuer mehr als ihm? Sollte er bei dem Grundstücksstreit, der sich hinzuziehen schien, bis seine Geldgeber womöglich absprangen, die Nerven verloren und spontan gehandelt haben, ganz allein?

Dann hatte Löw sich geirrt, nicht in der Person, doch in der Begehungsform. Es fehlte der mafiöse Hintergrund, an den zu glauben mir ohnehin schwer fiel. Letztlich lief es darauf hinaus, daß dem Mann, hatte er bei der Ausführung einen Fehler gemacht, die Tat im Prinzip auch nachzuweisen war. Bestimmt war ihm ein Lapsus unterlaufen; es gab die perfekte Brandstiftung so wenig wie den perfekten Mord. Dann allerdings ging er nicht nur in den Knast, sondern wurde außerdem zu Schadensersatz verdonnert: eine halbe Million an Löw! Das wäre ruinös für ihn. Sein Grundbesitz, belastet mit Schulden, käme unter den Hammer. Für seine Hintermänner, jene stillen Investoren, würde er gestorben sein. Zogen die sich zurück, gab es ihn hier überhaupt nicht mehr. Das wäre aus der Sicht des Dorfes nicht mal ein Verlust gewesen.

Beim Einkauf im Supermarkt hörte ich den neuesten Klatsch: „Da tickt eine Zeitbombe", brummte jemand neben mir am Regal, ohne daß der Name Pelzer fiel. „Wenn die hochgeht, dann ist einer hier am Arsch und sitzt auf ′nem Scherbenhaufen." An der Ruine seien nämlich Rückstände eines Brandbeschleunigers nachgewiesen worden, der aus einer gewissen Werkstatt stamme. Chemisch stimmten die überein mit dem Lösungsmittel, das im Farbenlager nahe der Siedlung entdeckt worden sei. Nun, das paßte ins Bild, doch eigentlich konnte das keiner wissen. Wie sollte es durchgesickert sein? Die Kripo gab so etwas niemals vorzeitig bekannt. Meine Postbotin wußte freilich von dem Lageristen, ein Beamter sei dort gewesen und habe Proben der Flüssigkeit – offenbar eines Lackverdünners – entnommen.

Hier auf demLande bleibt wenig geheim. All dies klang zwar noch vage, ich aber fühlte mich versucht, Löw anzurufen, um ihm das Wichtigste mitzuteilen. Es würde ihn aufmuntern, ihn und Bettina! Doch da hatte ich mich getäuscht – er blieb einsilbig, seine Laune schien getrübt, es lag ihm fern, zu triumphieren. „Die Schlinge zieht sich zu", sagte er bloß. Dann entstand eine Pause, ganz untypisch im Kontakt mit ihm.

„Gib mir doch mal Bettina", schlug ich vor, „damit sie sich auch ein bißchen freut. Sie ist doch inzwischen weg über den Schock?"

„Eben nicht, Chris. Leider kannst du sie jetzt nicht sprechen, sie ist beim Frisör." Bettina, so erklärte er mir, stecke immer noch im Tief. Shopping und Verschönerung, das lenke sie ab und helfe ihr auf. – „Bist du denn überzeugt, sie kriegen den?"

„Nein, Helmut, das kann man nur hoffen. Das fehlende Alibi und die Übereinstimmung der Flüssigkeiten, dies beides reicht ja kaum aus. Ein Geständnis wird von ihm nicht kommen, also muß der Ablauf beinah lückenlos bewiesen sein. Na, zunächst mal hat er ein Problem."

„Das hab ich auch", sagte Löw.

„Wovon sprichst du?"

„Na, vom Geld. Wie soll ich den Wiederaufbau stemmen?" Das fragte er matt, so kraftlos, wie man es von ihm gar nicht kannte. „Und falls Pelzer verknackt wird, ist bei ihm am Ende auch nicht viel zu holen. Es heißt ja, dem reichen die Hypotheken bis unters Dach."

Die Vermutung teilte ich, und damit schien die Luft bei uns raus zu sein. Schwatzend drehten wir uns im Kreis, ohne einander Neues zu sagen. Dabei klang Löw so belegt und mitgenommen, als liege er krank darnieder. Diesmal kein Scherz – das war mir mit ihm noch nie passiert. Dennoch wahrte er die Form, dankte für meine Nachricht mit einem Anflug von Eleganz und versprach, Bettina werde mich anrufen, sobald sie zurück sei aus der Stadt.

Welch Zeichen von Vernarrtheit – allein die Aussicht, ihre Stimme zu hören nach all den Tagen des Entzugs, beflügelte mich. Sie machte mir Lust, fortzufahren in meinem Text, schon um das Warten abzukürzen. Erwärmt durchblätterte ich mein Heft und fand zuletzt notiert: „Ein mexikanischer Präsident hat vor 40 Jahren erklärt: ‚Freiheit, Gerechtigkeit und Ordnung, das sind unsere zentralen Werte. In der Ersten Welt, den hochentwickelten Ländern, kommt die Freiheit zuerst; im Sozialismus des Ostblocks hat soziale Gerechtigkeit Vorrang; in der

Dritten Welt fehlt es meist an beidem, da wird einzig versucht, die Ordnung aufrecht zu erhalten'."

Dieses Bonmot im Sinn, schrieb ich nun: „Es gibt ein Optimum an Gerechtigkeit, und das ist nicht das Maximum. Gleichheit wirkt lähmend. Um Leistung zu erzielen, müssen die Einkommensunterschiede fraglos größer sein als in der DDR, wo das Verhältnis vom Durchschnitts- zum Spitzenverdienst bei eins zu zehn gelegen hat. Aber der Abstand darf nicht so astronomisch sein wie hier und jetzt. Es muß doch keine Frau von Klatten geben, die es verkraftet, um sieben Millionen Euro erpreßt zu werden, da sie ja sieben Milliarden besitzt, die ihr nach Steuern locker zweihundert Millionen Rendite bringen, Jahr für Jahr."

Während der Wind an den Fensterläden rüttelte, goß ich mir einen Cognac ein und fuhr fort: „O ja, der Zauber des Wohlstands, die Magie des Geldes, das hat schon magnetische Kraft! Und es ist nicht nur die Gier der Großen, was da als Treibsatz wirkt. Auch der kleine Mann, erst recht so ein Raffzahn wie Pelzer, will nach oben, möchte reich sein – eben das peitscht voran. Dafür wagt man Kopf und Kragen, dafür hat zur Zeit der Mauer manch einer sein Leben riskiert. Aus all dem spricht jene rastlose Energie, die das Ding am Laufen hält. Deshalb stampft man Häuser aus dem Boden oder brennt sie auch mal nieder, falls das mehr zu bringen scheint. Und wie alles auf der Welt haben Effizienz und Fortschritt ihren Preis: Wachstum auf Kosten der Umwelt wie auch unserer Seele. Streß, Habsucht und Egozentrik führen in die Isolation. Nein, wir sind keine richtigen Menschen mehr."

Das floß mir munter aus der Feder. Wundersam erleichterte es mich, etwa zu schreiben: „Als vor zwanzig Jahren unsere Utopie zerbrach, da merkten wir, einzig der Wunsch, besser zu leben und sich mehr leisten zu können, hat die Leute westwärts gejagt. Noch verzweifelter drängen hungernde Afrikaner heute nordwärts übers Meer. Das Profitsystem lockt, man verspürt den Sog als eine Kraft, fast so unabwendbar wie die Gravitation ..."

Wo nur Schluß machen? Längst schwirrte mir der Kopf, endlos kreuzten sich Gedanken, Widersprüche plagten mich. „Gerechtigkeit ist ein Grundbedürfnis", hielt ich fest. „Es kommt trotzdem nicht an gegen den Wunsch nach Wohlstand, diesen elementaren Drang mit dem Doppelgesicht von Aufbau und Zerstörung, tätigem Fleiß und roher Gewalt. Wie da das gute Prinzip der Gerechtigkeit wahren? Durch unpopuläre Maßnahmen, strenge Regeln und das beharrliche Verkünden des großen Ziels? Drüben hat schon die D-Mark, der Wunsch nach Vorwärtskommen fast jeden diszipliniert; bei uns waren lästige Stützen nötig. Ohne die drohte Einsturzgefahr schon beim Versuch einer Renovierung wie in Budapest oder Prag."

Und so weiter. Ja, das war der bittere Rest. Die gescheiterte Idee! Zeile um Zeile füllend, merkte ich erst gegen Mitternacht, daß der erhoffte Anruf ausblieb, endgültig. Selber konnte ich die Nummer nicht mehr wählen, ohne aufdringlich zu sein. Weshalb schwieg Bettina, bedeutete meine Nachricht ihr so wenig? Daß der Feind kein notorischer Gauner war, machte sein Tun für sie nicht besser. Ein Geschäftsmann in Bedrängnis, das reichte hin für eine Kurzschlußhandlung. Ich hätte ihr gern erklärt, daß es da fließende Übergänge gab, von der Normalität ins Kriminelle; die endlosen Skandale bei Siemens und anderwo bewiesen es. Was trennte korrupte Manager denn von einem wie Pelzer? Sie führten tausendfach größere Gebilde an, sonst sah ich keinen Unterschied.

Meine Stimmung kippte. Genervt überflog ich die Seite, unzufrieden mit dem, was da stand. Es war mir zu flüchtig notiert, das ließ sich doch schlüssiger sagen; ich hatte mir lediglich Luft gemacht. Außerdem, es fehlten auch Gedanken. Zum Beispiel der, daß vermögende Leute den Teil des Geldes, der ihre Bedürfnisse überstieg, entweder nutzten, um ihn spekulativ zu vermehren oder – ärger noch – um Macht über andere auszuüben. Inoffizielle Macht, ohne Legitimation. Dieser Punkt fiel bei mir unter den Tisch. Und wie meine Vermutung in Worte fassen, daß staatlich gebremste Profitlust am Ende vielleicht das beste war für uns? Zu einer straff regulierten Marktwirtschaft sah ich keine Alternative. Den Wohlstand plausibler verteilt, wie einst beim Wirtschaftswunder, als das Modell DDR nebenan den Wolf noch genötigt hatte, Kreide zu fressen und menschlich zu tun ... Auch dieser Fakt war mir weggerutscht. Oberstleutnant Fink, früher mein Vorgesetzter, hätte den Text wohl kaum gebilligt.

Schließlich sank mir der Kopf aufs Papier, und ich schickte mich an, schlafen zu gehen. Im Radio sagte jemand: „Das große Debakel hat die Regierungschefs zwar zusammengeführt. Doch Konsequenzen aus dem Crash sollte man höchst behutsam ziehen, meint Präsident Bush. Denn es ist ja die Finanzindustrie gewesen, die im Vorjahr rund ein Drittel beitrug zu den Unternehmensgewinnen der USA. Eine Profitabilität, wie sie sonst nur beim Drogenhandel oder im Rotlichtmilieu erreichbar ist, die will man halt nicht gefährden! Trotz Billionen-Desaster und verstaatlichter Institute, trotz Millionen geplatzter Immobilienkredite und einer implodierenden Wall Street. Wer die Finanzwelt bremse, der stoppe das Wachstum und senke den Wohlstand."

Dumm gelaufen auf dem Gipfel, dachte ich beim Einschlafen. Alles soll neu aussehen, doch unter der Oberfläche bleiben, wie es ist. Das Prinzip der Schönheitschirurgie.

Irgendwann gegen Morgen kam Bettina im Schlaf zu mir. Das war auch schon früher geschehen, nur nicht auf eine derart absurde, peinlich entlarvende Art. Die seltsame Phantasie preiszugeben, das kostet mich jetzt Überwindung; es verrät zuviel. Ich tue es bloß für den, der mir bis hier gefolgt ist und Anspruch auf die ganze Story hat.

Löw nämlich zankte mit ihr – Szenen einer Ehe ohne Trauschein. Worum ging es da? Sie kam vom Frisör und wollte den Schuh vor die Tür stellen, damit er ihr gefüllt werde zum Nikolaustag. Ihm mißfiel das, er suchte sie zu überreden, aus purer Vernunft Manne Pelzer um den Bart zu gehen, der wie ein

Mönch hause in seiner Hütte, weitgehend ohne Damenbesuch, da meist mit Geldzählen beschäftigt.

„Du schickst mich zu dem?“ rief sie entsetzt. „Zu diesem Verbrecher?“

In seiner intellektuellen Überlegenheit erklärte Löw ihr nun schnörkelhaft: „Für ihn gilt, was Schiller bereits über Gorbatschow gesagt hat: Von der Parteien Haß und Gunst bewegt, schwankt sein Charakterbild in der Geschichte.“

„Helmi, das kannst du nicht wollen!“

„Doch, Kleines. Der frißt dir aus der Hand. Er hat sein ganzes Geld ahgehoben und es bei sich daheim versteckt. Du findest es für uns, und wir sind saniert. Sex ist die älteste Falle der Welt, da tappt noch ein jeder hinein.“

Da sie sich sträubte, Pelzers Schatz zu heben, noch dazu auf solche Art, schlug er ihr vor, einen tollen Film zu drehen, mit ihm, und zwar sofort. Er benutzte sie als Model, und so erotisch das auch war, mich brachte es heftig gegen ihn auf. Sein Übermut unterstrich das Läppische und Schamlose der Darbietung, die er ihr da abverlangte. Das bewies mir, er achtete seine Partnerin wenig; sie war bloß ein Spielzeug für ihn.

Das Ende des Films blieb offen. Die Szenen wiederholten sich in lockender Vielfalt und Deutlichkeit. Man weiß ja, wie kraß ein Traum die Realität entstellt; die Mechanik der Verschiebung ist seit Sigmund Freud bekannt. Schließlich erwachte ich mit einer Morgenerektion. Mein Herz pochte, und es kam aus dem Takt, als ich sah, was mich geweckt hatte – jemand am Fenster!

Dort dämmerte der Tag, grau sickerte Licht herein, man hatte den Fensterladen von außen geöffnet ... Ja, dort winkte eine weibliche Gestalt: Bettina! Sie klopfte an das Glas und gestikulierte. Ich glaubte an eine Sinnestäuschung, sah mich gefangen in der Endlosschleife meiner Phantasie. Kommt es doch praktisch niemals vor, daß ein Traum sich buchstäblich erfüllt ... Aber nein, nun erspähte ich das kleine Auto hinter ihr am Gartenzaun. Sie mußte es wirklich selber sein.

Das traf mich wie ein elektrischer Schlag. Ich sprang auf, glitt in den Bademantel und ließ Bettina ein, bemüht, mein Erstaunen und die dumme Versteifung zu verbergen. Ihr Gesicht war ausdruckslos, wie leergewaschen. Sie wirkte scheu und schuldbewußt, erschöpft durch das Autofahren bei Nacht oder noch gezeichnet von dem Schock. Kein Wunder daß sie flieht aus Berlin, dachte ich, nach dem, was Löw mit ihr angestellt hat ... Es brauchte etwas Zeit, bis es mir gelang, das Traumbild von der Frau zu trennen, die leibhaftig dastand – schachmatt und zerzaust.

„Verzeih den Überfall", sagte sie gehetzt. „Du, es ging einfach nicht mehr. Keinen Tag länger, Christian! Ich hab unbedingt weggemußt."

„Was ist passiert? Habt ihr euch gekracht?"

„Andauernd. Erst hab ich's gar nicht fassen können. Stell dir vor, er ist es gewesen – Helmut! Helmut hat den Brand gelegt."

Das machte mich sprachlos. Es konnte nicht sein. Ich war erstarrt, wie gelähmt ... Dann hörte ich Bettina schluchzen, ganz entnervt. Sie schüttelte den Kopf, tat einen Schritt auf mich zu und – ja, sie schmiegte sich abrupt hei mir an, klammerte sich aufseufzend fest, hilflos wie ein Kind, schutzsuchend, kläglich. Mit verhaltenem Atem und saugenden Sinnen umarmte ich sie, Tröstliches murmelnd, weder imstande, den Vorwurf zu fassen, noch das, was womöglich dahinterstand.

Wir setzen uns auf die Couch, ich goß uns Cognac ein, und in dem Gefühl, all das sei nicht wirklich wahr, bat ich sie, zu erzählen. Ein bißchen war es wie früher, wenn es galt, einen Tatzeugen zu vernehmen, der noch ganz außer sich war. Man durfte nicht forsch sein und drängen. So besänftigt, im ruhigen Hauch meiner Erfahrung, richtete sich Bettina langsam auf. Ach, die Besonnenheit des Alters, wie verwünschte ich sie zugleich! Wäre ich doch nur etwas jünger für diese Frau, zwölf Jahre zurück, Mitte 50, das hätte schon genügt. 68 aber, das schien ja die Zeit zaghafter Vorsicht, des näherrückenden Abschieds zu sein. Im Laufe des Tages erst ging mir auf, daß Bettina dies nicht ebenso sah.

Ihr Bericht ergab: Löw hatte Grund, zu bezweifeln, daß sein Recht auf das Stück Düne vor Gericht Bestand haben werde, weil Pelzer nun mal im Grundbuch stand und auch noch den besseren Anwalt hatte, einen ganz durchtriebenen Wicht. So reifte sein Entschluß, den Leuchtturm abzufackeln und das seinem Feind anzudichten. Das Risiko war überschaubar. In Kenntnis der Lebensführung Pelzers und dessen miesen Rufs vor Ort schien es ihm leicht, den Mann zu belasten. Die Routine des Filmautors kam Löw zustatten; im Grunde verdankte er die Idee seiner Kreativität. Er war ein Mensch von schweifender und ausschweifender Phantasie.

Sein Drehbuch sah zur Eröffnung zwei oder drei Leserbriefe im Lokalblatt vor, die Pelzers Bauwut beklagten, den dreisten Ausdehnungsdrang. Dazu hatte er auch mich benutzt. Dann fingierte er die Anschläge auf sein Berliner Haus, um den Eindruck zu erzeugen, das sei eine konzertierte Aktion, die Mafia sitze mit im Boot. Die Farbbeutel hatte er selbst geworfen, das Drohen am Telefon allein besorgt; Gefährdung durch Komplizen, die war ihm ja nicht fremd. Man kannte ihn als guten Imitator, beim zweiten Anruf jedoch fiel der verstörten Bettina etwas auf; es konnte der Stimmklang oder das Wort „die Wahl der Waffen" gewesen sein (ein gängiger Ausdruck von ihm). Recht seltsam fand sie es auch, als er im eigenen Haus die Scheibe einwarf. Das tat er vor ihren Augen und erklärte es ihr mit dem dringlichen Wunsch nach Personenschutz. Zwei anonyme Anrufe, die tote Katze und Farbkleckse an der Fassade, das reiche der Polizei nicht aus; die habe erst das kaputte Fenster von einer akuten Bedrohung überzeugt. So war der Fall – und daran lag ihm besonders – amtlich registriert und aktenkundig geworden.

Einen alten Hasen wie mich hatte Löw mühelos getäuscht, weshalb sollte ihm das bei der Kripo mißlingen? Eigentlich ging er erst mit der Katze zu weit, im Hinblick auf Bettina, die an ihrem Baffi hing. Sie kannte seine Abneigung gegen das Tier und fing an, ihm zu mißtrauen. Von nun an kontrollierte sie heimlich seine Schritte; manches reimte sich da nicht. Die

Nacht zum 30. November, dem ersten Advent, hatte er, ein Geschäftsessen vortäuschend, außer Haus verbracht und war ganz gegen seine Art erst um halb sechs Uhr früh heimgekehrt. Da man getrennt schlief, hätte Bettina das im Normalfall kaum bemerkt. Doch argwöhnisch geworden, stellte sie ihn zur Rede, und dabei kam die Wahrheit ans Licht.

„Er war also hier?" fragte ich. „Mit seinem Wagen in zwei Stunden zu schaffen – nachts, wenn die Straßen leer sind."

„Nein, der Porsche blieb doch stehen. Ich hab das am Kilometerstand gesehen. Helmut hat sich natürlich ein anderes Auto besorgt, hat das Dach angesteckt und Spuren gelegt, die zu Pelzer führen!"

Er hatte ihr die Tat gestanden, als sie ihm vorwarf, fremd zu gehen. Betrug, den Vorwurf scheute er, der brachte ja endlosen Zank und Schererei; das war ihm seit der Sache mit dieser Frisöse klar. Lieber stand er als Brandstifter vor ihr da. Dies übrigens nicht mal frei von Arroganz! Er schien auch noch stolz auf all die Tatkraft, das durchdachte Handeln zu sein. Und wirklich, sein Vorgehen zeugte von einer Kaltblütigkeit, die ich ihm niemals zugetraut hätte.

Bettinas Schilderung gipfelte in dem Satz: „Daß er Baffi umgebracht hat, das verzeihe ich ihm nie! Das hat mir überhaupt erst gezeigt, was für ein Mensch er ist."

Ach, die Empörung stand ihr gut. Wer sich an einem armen kleinen Tier vergriff, der war eben ein Bösewicht. Aus ihren Worten, die wie Schreie klangen, entnahm ich, daß sie genug hatte von Löw – ihm, dem Brandstifter und Katzenmörder! Das Geheimnis ihres Wesens, ihrer Anziehungskraft schien sich mir zu enthüllen. Lag es nicht in ihrer Kindlichkeit, dem Verletzbaren, ihrem blinden Vertrauen auf das Gute in dieser Welt? Löw hatte sie so schlimm enttäuscht, daß sie sich abwandte von ihm – hin zu mir. Mußte man sie nicht gern haben, schon für soviel naiven Zorn? Der zeigte doch ihren warmen, romantischen Kern; die Neigung zu Liebe und Zärtlichkeit. Ein Strom von Sympathie, aus dem Herzen und den Nerven stammend, erfaßte mich. So dicht neben ihrem sanftem Gesicht und dem lieblichen Leib war mir zumute, als werde in dieser Hütte bald nichts mehr so sein, wie es seit Jahren hier war.

Ja, ich ahnte bereits, der 6. Dezember würde mein Leben verändern. Die Zeit der Einsamkeit – sollte sie jetzt enden? Und in der Tat trug dieser Tag mich höher hinauf als jemals ein Traum. Es war Bettina, das kindhafte Weib, die vollkommene Lockung des Geschlechts, als sie nun schüchtern fragte, ob sie bleiben könne.

„Na klar, aber immer", erwiderte ich aus trockener Kehle.

„Wenn's dir nichts ausmacht, in 'nem Holzhaus zu wohnen, mit einem alten Kerl."

„Mit einem guten Menschen", sagte sie. „Mit dir, Christian, könnte ich in einem Zimmer leben."

Welch ein Satz, umwerfend schlicht. Darin lag viel von dem Wunderbaren, das ein Leben mit ihr bot. Ich schwieg, zog sie an mich, und in dieser Stille glomm nun Freude auf ihrem Gesicht. Bis es ein großes Leuchten war, das auch mich ergriff – Freude bei der Vorstellung, wie es sein könnte mit uns zweien. Würden das meine goldenen Jahre werden? Ich fühlte mich leicht am Hals berührt und spürte die Übereinstimmung. Es war wie ein Bestätigen meiner Passion, ja, ich fand mein Verlangen erwidert. Wir beide wollten den Bund so leidenschaftlich besiegeln, daß es unmöglich sein würde, diesen Tag zu vergessen.

Und in der Tat, die folgenden Stunden wurden zu den glücklichsten und überraschendsten meines Lebens. Schon lange hatte ich nicht mehr auf ein Begehren gehofft, das mir galt, mit soviel Begeisterung und Sinnlichkeit. Es lag eine wundervolle Unvermeidlichkeit in allem, was sich daraus ergab. In der Nacht zum 7. Dezember sagte ich Bettina, wie sehr ich sie liebte, und natürlich gefiel ihr die Schwärmerei, mein Rausch, der weltentrückte Ton des Geständnisses. War sie doch selber ganz entflammt, die romantischste Frau, die sich mir jemals geschenkt hatte.

In einer Atempause kehrten wir zurück auf die Erde; da fiel es mir ein, zu fragen, weshalb sie sich denn mit Löw verbunden habe. „Was hast du an seiner Seite bloß Tag für Tag gemacht?"

Ein Schimmer von Verwunderung war in ihrem Blick. „Willst du das wirklich wissen?"

„Ja, unbedingt."

„Hauptsächlich ihn bestaunt, seine Fähigkeiten bewundert. Das hat er am meisten gebraucht."

„Das braucht fast jeder. Darin könnten wir uns ähneln."

„Dann fällt mir der Wechsel ja gar nicht schwer."

Sie sagte `Wechsel´, wohl angesteckt von der Lust zu scherzen, die mich jäh überkam. Dabei leuchtete wie ein Warnlämpchen der Fakt in mir auf, daß dies mehr als der Wechsel des Liebhabers für sie war; nämlich auch ein Abstieg, materiell. Was konnte ich ihr schon bieten, verglichen mit diesem Erfolgsmann? Außer rechtschaffen und zärtlich zu sein, sehr wenig. Von ganzem Herzen hoffte ich, das werde ihr genügen; und sehe mich darin bis heute nicht getäuscht.

„Im Ernst, Bettina, du hast doch nicht bloß die Hausfrau gespielt?"

„In letzter Zeit hab ich öfter Entwürfe gemacht, das Layout, und ihn manchmal sogar beim Text beraten dürfen."

„Kannst du dir vorstellen, sowas Ähnliches auch für mich zu tun?"

„Mit dir kann ich mir manches vorstellen. Aber schreibst du etwa? Woran denn, und weshalb überhaupt?"

„Nur so ein bißchen für mich."

„Und was, Christian?"

„Was meiner Seele guttut."

Sie forschte erstaunt weiter, und ich gab ihr ein paar Kostproben aus dem, was mir von all den Erinnerungen wichtig war. Und sie saugte das ein, eng an mich geschmiegt. Wenn ich von alten Fällen oder neu Entdecktem erzählte, machte ihre Anteilnahme mir das Weitersprechen leicht. Entweder hielt sie meine Geschichten wirklich für bemerkenswert, oder sie empfand die als beruhigend, und es reichte ihr schon, daß ich es war, der das vortrug. Später drehte ich den Spieß um und fragte sie gründlich aus. Hatte ich jemals soviel von jemandem wissen wollen und, außer als Kriminalist, wahre Neugier gezeigt? Das war ganz gewiß noch ein gutes Zeichen.

Zwischendurch rief Helmut Löw mich an. „Ist Betty bei dir", fragte er behutsam. Und, als ich bejahte: „Kannst du sie mir geben?"

„Ich fürchte, sie will dich nicht sprechen, Helmut. Sie hat dir alles aufgeschrieben, der Brief liegt in ihrem Zimmer."

„Sie hat also gequatscht", sagte er, schon nicht mehr so locker. „Du weißt demnach Bescheid."

Ich schwieg. Die gestrige Zeitungsmeldung fiel mir ein: *Polizei hört immer mehr Telefone ab in MV*, das Land rangiere deutlich über dem Bundesdurchschnitt beim Lauschangriff auf Schwerkriminalität.

„Na, ich hoffe bloß, du schaffst es, dich da rauszuhalten!"

„Jetzt klingst du schon wie Manne Pelzer."

„Wundert dich das, Chris? Es ist doch bekannt, daß Feinde im Kampf einander ähnlich werden."

Wie schnell er sich wieder fing! Das ärgerte mich.

„Also sei ein loyaler Freund und halt den Mund", stieß er nach. „Schließlich bist du ja nicht mehr im Dienst."

Ich sagte nichts und spürte seine Nervosität.

„Da muß also kein Protokoll von dir kommen." Er versuchte, das Gespräch ins Scherzhafte zu wenden, ehe es ein schlechtes Ende nahm. „Im Gegenzug kriegst du Betti dafür. Mir ist schon seit langem klar, daß sie dir gefällt."

„Danke, Helmut. Du verschenkst da allerdings etwas, das du gar nicht mehr hast. Und zwar einfach so, über ihren Kopf hinweg."

„Na ja, sie mag dich halt auch. Gehen wir getrost mal davon aus. Ich würde sagen, das ist faktisch die Geschäftsgrundlage."

In meinem Hals zog sich etwas zusammen. Sein Ton brachte mich auf, die Unverfrorenheit angesichts der schlechten Karten, die er hatte. Schwang er sich wirklich zum Gönner auf, jetzt in seiner Lage? Löw war immer ein Spieler, ein Blender gewesen, doch das hier war tatsächlich die Krone. „Mir scheint", sagte ich, „du verletzt da eine Regel."

„Die wäre?"

„Immer auf dem Teppich bleiben."

„Und das heißt?“

„Im Erfolg bescheiden, selbstkritisch in der Niederlage. Ein bißchen Reue wär wohl angebracht.“

„Ach Chris, sei kein Moralapostel! Im Grunde hast du manchmal nur die Wahl, ein netter Mensch oder ein Flop zu sein. Auf deutsch gesagt – ein Weichei; oder hart zu werden, um zu gewinnen.“

„Das hat aber nicht ganz geklappt, Helmut. Du steckst ziemlich in der Scheiße.“

„Nicht, wenn ihr beide ruhig bleibt ... Das werdet ihr doch? Chris! Was erwartest du von mir? Du willst mich doch nicht etwa winseln hören? Das wär von beiden Seiten schlechter Stil.“

Das Dumme war, er hatte recht mit dieser Frage, wenn auch nicht mit der Antwort. Dies war keine Sache des Stils. Nur weil ich selbst mit mir nicht im reinen war, gelang es ihm, mich mattzusetzen, wie üblich. Ich fühlte mich schwach, hatte plötzlich genug und legte grußlos den Hörer auf.

„Was will er denn?“ drängte Bettina. Bekümmert hatte sie gelauscht. Noch aus der Ferne schüchterte der Mann sie ein.

„Immerhin, er gibt dich frei.“

„Wie großzügig von ihm!“

„Dafür erwartet er, daß ich mich raushalte.“

„Und, was wirst du tun?“

„Ich weiß noch nicht. Das ist ja eben das Problem.“

Am nächsten Tag stand die Kripo vor der Tür, in Gestalt eines Hauptkommissars aus Rostock. Wir setzten uns, und der füllige Mann gab mir zu verstehen, daß er meinen Berufsweg kannte. Ohne Umschweife kam er in konzentrierter Form zur Sache.

„Das wird Ihnen gar nicht neu sein, Herr Wendt, so ein Rohrdach in Brand zu setzen, das vom Erdboden aus erreichbar ist, ganz mühelos, ist die einfachste und damit auch schwierigste Art, den Täter zu ermitteln, wenn es keine Tatzeugen gibt“, äußerte er ein bißchen wirr. Es fiel ihm schwer, seine gedrängten Sätze logisch zu beenden, doch man verstand ganz gut, was gemeint war.

In Gedanken noch bei Löw, hörte ich ihn sagen: „Sowas hatten wir schon in den 90er Jahren mal in der Hauptstadt, als im damals bereits stillgelegten Teil vom `Spreepark Berlin´ im Plänterwald eine Imbißbude, auch schilfgedeckt, total runter brannte. Der Verdacht fiel auf den Eigentümer des `Spreeparks´, weil der pleite war. Als Motiv bot sich das Kassieren der Versicherungssumme an. Nur konnten wir ihn nicht überführen und rauften uns die Haare, ohne jeglich Idee ..."

Da er soviel erzählte, wohl in der Absicht, an alte Gemeinsamkeiten anzuknüpfen, entstand der Eindruck, er wolle mich auf seine Seite ziehen oder auch einschläfern, um mich dann jäh zu überrumpeln. Selber hatte ich diesen zeitraubenden Trick nie benutzt, doch besonders listige, scheinbar gemütvolle Kollegen machten gern davon Gebrauch. Peinlich an der Befragung war, daß ich anfing, mich schuldig zu fühlen. Ein Reflex aus meiner Dienstzeit; Strafvereitelung hieß das Delikt.

„Letztlich wurde der Täter im Zusammenhang mit der Aufklärung anderer Brandstiftungen ermittelt", fuhr der Hauptkommissar fort. „Es handelte sich um einen jungen Mann, der geistig behindert war, betreut wurde und in einer Behindertenwerkstatt arbeitete. Er war nachts über den Zaun auf das Gelände vorgedrungen und hatte einen Behälter mit Abfall direkt neben dem Bungalow angesteckt. Das Feuer griff dann auf das Schilfdach über. Aber die Brandortuntersuchung ergab nicht mal, ob es innen oder außen entstanden war! Der Verschlußzustand von Fenster und Tür ließ keine Feststellung mehr zu. Der Beschuldigte wurde erst anhand des Täterwissens über die Begehungsweise anderer Handlungen auf dem nächtlichen Parkgelände überführt."

„Und was, bitte, hat das mit dem Feuer auf der Düne zu tun? Gibt´s dort ähnliche Probleme?"

„Allerdings. Die Feuerwehr hat vor unserem Eintreffen den Brandort beräumt, wegen der Gefahr des Wiederaufflammens.

Wir mußten zerstörtes oder angebranntes Zeug, das ins Freie gezerrt worden war, zwecks Rekonstruktion Stück für Stück zurückbringen."

So schleppend ging es weiter, er verlor sich in Details. Das ließ mich nun vermuten, bei ihm passiere wenig, weshalb er Zeit und Lust habe, hier zu fachsimpeln. (Im Fernsehen sind die Ermittler stets kurz angebunden, des Tempos und der Spannung wegen; auf dem Lande aber kann der Dienst recht langweilig sein.) Schließlich drängte es mich, zu fragen: „Und wie kann ich Ihnen helfen?"

„Als Einheimischer wissen Sie ja, manch einer zeigt jetzt auf einen gewissen Neubürger, der in Ihrem Dorf nicht gerade wohlgelitten ist."

„Sie möchten keinen Namen nennen."

„Ist das nötig?" Er sah mich bieder an. „Sie selbst sollen mit dem Herrn am Brandort aneinander geraten sein." Da ich schwieg, fuhr er fort: „Haben Sie ihn vielleicht indirekt verdächtigt, so ganz spontan und impulsiv?"

Das trieb mich in die Enge. „Mir ist da womöglich etwas rausgerutscht, das mißverständlich war ..." Es wurde Zeit für Klartext, doch ich fühlte mich gehemmt. „Herr Pelzer mag kein angenehmer Mensch sein, aber er ist Mittelständler, Leistungsträger, auch im Ortsvorstand der CDU. Leute wie er bauen auf, sie zünden keine Häuser an. Irgendwann wird er der Gemeinde einen Golfplatz schenken und bei den Rotariern sein, mindestens im Porsche-Club."

„Höre ich da Ironie heraus?"

„Tut mir leid, wenn es so klingt. Der Mann kommt nicht in Frage. Ich bin von seiner Unschuld überzeugt."

„Sagen Sie das, damit er Ihnen nicht die Pacht erhöht?"

„Weshalb sollte er das tun?"

„Weil der Bodenpreis hier noch immer steigt. Herr Wendt, Sie erwähnen den Porsche-Club. Er fährt aber einen Trabant."

„Ja, nebenbei, so zum Spaß. Er hatte mal einen Trabant-Verleih bei uns. Das letzte Exemplar ist sein Hobbyschlitten."

Der Beamte schien auch das zu wissen, er sah mich prüfend

an. Ich hatte ihn unterschätzt, wie einem das mit bräsigen Leuten leicht passiert. „Der Brandbeschleuniger ist ein Gemisch aus Benzin und Öl gewesen, wie es der Zweitakter braucht. Hat das LKA-Labor aus Schuttproben eindeutig festgestellt." Er senkte die Stimme. „Sein Trabbi ist der einzige weit und breit."

„Was allerdings hier jeder weiß. Halten Sie ihn für so dumm, sich derart zu belasten?"

„Dumm nicht, nur ahnungslos. Es weiß ja keiner, was unser PID da noch erschnüffelt; wenn auch leider nicht in jedem Fall." Ein Vortrag über die Zuverlässigkeit des *Photo-Ionisations-Detektors* schloß sich an. Das Gasspürgerät sei toll, könne freilich auch nicht alles, weshalb er persönlich gern auf Brandmittel-Spürhunde zurückgreife. Das mute zwar vorsintflutlich an, habe sich jedoch bewährt.

„Aha, aha", sagte ich in dem Gefühl, all das laufe, grotesk und absurd, ziemlich an mir vorbei.

„Ja, so ist das. Die Flüssigkeit verbrennt oder vergast meist unvollständig. Weil sie in Ritzen versickert und vor dem restlosen Verbrennen durch herabfallende Trümmer abgedeckt wird, so daß noch Spuren im Brandschutt haften. Das riecht der Hund, er legt sich hin, und genau dort sichern wir dann Proben."

„Es gibt ein Dutzend Sportboote im Boddenhafen, die fahren ein ähnliches Gemisch", gab ich zu bedenken, in die Rolle eines Verteidigers von Manfred Pelzer gedrängt.

„Das bleibt jetzt unter uns", sagte mein Gast verhalten. „Von mir kommt keine Information, das verstehen Sie ja, Herr Wendt. Aber wie man im Dorf hört, soll der Mann vor der Pleite stehen und darauf angewiesen sein, den Rechtsstreit mit Herrn Löw um das Grundstück schleunigst zu gewinnen."

„Soll das heißen, ein Geschäftsmann wird heute kriminell, wenn er unter Druck gerät?"

„Nicht unbedingt." Der Hauptkommissar lächelte steif und erhob sich. Ihm ging wohl auf, daß von mir Sachdienliches nicht mehr zu erwarten war. „Wieso übrigens erst heute?"

Ich brachte ihn zur Tür. „Viel Glück und Inspiration."

„Oft überwiegt die Transpiration", meinte er gallig und ging.

„Das hast du gut gemacht, Christian", sagte Bettina. Sie hatte von der Küche aus gelauscht und hauchte mir einen Kuß aufs Ohr ... Aber stimmte das denn, hatte ich die Kurve noch gekriegt?

Kurz darauf rief Löw wieder an. Das letzte Gespräch mußte ihn enttäuscht haben, zumal der abrupte Schluß, doch er hatte sich im Griff, man merkte ihm keine Unsicherheit an. „Chris, wir sind letzthin unterbrochen worden", stellte er nobel fest. „Ich glaube aber, man muß das zuende bringen."

„Gut, nur wie? Was schwebt dir vor? Ein Geständnis?"

„Nein; ich denke an ein Gentleman´s Agreement. Betti hat mich verlassen, das tut weh. Trotzdem, mir liegt an ihrem Wohlergehen."

„Das ehrt dich, Helmut."

„Also ich bitte dich, sei gut zu ihr", sagte er sanft, mit einer sehr merkwürdigen Höflichkeit. „Sie ist an ein schönes Heim gewöhnt, und ich kann dir helfen, es ihr auch zu bieten. Wollt ihr beide `Sansibar´ haben? Ich überlasse es euch gern zu ´nem kleinen, eher schon symbolischen Preis."

Ich war baff. Was da jetzt von ihm kam, das wirkte wie ein gewagter, finsterer Witz. Die Angstattacke, unter der er da litt, mußte übel sein. – „Verstehen wir uns recht, ich kriege auch noch `Sansibar´? Das ist ja kaum zu fassen! Es wäre äußerst hochherzig von dir."

„Nur fair, der Lage angemessen. Für mich außerdem kein Problem, da kulant zu sein", fuhr er fort, ein leichtes Beben in der Stimme. „Mir ist die Gegend dort verleidet, wie du dir denken kannst. Das Haus interessiert mich nicht mehr."

„Dann solltest du es meistbietend verscherbeln. Das lohnt sich, Helmut. Wohnen am Meer wird immer teurer, Lagen mit Strandblick sind kaum noch zu haben. Aktuell kostet der Quadratmeter Boden mindestens vierhundert Euro, und als Wohnfläche glatt das Zehnfache. Könnte ich dir niemals auch nur annähernd zahlen."

„Mußt du ja nicht. Ich denke jetzt ganz an Betti."

Es lockte mich, zu sagen: „Die mag den Hundestrand da nicht. Dauernd haben die fremden Köter ihre Mieze gejagt."

„Chris, können wir ernsthaft reden? Vielleicht komme ich besser hoch zu euch."

Dies wehrte ich ab, doch der Druck, den er aufgebaut hatte, blieb. Es war immer dasselbe mit ihm, handstreichartig ging er in Führung, zog das Gespräch an sich, um zu dominieren. Und während ich mich ihm widersetzte, bestrebt, seiner Regie diesmal restlos zu entgehen, fiel mir endlich die richtige Lösung ein. „Hör zu, Helmut, mein Vorschlag ist folgender: Ich halte still, solange dein Kontrahent nicht vor Gericht steht, als Beschuldigter, und ihm wirklich etwas droht – okay?"

In kalten Flüsterton fragte er: „Darauf willst du's ankommen lassen? Chris, bitte treib es nicht zu weit!"

„Entspann dich, Junge. Oft reicht es überhaupt nicht zur Anklageerhebung. Das kann auch hier so sein, da er's ja nicht gewesen ist, es also kein Geständnis gibt und die Indizien kaum ganz schlüssig sind."

Löw schwieg, ich hörte ihn atmen und fügte hinzu: „In diesem Fall ist es für dich mal anders: je erfolgloser du warst beim Spurenlegen, desto besser jetzt für dich."

„Ich ahne, was du mir sagen willst", äußerte er schließlich. „Aber mein Angebot glatt auszuschlagen – du, das begreife ich nicht! Man muß doch tanzen, solange die Party läuft. Guck mal auf deinen Rentenbescheid, meinst du, knapp fünfzehnhundert, das langt für zwei, wenn das Haus noch nicht ganz abbezahlt ist und die Pacht womöglich steigt?"

„Das laß gefälligst meine Sorge sein."

„Du hältst es wirklich für eine gute Idee, mit Betti in Armut zu leben?"

„Wie kommst du denn darauf? Mit ihr ist niemand arm dran."

„Da spricht wieder der Träumer aus dir. So naiv, Chris, kannst selbst du nicht sein."

„Schön, zugegeben – gestern hab ich noch kurz überlegt. Im ersten Moment gab's schon Zweifel wegen des Abstiegs im Standard, den ihr das bringt. Aber da steht sie ziemlich drüber."

„Jetzt vielleicht noch, im Augenblick! Aber auf Dauer?"

„Stell dir vor, ihr geht es weniger um den Standard, mehr um die Qualität."

„Und wo, bitte, ist der Unterschied?"

„Du kennst den nicht? Das überrascht mich denn doch."

Es gab eine seltsame Pause im Duell. Löw, der Zampano, stets voll und ganz vernünftig, absolut zielorientiert. Ich spürte etwas von der Kühle seines enormen Egos, das wohl gerade etwas schrumpfte, um nicht zu zerbröckeln. Dann sagte er sanft: „Gut, ich sehe dich vor mir, erkenne deine Haltung und bin dabei, sie zu würdigen, zu akzeptieren."

„Na fein. Dann sind wir uns ja einig."

„Also Respekt, alter Freund. Nur, weiß du, woran mich das erinnert? An das klassische Ende im Cowboyfilm. Du bist der Wackere, der Gutes tut und ein braves Weib gerettet hat. Und nun reitet er mir ihr in den Sonnenuntergang, bettelarm, aber nicht allein."

Der Spott traf mich nicht; der half ihm ja bloß, sein Gesicht zu wahren. „Na, wenn du's so ausdrückst", erwiderte ich, „klingt es auch für mich ganz gut."

„Ja, Chris, welch ein Bild! Hab ich das nicht schön gesagt?"

„Doch, perfekt, du Komiker. Weißt du, was du bist? Ein brillanter Drecksack."

Er schluckte auch das. „Always look on the bright side of life", kam es noch von ihm. Dies muß sein letzter Satz gewesen sein; so jedenfalls haftet der in meiner Erinnerung. Und derart zwiespältig – halb brüderlich, halb trügerisch – klang unser Gespräch aus.

Es blieb indes nicht das letzte Signal. Zwar hörten wir nichts mehr von ihm, doch am 12. Dezember tauchte auf Bettinas Girokonto ein fünfstelliger Betrag auf, erklärt als „Darlehens-

Rückzahlung“ eines Berliner Marketing-Büros. Ich bat sie, das Geld zurückzuschicken, sie weigerte sich, worauf wir uns erstmalig zankten. Da es allerdings ihr Geld war, gab ich am Ende nach.

Und noch auf andere Art suchte Löw Bettina zu beeinflussen. Sie zeigte mir später einen Brief, der seinen beruflichen Notstand darlegte. Er habe sich schon von Mitarbeitern trennen müssen, hieß es da, und sein Hauptkunde, das weltgrößte Bio-Kraftwerk in Penkun, ringe ums Überleben. Durch die Änderung im EEG (dem Erneuerbare-Energien-Gesetz) stehe die Verstromungsanlage vor dem Aus. Noch wehre sich der Betreiber vorm Bundesverfassungsgericht in Karlsruhe, klage dort auf Bestandsschutz, doch er, Löw, wär damit aus dem Rennen. Und das, wo ihm der große PR-Auftrag für Dong Energy in Lubmin bereits entgangen sei! Dong wäre drauf und dran, den Widerstand der SPD-Leute in Schwerin aufzuweichen, mit windigen Zusagen: einem Bündel technischer Veränderungen, dank derer man den Greifswalder Bodden weniger belasten würde als zunächst geplant. Dabei hatten die Dänen schon vorher erklärt, höchst schonend zu verfahren. Unseriös auch ihr Trick, mit 1500 Arbeitsplätzen zu locken, was bloß für die Bauphase galt ... All das war Bettina gänzlich fern, es sollte ihr nur zeigen, wie Löw litt, wie schlecht es ihm ging. Er baute auf ihr Mitgefühl, sie sollte dichthalten, und damit auch ich.

Letzten Endes erwies sich Löws Aufwand, das Geld und der Brief, als unnütz. Gegen Manfred Pelzer wurde dem Vernehmen nach wochenlang ermittelt, doch überwogen schließlich die Zweifel an seiner Schuld. „Derzeit scheint der Fall unlösbar zu sein“, merkte das Lokalblatt Ende Januar 2009 an. Die Kriminalpolizei habe nicht klären können, wo „ein möglicher Täter“ in der Adventsnacht wirklich gewesen sei. Zeugen, die ihn nahe dem Brandort gesehen haben wollten, hätten höchst widersprüchlich ausgesagt ... Wie von mir erwartet kam es zu keiner Anklage. Dem Staatsanwalt war das, was die Kripo ihm allenfalls vorlegte, mit Sicherheit zu dünn.

Ungetrübt feierten wir jenes Fest, das sonst recht trostlos gewesen war. Bettinas Dasein blieb für mich ein Wunder. In ihren Augen lag ein Flimmern, vielleicht vom Schein des Kerzenlichts. Sie schien geboren zur Leidenschaft, ein ursprünglicher Impuls wies uns den Weg zur gemeinsamen Lust. Ich lebte wie ein Jüngling nur von einer Umschlingung zur nächsten. Die Frage, ob dies dauern könne, was künftig einmal übrigbleiben werde, nach dem Begehren, stellte sich mir nicht.

Am Heiligen Abend, im prallvollen Kirchlein, lauschten wir dem Märchen von Christi Geburt. Dann sprühten über uns die Tonfolgen eines Konzerts in Klanggalerie. Unter dem Rubrum „Weihnachten für einsame Seelen" musizierten an den Pianos der Komponist Lutz Gerlach und seine Gefährtin Ulrike Mai; zwei der wenigen Künstler, die das Dorf noch hat. Zuletzt packten wir daheim die Geschenke aus, lagen uns in den Armen, und in mir war ein Jubel, der kein Ende nahm. Das war die Rundung meines Lebens, der Traum vom Glück. Wir hielten es in den Händen – denn wenn nicht wir, wer dann?

Gerlachs Klavierstück „Große Sehnsucht Nummer 7" übrigens ging mir ständig durch den Kopf, obwohl ich nicht mehr wußte, ob es diesmal denn gespielt worden war. Das gefühlvolle Lied hatte mich ja schon früher tief berührt. Eine wundersame Melodie – halb träumerisch, halb traurig; und gewiß eine der besten von ihm.

Mitte Februar erst, zwei Wochen nach der Trauung im Standesamt, suchten wir zum ersten Mal den Tatort auf. Ich glaubte, es werde uns guttun, mit eigenen Augen zu sehen, wie es dort weiterging, wie sich da eine Wunde schloß und das Gras des Vergessens darüber wuchs.

Es war ein frostig klarer Tag mit leichtem Schneefall. Die Feriensiedlung, einst Pelztierfarm genannt, lag winterlich verlassen, hübsch aufgeräumt im Mittagslicht. Sie hieß neuerdings *Seepark Sindbad GmbH* und warb mit Löws Wort „Das Meer, so nah". Manfred Pelzer nämlich hatte aufgegeben. Geplagt wohl von schwindender Zahlungskraft und dem Argwohn seiner Mitbürger, ging er zurück in jene Gegend, aus der Löw ihn vor knapp drei Jahren hergelockt hatte. Vermutlich war er für gewisse Leute, die hinter ihm standen und deren Geld er nach mehreren Vorwaschgängen hier, perfekt gereinigt, endgültig anlegen sollte, nun schlicht verbrannt – untauglich dazu, auch noch Fördergelder einzuheimsen. Seinen Restruf als Geschäftsmann zu knacken, das immerhin war Löw geglückt; wenn auch zum Preis des eigenen Ruins vor Ort. Sie hatten beide verloren, einander aus dem Feld geschlagen, die guten alten Freunde; einer des anderen wert. *Los buenos muchachos*, wie Löw sie einmal, mit seinem Spanisch prunkend, genannt hatte.

Die Waldsiedlung hatte ein Herr von Wetzlar erworben, vielleicht ebenfalls gestützt von unbekannten Investoren. Mit ihm zog bald preußische Ordnung ein: die Vorgärten brav hinter Hecken, alle im Fassonschnitt gleich getrimmt. Ein Bild so nett und proper, daß man sich hier nur zwei Delikte vorstellen kann – falsch zu parken oder eine Kippe auf dem geharkten Weg zu spucken. Kein bißchen Laub oder Müll trieb da der Wind noch vor sich her ... Der Inhaber selbst thronte auf der Düne, Helmut Löw hatte sich von „Sansibar“ getrennt. Er hinterließ dem Nachbesitzer neben schmissigen Sprüchen wohl auch seine Philosophie, geschrumpft zu dem Satz *Rules are for fools*, Vorschriften sind für Dumme da. Der heimliche Wahlspruch seenaher Bauherren.

Der Sandboden, der den Leuchtturm getragen hatte, war weiß überpudert und säuberlich beräumt. Neben dem Schild „Baustelle / Betreten verboten“ spießte ein zweites: „Zu verkaufen“, darunter eine Telefonnummer. Das Flurstück, so heiß umkämpft, war jetzt zu haben, weil arg im Wert gemindert. Die Zeitung schrieb, jegliches Bauen sei dort untersagt, auf Betreiben des Staatlichen Amtes für Umwelt und Natur sowie weiterer Behörden und Gremien – dabei der Gemeinderat mit Bürgermeister Kesselring und auch die Bürgerinitiative *Erhalt Strand & Düne*. Somit seien die Pläne für ein dubioses Strandlokal vom Tisch, das „Alibaba“ hatte heißen sollen.

Vor dem kahlen Hügel atmete ich tief die Seeluft ein. Ein Vakuum in Toplage! Für den Eigentümer vermutlich ganz absurd. Ja, mir dämmerte, daß Geld stets Freiheit braucht und Regeln scheut; alles ist ihm schnurz – und lästig, was es dabei hemmt, sich zu vermehren. Ertragen kann es bloß den schlanken Staat. Der leere Fleck, fatal aus seiner Sicht, obszön vom Standpunkt der Rendite.

Ein mulmiges Gefühl beschlich mich vor Haus „Sansibar". Einschüchternd stand der alte Fachwerkbau schräg über uns vor dem Schiefergrau des Himmels. Etwas Schnee säumte das grünglasierte Dach, jene Schindeln, die dem Feuer nebenan getrotzt hatten. Dünner Rauch stieg aus dem Schornstein, drinnen ging das erste Licht an ... Beklommen sah ich zu Bettina, auf ihr feines Profil. War das nicht doch ein verlorenes Paradies für sie? Dort hatte sie mich als Gast empfangen und mit Apfeltorte bewirtet, ein Vierteljahr erst war es her. „Ein schöner Besitz" – ihr Ausspruch, bei einer Standwanderung getan, fiel mir wieder ein.

Und jetzt ist sie meine Frau. Wie Helga und Jenny es vor ihr einmal gewesen sind. Ein neues Kapitel, so dachte ich wörtlich, und zwar das letzte. Sie ist noch zarter und anziehender geworden, seit wir zusammen sind. Vielleicht auf dem Scheitelpunkt ihres Lebens, von dem aus es, wenn auch ganz langsam, unweigerlich abwärts geht ... Ich bin ihr da ein Riesenstück voraus.

Hier angelangt, bleibt mir nichts mehr zu sagen. Wozu erwähnen, daß Herr von Wetzlar nicht müde wird, gegen das Bauverbot anzugehen? Das ist üblich, war zu erwarten; ein eher banaler Reflex. Kann sein, der Geist aus der Flasche, erneut entkorkt, erhebt sich doch mal wieder auf der Düne, um Turm des Flaggschiffs *Seepark Sindbad* zu sein. Man kann die Welt gar nicht für zu dumm halten: sie ist noch dümmer.

Keine Geschichte endet mit der letzten Zeile. Ich aber, im Bann meines Neubeginns, schließe mit einem Vers von Schiller, der mir im Kopf geblieben ist: „Einstweilen, bis den Bau der Welt / Philosophie zusammenhält / erhält sich das Getriebe / durch Hunger und durch Liebe".

Sechstes Kapitel

DER TODESKUSS

Die klirrende Kälte Anfang Januar 2009 ließ den Bodden vom Rand her zufrieren, anders als in den letzten Wintern. Hand in Hand wanderten wir durch den dünn verschneiten Darß, und dabei bat mich Bettina, unsere Geschichte aufzuschreiben. Sie hatte in meinen Tagebüchern gelesen und traute mir anhand der Notizen zu, die Leuchtturm-Affäre so auszumalen, daß sie, von irgendwem gedruckt, auch Käufer fand. Namen und Orte, das war ihr bewußt, mußten freilich verschlüsselt werden, damit Ähnlichkeiten zufällig blieben, niemand sich unnötig getroffen fühlte und keiner, auch nicht ihr einstiger Partner, da plötzlich am Pranger stand.

Kein Report sollte es sein, sondern etwas halb Erdachtes; mehr Fiktion als Bericht. Für sich selber hoffte sie, daß man ihr das Layout und den Entwurf des Einbands überließ. Ihr Eifer steckte mich an, die Idee schien gar nicht übel. Der Haken war bloß, ich bin kein Schreiber und kann so etwas nicht. Vom Kommissar, der für die Akten einen Hergang protokolliert, zum Autor, der dann etwas Spannendes oder gar Erbauliches daraus macht, ist es ein ziemlich weiter Weg.

Sollten wir den Stoff einem Profi anbieten, vielleicht dem Ahrenshooper Schriftsteller Alexander Woelk? Auf den ersten Blick kein schlechter Einfall. Nur drei Kilometer von uns weg, hatte dieser Mann sich mehrfach auf den Rat und das Fachwissen von Kriminalisten gestützt. Ich kannte ihn seit 25 Jahren, und drei seiner Bücher – die Romane „Unabwendbar“, „Nebel“ sowie „Das Quartett“ – beruhten auf Vorgängen, die ihm von mir geschildert oder wenigstens bestätigt worden waren.

Doch als ich in dieser Sache am Monatsende zu ihm kam, da empfing mich in seinem roten Haus hinter der Düne ein bereits über 80-Jähriger, der nicht mehr besonders gut hörte. Und obschon er sich gleich akustischer Hilfen bediente und sein teures Gerät, den letzten Schrei der Technik, ans Ohr klemmte, mißlang es mir, ihn zu gewinnen. Woelk bedauerte das selbst, wegen unseres früheren Austauschs, der ihm als angenehm im Gedächtnis war. Für seine Weigerung nannte er mir zwei Gründe. Erstens, er wisse nicht, wo der Text dann erscheinen könne. Sein Berliner Verlag leide unter dem Druck der Konkurrenz an chronischem Geldmangel. An die 250 Titel überschwemmten täglich neu den Markt, der zu 95 Prozent von westdeutschen Verlagsriesen beherrscht werde. Da lege sein altes Haus, im 57. Jahr des Kontaktes, kaum noch Wert auf ein Buch von ihm, dem man nicht zutraue, sich auf Anhieb glänzend zu verkaufen.

Die Branche lechze durchweg nach Bestsellern, sie wolle „Schinken oder Pralinen". Damit meinte Woelk zum einen billige Schmöker, leicht lesbar, ohne Tiefgang; zum anderen die Edeltexte hochbegabter, von der Kritik gelobter und durch Preise geadelter Autoren. Was an Literatur dazwischen liege, falle durch den Rost.

Und zweitens, noch zwingender für ihn, seiner Ehefrau Vera gehe es gesundheitlich schlecht. Seine Schreiberei, früher so schwungvoll von ihr begleitet, sehe sie zunehmend skeptisch. Und zwar speziell dann, wenn es ihm einfalle, Liebesszenen zu ersinnen, worauf er manchmal noch Lust und sein Publikum auch Anspruch habe. Sobald er da aus der Erinnerung schöpfe, nehme sie das neuerdings für gegenwärtig und ganz real, als sei ihm das gerade erst pasiert – um derart eifersüchtig zu werden, daß es sie beide schwer verstimme. Wie erschöpfend all sein Bestreben, ihr das auszureden und sie von seiner Treue zu überzeugen, für die doch eigentlich schon sein hohes Alter spreche! Das zehre an seiner Schaffenskraft, dem Rest, der ihm noch verblieben sei. Mein Stoff nun, so wie von mir skizziert, laufe exakt auf derlei hinaus: die Hinneigung eines reifen Mannes zu einer sehr viel jüngeren Frau. Dagegen sei Vera Woelk allergisch, und schon das verbiete es ihm, um des lieben Friedens willen, meinen Vorschlag aufzugreifen.

Ich begriff sein Handikap und bat ihn um Rat. Nach kurzem

Besinnen empfahl er mir seinen Borner Kollegen Willy Werth. Der habe sich lokalen Themen zugewandt, scheue auch vor Erotik nicht zurück und sei bei dem Jungverleger Ralf Kuschel offenbar gut im Geschäft. So wie er die beiden kenne, werde die Story sie erwärmen. Kuschels *Edition Aphrodite* pflege das subtile Darstellen heikler Themen, zumal in Form der Novelle.

Für die Auskunft dankend, schlug ich daheim erst einmal nach, worum es sich da handelt. Novelle, so stand es im Lexikon, heiße wörtlich „kleine Neuigkeit"; gemeint sei eine kürzere erzählende Dichtung von straffem, kunstvollem Aufbau, die ein festumrissenes Ereignis behandelt. Das schüchterte mich zunächst ein. In der Dorfbibliothek aber gab es etliches von Willy Werth, das solch hohem Anspruch kaum entsprach; darunter der Darß-Roman *Görings Schatz.* Ich lieh ihn aus und fand, daß es eine halbdokumentarische Erzählung war, die um das Jagdhaus des einstigen Reichsmarschalls und Reichsjägermeisters kreiste. Dessen Fundamentreste hatte schon in den 80er Jahren das Meer verschluckt.

Willy Werth, nur halb so alt wie Woelk, hörte mich gern an. Es freute ihn, daß ich *Görings Schatz* erwähnte. Die Anregung zu dem Buch verdanke er dem Ingenieur Dr. Bernd Neubüser; der habe ihn in der Wendezeit überreden wollen, mit einem Metalldetektor am Darßer Weststrand auf Schatzsuche zu gehen. Dr. Neubüser (wie die Schweriner Finanzmininisterin Sigrid Keler einst im Faserplattenwerk zu Ribnitz leitend tätig) besaß sogar eine Wanderkarte, die an den Falzrändern bereits zerfiel, mit doppelter Markierung – fast so wie bei John Silver, dem legendären Schiffskoch und Piraten des Robert Louis Stevenson, dessen Schatzinsel – Isla del Coco – übrigens gleich zweimal in den Darßwald hineinpassen würde, der fünfzig Quadratkilometer groß sei. Nur, des Doktors Kreuze deckten nahe dem Weststrand zwei ganze Waldreviere ab, die Jagen 95 und 103 ... Falls jemand dort etwas verscharrt habe (ob Prinz Eitel Friedrichs, Görings oder Mielkes Leute), so sei es bis heute noch immer unentdeckt!

Es fiel mir schwer, ihn von dem Waldgeheimnis weg wieder

auf mein Thema hinzulenken. Ich wußte, wie verliebt Autoren in ihre Stoffe sind. Werth speiste mit mir in der Borner Mühlenstube, ich hatte ihn eingeladen, um des Gesprächsklimas willen. Er wirkte umgänglich über dem Hirschbraten, der auf der Speisekarte „uns Bestes" heißt und trotz der üppigen Beilagen nur knapp zehn Euro kostet. Der Autor schien nicht abgeneigt, gestützt auf mich ein solches Buch zu schreiben. Seine einzige Bedingung war, der Leuchtturm-Saga eine eigene Kurzgeschichte beizufügen. Er hatte ein paar davon auf Lager, deren Herausgabe Ralf Kuschel nur deshalb scheue, weil der Buchhandel sich gegen Kurzgeschichten sträube, die man für Kassengift hielt.

Da ich zögerte, dem zuzustimmen, versprach mir Werth, im Gegenzug von Ralf Kuschel zu fordern, daß er die Gestaltung des Buches meiner Bettina überließ. Meistens höre der Verleger auf ihn und werde wohl 250 Euro dafür zahlen. „Leider nicht mehr", sagte er vor der Scheibe Ananas und dem Klecks Preiselbeeren, die auf seinem Teller noch übrig waren. „Die Krise im Verlagswesen ist ja viel älter als die schlimme Rezession derzeit, Herr Wendt. Es wird schwieriger mit jedem Buch, uns bläst der Wind ins Gesicht! Daran gewöhnt man sich, man darf's nur nicht persönlich nehmen."

„Nein, ich nehme es politisch."

„Für die Krise kann keiner was, die trifft uns alle gleich."

„Gestatten Sie mir, das zu bezweifeln", sagte ich.

Willy Werth hob die Brauen. „Steckt da vielleicht Linksdrall in Ihrem Skript? Den würde ich dann gern dämpfen, mit Ihrer Erlaubnis. Politik verkauft sich schlecht."

„Das allerdings gefährdet unseren Deal. Außerdem, es müßte von Ihren Fabeln schon eine sein, die zu der Story vom Leuchtturm paßt."

„Völlig klar! Der Leuchtturm, wissen Sie, ist für mich ein starkes Symbol. Wir haben etliche davon im Land, die ziemlich schwanken, und mancher stürzt schon ein wie der Laden in Dassow oder damals gleich anfangs das Faserplattenwerk. Auch dem Kulturbetrieb drohen Schrumpfung und Verfall. Immerhin, da hat ein Leuchtturm überlebt – das Theater von Altburg, eine GmbH mit mehreren Spielstätten. Ich selbst bin 1990 als junger Praktikant dabei gewesen, wie uns ein schneidiger Wessi um ein Haar beerdigt hätte. Wäre ihm nicht der Intendant, dieses Unikum, im letzten Moment noch draufgekommen ... Aber lesen Sie´s doch selber!" Er schob mir ein Couvert zu. „Davon handelt die Story, mit Absicht von mir erzählt aus der Sicht des Befreiers."

Das gefiel mir, sein Ton gab den Ausschlag. „Lassen wir den Zuckerguß mal weg und kommen zur Sache", sagte ich. Beim nächsten Treff kannte ich schon die Geschichte, mochte sie und übergab ihm meine Papiere. Ein paar Gläser Wodka, von dem man keinen Kater kriegt, machten den Deal perfekt.

Statt eines Nachworts folgt nun das, was das Weltbild des jungen Willy Werth mitgeprägt und ihn in gewissen Neigungen bestärkt haben mag. Nichts führt uns dichter an den Kern eines Menschen heran als seine Sprache. Muß ein literarischer Text eine Botschaft transportieren? Nicht unbedingt, doch Werths Skript hatte eine, ihm selbst gar nicht so bewußt, und deshalb konnte ich mich damit anfreunden. Für diesen Beitrag, seine Offenheit und Hilfe sei ihm hier gedankt.

„Auf nach Altburg", hatte Bösfeld zu Magnus Prinz gesagt, mit spitzer Zunge und Ekelfalten am Mund. „Ganz hinten im letzten Winkel von Deutsch-Nordost, den hat unser Fernsehen nie erreicht. Kein Kino dort, nicht mal ´ne Disko, nur das Theater. `Bühne am Hansering´ heißt es. Fast schon in Polen! Die letzte der siebzig Bühnen dieser bankrotten DDR."

„Die soll ich unter die Lupe nehmen?"

„In der Tat, Magnus", sagte der Kulturchef des Nachrichtenmagazins."Sowas liegt Ihnen doch."

„Pardon, das scheint mir keine gute Idee. Laienspiel in Pommern, das ist doch zum Gähnen."

„Nun jammern Sie mal nicht. Ihre Themen sind ausgelutscht, es fehlt an Relevanz, an Realitätsbezug. Dort können Sie alles finden, was man im Fernsehen einen Quotenhit nennt: Lug und Trug, Neid und Eifersucht, vielleicht sogar Sex und Gewalt. Also frisch ans Werk ... Was haben Sie denn? Stellen Sie sich nicht so an! Wer nichts riskiert, der wird bei uns nicht alt."

Ein klares Wort. Magnus Prinz, 36, der Jagdhund des Kulturressorts, hatte verstanden. Bösfeld genoß es wohl, ihm Dampf zu machen. Vielleicht mußten Chefs so sein. Prinz nahm ihm das nicht krumm, er war von Natur aus kein Hasser. Es lag ihm mehr, die Leute zu mögen. Er hoffte, jedem ins Herz zu schauen und dort Mitgefühl, Ehrlichkeit oder sonst etwas Gutes zu finden. Nicht leicht in diesem Milieu, so positiv zu sein! Die einen hier sind Langweiler, die anderen Scheißkerle. Bösfeld mag magenkrank sein, elend bissig, doch ein Langweiler ist er nicht.

Prinz fuhr also ins Hausarchiv und machte sich kundig. Das ist ein guter Brauch. Nichts wird übers Knie gebrochen, man sondiert das Terrain – jetzt im Magazin genau wie damals beim Bund. Die Hauptfigur einer Bühne ist stets der Intendant. Am Hanse-Theater hieß er Dr. Oswald Urks, er kam aus dem Arbeiterstand. Kein seltener Fall im Kommunismus. Die proletarische Führung hat ohne die alte Bildungsschicht eine Kulturszene schaffen wollen und ihre Kinder entsprechend geschult. An Dr. Urks fiel nur auf, er hatte weder Kultur- noch Theaterwissenschaften studiert, sondern Biologie und Verhaltensforschung. Ein Quereinsteiger demnach. Der Titel seiner Promotionsschrift war: „Partnerwahl und Balzstrategien in der Tierwelt".

Das freute Prinz, fiel es doch sehr aus dem Rahmen. Wirklich ein dicker Hund. Er kopierte sich dessen Thesen und stieg mit dem Gefühl ins Auto, da stehe eine Entdeckung ins Haus. Ein seltsam bühnenferner Text, dem Urks da seinen Doktorhut verdankte! Hatte das SED-Regime tatsächlich einen Biologen zum Theaterchef gemacht? Dann wohl in einer Krise, wenn Abweichler durch treue Genossen ersetzt worden waren, Leute ohne Ruf und Namen, nicht mal vom Fach.

Daheim pfiff Prinz vor sich hin. Jetzt sah die Sache anders aus, schöner Konfliktstoff erwartete ihn – Gelegenheit, zu punkten. Dem Bösfeld würde er´s schon zeigen! Der Report über das Provinznest und sein Theater, dies folgte ihm bis ins Bett. Helle und dunkle Bilder überschwemmten ihn. Einst hatte er ein Szenarium verfaßt, benannt *Green Horns Karriere.* Er liebte den Film, doch der liebte nicht zurück, kein Mensch wollte das inszenieren. Nun aber entstand auf dem PC über Nacht daraus ein Bühnentext.

Statt sich dem Hanse-Theater als Hamburger Journalist zu nähern, wollte er dort als Regisseur auftreten, ins Ensemble eindringen und verdeckt ermitteln. Undercover, das war die Idee. Besser als drei schlappe Interviews: die Inside-Story eines Theatermannes, hinter dem auch noch Geldgeber sind! Das wischt drüben jeden Einwand weg, und hier stellt es Bösfeld ruhig. Der wird baff sein, blaß vor Neid. Unter ihm geht alles, wenn es nur hurtig, durchweg belegt und nicht total in die Hose geht.

Der letzte Rastplatz vor Altburg sah Prinz schon am Ball. Er sprach drei Sätze auf Band: *Abends, wenn die Rapsfelder ihr Giftgelb in den verblassenden Himmel feuern und vom Meer weißer Nebel aufsteigt, wird Altburg zur Geisterstadt. Dann liegt das morsche Gemäuer der alten Hansestadt verlassen da, abgebrannt in Pommerland. Alles ist vorbei, nichts mehr zu hoffen, unsägliche Tristesse breitet sich aus ...* Ja, das hat Schmiß, sagte er sich. Wir Reporter haben den Dichtern über die Schulter geschaut. Und dazu noch sind wir schneller, oft auch besser als die.

Tags darauf landete er den Coup. Der Intendant empfing ihn sofort, jener Kultursheriff der verblichenen Staatspartei. Zur bürokratischen Absicherung übrigens im Beisein seines Adlatus, eines harmlosen Jünglings namens Willy Werth. Nun, das Skript *Green Horns Karriere* zog den Dr.Urks regelrecht in Bann. Er feuchtete den Zeigefinger an und las sich fest, neben Green Horns Zukunft gewiß auch die eigene im Blick. Prinz hatte ihm nämlich gesagt, jene Tabakfirma, welche neuerdings die Marke *Prince Denmark* hier vertrieb, werde die Aufführung mit einer namhaften Summe sponsern, wenn die Generalprobe zeige, daß ihr Produkt eine Rolle spiele! Es sprach für Urks' Naivität in puncto Sponsoring, wenn er dem glaubte, ohne Beleg, ohne ein Schreiben des Tabakkonzerns. Natürlich, das war ihm ja neu; damit kannte sich keiner hier aus.

Seine Inkompetenz verriet schon das ganze Büro. Es wirkte ärmlich, mehr als schlicht. An der Wand hing das Schiller-Wort: „Leicht beeinander wohnen die Gedanken, doch hart im Raume stoßen sich die Dinge". Daneben, über dem Messingtrichter eines antiquierten Grammophons, prangte der Spruch: „Und find ich gleich nicht alles wie es soll, ich freue mich, wenn es erträglich ist". Ein Stoßseufzer, aus dem die Bescheidenheit und Resignation der Planwirtschaft sprach. An Einfalt war das schwer zu überbieten, allenfalls mit dem Satz: „Seit ich die Menschen kenne, liebe ich die Tiere". Der fehlte freilich hier, er hätte auch in kein Chefbüro eines Regimes gepaßt, dessen zentrale Losung lautete: „Im Mittelpunkt der Mensch".

Trotz solcher Anzeichen von Biedersinn wollte Prinz nicht den Fehler begehen, Herrn Dr. Urks zu unterschätzen. Nach dem Papier aus dem Hamburger Hausarchiv, auf das Prinz sich stützte, war Urks nur drei oder vier Jahre älter als er selbst, sah aber gesetzt aus, ziemlich souverän. Er hatte kluge Augen, einen vollen Mund und eine derbe Nase: den Riechkolben des Genießers. Schon in seiner Lehrzeit als Dreher war er einem Arbeitertheater beigetreten und hatte in einem Stück von Brecht mitgespielt. Mit 21 Jahren, während des Biologiestudiums in Rostock, stand er dort sogar der Studentenbuhne vor. Ähnlich später an der Humboldt-Uni zu Berlin, wo ihm der Doktorhut zufiel dank dieser Schrift über das Paarungsverhalten von Tieren.

Daß jemand einen dicken Text von ihm auf der Stelle las, hatte Prinz noch nie erlebt. Er sah dem Mann dabei zu und fand, der Wandel vom Metallarbeiter zum Intendanten sei dem wohl auch durch seine Barttracht geglückt. Die machte ihn unverwechselbar, überhaupt erst zum Zampano. Sein Anblick regte Prinz an zu einem Essay über Bartmoden: Monographie im Plauderton der faktisch unterfütterten Satire – eine Kunstform, die ihm lag. Nur leider, selbst wenn da beste Literatur entstand, Bösfeld nahm so etwas nicht, es paßte nicht recht ins Blatt. Da hätte Prinz beim Münchner PLAYBOY bleiben müssen, wo aber das Gehalt zu dürftig gewesen war.

Sein Blick fiel auf Urks' jungen Mann, diesen Werth, der kaum den Mund auftat. Aus dessen Haltung sprach die Ergebenheit des Eleven. Prinz kam die Idee, an ihn heranzutreten, um zu sehen, wie fest diese Bindung war. Loyalität ist austauschbar. Vielleicht konnte er Urks' Zögling für sich gewinnen, ihn quasi umdrehen, ihn zum eigenen Ohr und Helfer machen? Ihn zum Essen einladen, um ein Interview bitten und es nobel honorieren ... Sex wie Geld, von beidem bekam der Mensch nie genug. Nur zeitweilig sank da der Spannungspegel, schwieg das Begehren: kurz nach dem Liebesakt oder einem Lottogewinn. Jeder war verführbar, zumal im Moment des politischen Umbruchs, wieso nicht auch der junge Werth? Doch womöglich stand der schon im Dienst der Stasi; immerhin war dies ja ein Spitzelstaat. Dann würde Werth ihn in die Pfanne hauen, denn das Zeug zum Doppelagenten, der zweifach kassiert, hatte der nicht. Also besser Hände weg.

Er schaute wieder zu Dr. Urks, und seine Gedanken schweiften. Ach, wie juckte es ihn in den Fingern, loszuschreiben! Von einer gewissen Selbsteinschätzung an, so würde sein Essay beginnen, haben sich Männer oft durch den Bart profiliert: Kaiser Wilhelm, Josef Stalin, Adolf Hitler, Fidel Castro ... Die Gestaltung unterstreicht den Anspruch, so auch bei dem Dr. Urks. Irgendwann auf dem Weg aus der Unterschicht in die Sphären der Kunst hat er den prekären Look seiner Jugend mit dem Habitus des Theatermannes vertauscht. Urks' kühne Variante erinnert halb an den zweizipfligen Vollbart des kaiserlichen Großadmirals Alfred von Tirpitz, halb wirkt sie wie ein Gegenentwurf zu dem Spitzbart Walter Ulbrichts, denn das Kinn bleibt bei ihm frei. Ulbricht hat sein Kinn verlängern wollen, um kraftvoll zu erscheinen. Und darin ähnelt ihm der Münchner Nationalökonom Hans-Werner Sinn: in neoliberaler Verschlankung des SED-Modells setzt Professor Sinns Spitzbart erst im unteren Teil des Kinns an, was ihm etwas höchst Einprägsames und Dynamisches gibt.

Hier stoppte Prinz, er rief sich zurück. Für derlei bezahlte man ihn nicht. Inzwischen war sein Gegenüber bis zu der Szene gelangt, wo der Bildreporter Green Horn die Filmdiva im gestrandeten Hubschrauber findet und sich ihr atemlos nähert. Oswald Urks runzelte die Stirn und merkte an: „Der Dialog klingt recht hart, Herr Prinz, für die Ohren unseres Kleinstadt-Publikums."

„Ich darf Sie beruhigen, den Text kann man dämpfen", sagte Prinz. „Aber nackt muß die Dame sein."

Urks schien zu zögern, irgendwas mißfiel ihm. Er gab zu bedenken, Altburg sei immer schon ein schwierige Pflaster gewesen. Selbst der junge Frank Castorf sei darauf ausgeglitten, er habe mit seinem Avantgardismus einst den Zorn von Lokalgrößen erregt.

„Und, müssen Sie die denn noch fürchten?"

„Ach, im Prinzip hat sich wenig geändert."

Prinz war perplex. „Nicht geändert?" fragte er.

„Nein." Urks lehnte sich zurück und lächelte schlau. „Kurz vor der Wende rief man mich in die Kreisleitung der SED. `Du weißt, die Lage ist ernst´, erklärte mir der Erste Sekretär. `Was tust du jetzt zur Stärkung des sozialistischen Bewußtseins?´ – `Wir geben ein Stück von Rudi Strahl und auch eins von Volker Braun´, erwiderte ich. `Ferner Kleists Zerbrochenen Krug sowie Schillers Kabale und Liebe ...´ Darauf der Erste: `Gut, Genosse, mach das so!´ – Neulich nun lud mich der Bürgermeister ein, unser CDU-Chef hier, wir kannten uns von früher, und er sprach: `Dir ist sicher nicht entgangen, daß die Zeiten sich geändert haben, Oswalt. Es gilt, das Demokratie-Bewußtsein zu stärken! Wie hilft dein Spielplan dabei mit?´ Ich sagte: `Wir bringen ein Stück von Rudi Strahl, einen neu interpretierten Volker Braun, vielleicht noch Kleists Zerbrochenen Krug sowie Schillers Kabale und Liebe.´ – `Okay´, grunzte er, `das klingt ein bißchen, als ob du dir schon Gedanken gemacht hast. Na siehst du, es geht doch, wir haben uns verstanden. Dann mach das mal so!´"

Magnus Prinz lachte höflich. „Mir ist klar, was Sie damit sagen wollen. Aber ich hab noch eine Frage."

„Macht ja nichts", brummte Urks. „Legen Sie los."

„Genügt es noch, auf die Dummheit von Lokalgrößen zu bauen?"

„Keineswegs. Jetzt geht's ums Publikum – es neu zu gewinnen. Etwa mit Stücken von Molière oder Dario Fo."

„Und, läuft es?" fragte Prinz.

Dr. Urks wich ihm aus. „Wir eröffnen auch neue Spielstätten, zum Beispiel an der Ostsee, wegen all der Urlauber dort. Sogar das Wort `Privatisierung´ steht bei uns im Raum. Wir wären die erster Theater-GmbH im Beitrittsgebiet!"

Prinz nickte mitfühlend, und Urks fuhr fort mit seiner Vision, als GmbH Kredit aufzunehmen und das Haus zu modernisieren. Dabei blieb ihm manchmal die Stimme weg; nur der Funken von Intelligenz in seinem Blick warnte Prinz. Wußte er doch, Komödianten haben ein Faible für Intrigen und Hochstapelei – das befähigt sie, die Tricks anderer zu erkennen. Wahrscheinlich spürte der Mann den fremden Stallgeruch. Sein Sensorium, der Instinkt des Bühnenprofis, war gewiß intakt ... „Wir beißen uns halt durch", schloß er.

Der ist gewieft, dachte Prinz. Ein Fuchs in Sachen Theater, Dramaturgie und Kultur. Er tappt im dunkeln bei Wirtschaft und Finanzen, Dinge, die heute das Wichtigste sind. Da ist er *out of touch*, ohne Wirklichkeitssinn. Und wie viele Künstler neigt er dazu, mit seiner Ignoranz zu kokettieren. Für ihn ist Bühnenkunst ein Glaubensakt, während seine Bilanz im Nebel liegt. – „Schon um des Erfolgs und Ihrer Pläne, also um des Wachstums willen", erinnerte Prinz, „nackt muß die Dame sein. Damit haben Sie doch kein Problem? Alle großen Bühnen machen das seit zwanzig Jahren."

Der Intendant hob die Schultern, er schickte seinen Eleven nach Fotos von Darstellerinnen, die sich vielleicht dafür eigneten. Schnell wurde klar, es standen sieben junge Frauen zur Wahl. Sie hießen Denise, Jasmin, Melanie, Jana, Nicole, Yvonne und Annabel. Prinz staunte über die Palette, er begrüßte die

Fülle des Angebots, sah aber auch das Problem: Urks hatte zuviel Personal; Verschlankung war angesagt, Abbau von Stellen nur eine Frage der Zeit. Am meisten sprach ihn Annabels Bild an – das einer schmalen, rehäugigen Schönheit.

„Stimmt, sie ist unser Schmuckstück", sagte der Intendant.

„Hoch ambitioniert und sehr sensibel", warf sein Adlatus ein.

„Nicht leicht, ihr nahezubringen, daß sie hüllenlos auftreten soll", fügte Dr.Urks hinzu.

„Das ist Ihr Bier", äußerte Prinz. „Machen Sie jedem nur klar, wer nicht sein Letztes gibt, der wird hier nicht alt."

„Sie bringen es auf den Punkt", stimmte Urks bei. „Dieses Land ist am Arsch, das Theater sowieso. Altburg, Herr Prinz, das war mal die Strafkolonie der Republik, bühnenmäßig. Aufmüpfige wurden zu mir geschickt, ins vorpommersche Sibirien, wo sie keinem schaden konnten, staatspolitisch. Wir sind das Abstellgleis gewesen. Wer sonst noch bei uns gelandet ist, der hatte entweder Probleme mit dem Alkohol oder mit dem Leben."

„Wo ist da der Unterschied?" fragte Prinz zerstreut, ganz absorbiert von Annabel. Über ihrem Foto dämmerte ihm, diese Frau war wunderbar, ein Traum aus Charme und Feuer. Eines der zigeunerhaften Girls, die brunfthafte Urlaute ausstoßen, wenn es soweit ist. Seit langem erkannte er sie und hoffte immer, nicht zufällig ein Nebenzimmer in dem Hotel zu buchen, das sie für eine Liebesnacht gewählt haben.

Der Regietext lautete: Gloria Heaven sitzt nackt vor einem Spiegel an der Kabinenwand des defekten Hubschraubers, in dem Green Horn sie entdeckt. Hinter ihren schwellenden Kurven ist ein roter Bademantel über den Sessel drapiert. Oben türmt sich ihr üpppig-helles Haar, und das wilde Blond setzt sich nach unten in winzigen Löckchen fort ...

„Ich mache Gloria dunkel", versprach Prinz. „schreibe die Rolle einer Ihrer Damen auf den Leib. Man sieht ja, die meisten sind brünett. Auch ein Provinzstar hat Anspruch auf Rücksicht im Text."

„Nun denn, in Gottes Namen", sagte Dr. Urks. „Ich lasse

das Skript abziehen und verteilen. Die Besetzung ist dann Ihre Sache – das Casting, wie es bei Ihnen heißt. Seien Sie morgen um diese Zeit hier, um Ihre Wahl zu treffen und mit der Arbeit zu beginnen. Unser kaufmännischer Leiter entwirft bis dahin auch Ihren Vertrag."

„Ach, das eilt doch nicht", erwiderte Prinz, dankte für das Vertrauen und gab zum Abschied dem Intendanten, ja sogar dessen Helfer die Hand. Stets folgte er dem Prinzip, nicht arrogant zu sein und keinen Untergebenen zu übersehen. Sein Blick entsprach dem Händedruck: fest und fair wie ein Marinegruß.

Magnus Prinz hatte gelernt: Lehnt man es ab, aus früheren Kämpfen die nötigen Schlüsse zu ziehen, ist man dazu verdammt, Fehler der Vergangenheit zu wiederholen. Wer am Hergebrachten festhielt, anstatt flexibel zu sein, riskierte den Reinfall. Intendanten wie Generäle ließ ihr Beharrungswunsch oft scheitern. Hohe Militärs irrten, wenn sie zum Beispiel glaubten, erprobte Mittel wie der Einsatz des Bajonetts oder der Reiterangriff würden sich unter allen Umständen als siegbringend erweisen. Mit derlei Sturheit war auch auf und hinter der Bühne schon so mancher gestrauchelt.

Dank penibler Vorbereitung, wie daheim üblich, war es Prinz geglückt, den Intendanten zu gewinnen, dessen Argwohn zu zerstreuen und ihn in die Planung einzubinden. Dr. Urks Bühne stand vor dem Aus, da griff er nach jedem Strohhalm, der sich ihm noch bot. Folglich goutierte er ein Stück, das ihm eigentlich – Prinz spürte es – verdächtig war ... Sein Problem! Für fremde Skrupel zog einem keiner, selbst Bösfeld nicht, etwas vom Gehalt ab.

Nachmittags durchstreifte er zu Fuß das triste Städtchen. Die Bewegung tat ihm gut, obwohl es beim Anblick mancher Straße einen Hund jammern konnte. Mürbe Mauern, blinde Scheiben und defekte Dachrinnen, aus denen Unkraut wuchs! Selbst der Gasthof, vor dem sein Wagen stand, bot ein Bild mühsam gebremsten Verfalls; dabei galt er als erstes Haus am Platz. Es wurde wahrlich Zeit, daß die Marktwirtschaft hier Wandel schuf.

Prinz speiste billig, doch mehr schlecht als recht und zog sich aufs Zimmer zurück, um sein Vorgehen zu überdenken und das genau zu sichten, was das Archiv ihm zu Oswald Urks geliefert hatte. Dessen Herkunft aus der Unterschicht war so frappierend wie der Bart und das Thema seiner Doktorarbeit: Partnerwahl und Balztechnik im Tierreich. Bei Vögeln, Insekten und auch bei etlichen Säugetieren wie den Gibbons, so las er, schlägt der Gesang die Brücke. Da laufen komplex strukturierte Lautmuster ab. „Froschweibchen bevorzugen bei der Paarung große Partner", hatte Oswald Urks entdeckt. „Wie die Testreihen ergaben, wählen sie unter den Bewerben den jeweils stattlichsten. Dabei werden attraktive Männchen von ihnen, ohne jeden Sichtkontakt, schon anhand der Lockrufe erkannt."

Prinz fand, das klinge beinah menschlich. Hatten nicht Musik und Gesang, Mandolinen im Mondschein, auch hier oft als Brücke gedient? Schon ein schöner Stimmklang öffnete einem leicht das Herz. Ja, das war ihm nahe. „Ferner sind Duftstoffe von Bedeutung", las er weiter; dabei fiel ihm Urks' Riechkolben ein. „Wichtig bei staatenbildenden Insekten wie auch bei bestimmten Wirbeltieren. Meist reguliert die hormonale Kommunikation dort das ganze Sozialverhalten. Der Geruch dient dem Erkennen, der Verteidigung, Reviermarkierung, Brutpflege und so fort."

Was nun folgte, das verblüffte ihn. „Eine Hauptrolle spielen die Sexuallockstoffe. Sie beherrschen das Liebesleben von Schmetterlingen wie auch das der Hunde und Katzen. In manchen Fällen fächelt das Männchen dem Weibchen die Düfte sogar zu, um es paarungswillig zu machen. Experimentell hat Prof. Senkblei ermittelt, daß der Maulbeerseidenspinner (Bombyx mori) dank des Lockstoffs Bombykol, eines zweifach ungesättigten Alkohols, seinen Partner noch aus elf Kilometer Abstand wahrnimmt. Und die Hummelmännchen sammeln sich zum Geschlechtsverkehr in speziellen, von ihnen duftmarkierten Zonen, wohin es die Weibchen magisch zieht."

An diesem Punkt ging Prinz auf, der Mann hatte Format; das war bedenklich. Ihm lag es nicht nur, solche Sachverhalte auszugraben, er schien auch fähig zu sein, sie darzustellen, fast schon journalistisch. Hut ab vor seiner Feder und dem Scharfblick! Elf Kilometer weit also roch die Seidenspinnerin ihr Glück. Und Dr. Urks selber, jetzt kaum zwei Kilometer weg, wie ihm tagelang verbergen, was man da in seinem Hause trieb? Holzauge, sei wachsam – so hatte man damals beim Bund gesagt.

Es mußte Staubsaugerlärm oder das Tuten eines Dampfers gewesen sein, was ihn weckte. Zerschlagen stand er auf, im Quietschen der Bettfedern. Durch die tabakbraune Gardine des Fensters stach ein Sonnenstrahl herein, in dem Staub und auch Mücken tanzten ... Nein, so hatte Magnus Prinz sich das Reporterleben nicht gedacht. Wichtigem auf den Grund zu gehen, breaking news, also Schlagzeilen zu machen und dabei sein eigener Herr zu sein, das war damals auf der Uni die Idee gewesen. Und nun hatte er die Nacht im letzten Gasthof Pommerns verbracht, im erbärmlichsten Bett, daher diese Ringe unter den Augen.

Der Spiegel zeigte ihm Stiche auf der Stirn und am Hals. Die Mücken zog es, das hatte Urks' Text ihn gelehrt, zu einem bestimmten Mix aus Kohlendioxyd, Milchsäure, Fett- und Aminosäuren; deshalb flogen sie auf Mensch und Tier ... Mangels einer Dusche spritzte er sich Wasser ins Gesicht und fühlte sich bald besser. Nicht durch das Frühstück mit dem dünnen Kaffee, das man den Hausgästen unten bot. Sondern in Erwartung des Casting, der Damenwahl am Hansering, in jenem Theater.

Das Auto ließ er stehen, um keinen Neid zu schüren. Und diese Geste wurde belohnt, denn schon beim Anblick des schäbigen, schier baufälligen Hauses fühlte er sich für einen köstlichen Moment wie Paris, der Sohn des Königs Priamus von Troja, als man ihn im Streit der Göttinnen zum Schiedsrichter berief, damit er sage, welche nun die Schönste sei: Juno, Minérva oder Venus.

Er fand sogar sieben Frauen vor, nett zurechtgemacht und hoffnungsfroh sie alle. Freilich schrumpfte die Schar, da es der Hälfte nicht paßte, sich zu entblättern. Ihm blieb anfangs bloß die Wahl zwischen Jasmin, Nicole und Yvonne. Annabel, seine heimliche Favoritin, zierte sich. Mit ihrem Stolz oder dem Schamgefühl ringend, schien sie unfähig, sich zu entscheiden.

Für Prinz war es stets erregend, zu erleben, wie junge Frauen sich entblößen, während er selbst bekleidet blieb. Darin lag ein Hauch von Unterwerfung, für den Macho ein feiner Reiz. Ihn jedenfalls machte das tüchtig an. Sie waren durchweg gut gebaut. Jasmin hatte die Schalenbrüste klassischer Skulpturen, Nicole die schmalsten Hüften, Yvonne den flachsten Bauch und lange, makellose Beine. Wie berauscht von dem Eindruck, das ganze Land mit all den Frauen liege ihm zu Füßen, achtete er kaum auf die Gesichter. Und es entlastete ihn, dasselbe bei Willy Werth zu bemerken. Den hatte Dr. Urks ihm beigegeben, als Adjutanten und jungen Mann; in Wahrheit wohl zu seiner Kontrolle.

Mit derlei Überwachung konnte er leben, nur Annabels Zögern irritierte ihn. Schließlich aber schaffte es der Chefdramaturg, herbeigerufen von Werth, auch sie zu überreden.

Er hatte sie ernsthaft bekniet, alles abzulegen, im Dienst der Kunst und zur Rettung dieser Bühne. Und als das endlich geschah, war Prinz geblendet, ganz fassungslos. Denn sie vereinte in sich die Vorzüge der übrigen, sah indes nicht nur umwerfend aus, nein, sie roch auch noch fabelhaft, unsagbar gut! Sanft fächelte sie ihm beim Entkleiden ihren Duft zu, wie um ihn paarungswillig zu machen. Dies war kein Parfüm, der olfaktorische Clou war ihr eigener Wohlgeruch – ein Mix aus Nelken, Moschus oder Sandelholz; der stille Höhepunkt des Tages.

Und Dr. Urks, dieser Kenner, der souveräne Nasenkerl, folgte gewiß seinem Riechorgan, wenn er Schauspielerinnen engagierte. Davon war Prinz plötzlich überzeugt ... Als die erste Probe begann, störte ihn das Getuschel des Chefdramaturgen an seiner Seite. „Phantastische Titten", raunte der ihm zu. „Das sind Paradiesäpfel, Herr Prinz, Signale weiblicher Vollkommenheit!" Die Feststellung war dumm, man sah es ja selbst: Bella – so hieß die im Ensemble – war Zucker, wahnsinnig süß; ihr fragiler Leib hielt, was das Gesicht versprach! Der Kerl an seiner Seite aber wirkte enthemmt, dessen Blick strich an ihr abwärts, und ohne daß es ihm bewußt zu sein schien, sang er mit halber Stimme: „Die Prinzessin von Kastilien, die hat Schenkel weiß wie Lilien, und dazwischen, wie zum Trotze, eine rabenschwarze ..."

„Halten Sie sich zurück", mahnte Prinz.

„Jeder im Haus verzehrt sich nach ihr", stöhnte der andere. „Das steilste Objekt der Begierde, und keiner ist ihr gut genug. Selbst durch mich sieht sie hindurch, so als ob ..." Auf der Suche nach einem Vergleich schlug er sich an die Stirn. „Als wäre da gar nichts."

„Vielleicht ist da auch wirklich nichts", sagte Prinz in dem Gefühl, daß sie anfingen zu streiten. Er hielt ihn bereits für ein Arschloch. Übrigens war der taktlose Kerl nicht nur Chefdramaturg (trat manchmal sogar auf, wegen des Kleidergelds als Zubrot), sondern auch Oberspielleiter hier mit dem Recht, einem in die Regie dreinzureden.

Sehr lästig. Seine Triebhaftigkeit hätte fast die Szene zerstört. Er wollte nämlich, daß Bella vorn an der Rampe ihre Schachtel *Prince Denmark* verlor und sich danach bückte, den Rücken zum Parkett – bloß damit sich ihm Gelegenheit bot, ihr Heck zu begaffen, in dessen prallster Form. Prinz aber befahl dem Green Horn, ihr als Kavalier die Packung aufzuheben, um die es da ging.

„Wozu dann überhaupt?" giftete sein Widerpart. „Streichen wir doch den Zigaretten-Gag!"

„Dies verprellt uns den Sponsor", warnte Prinz. „Dann stirbt das ganze Stück. Das Rauchen gehört zu Glorias Image, so geht nun mal die Fabel! Sie hat einen Vertrag mit der Firma, der ihr vorschreibt, stets mit Zigarette da zu sein. Deshalb ist die ihr ja wichtiger als der Bademantel."

Wie auf das Stichwort erschien der Intendant, den Vertrag in der Hand. Ein Blick darauf zeigte Prinz, seine Maske saß, man sah in ihm den Regisseur mit Amerika-Erfahrung, nach dem fingierten Debüt in New York. Er fand sich hier restlos akzeptiert. Doch weil das Papier ihn, flog der Schwindel mal auf, juristisch angreifbar machte, unterschrieb er es nicht. Zwar hätte er einen fremden Namen hinkritzeln können, schwer leserlich; so etwas wurde fast niemals bemerkt. Nur lag dieser Trick nicht weit weg von Urkundenfälschung, und kriminell zu werden, das war ihm die Sache nicht wert.

Prinz bat daher Dr. Urks um Bedenkzeit und, mehr noch, um Hilfe gegen das Dreinreden des Chefdramaturgen, das die Inszenierung störe. Die wurde ihm prompt zuteil. Den Intendanten schreckte der Verlust des Sponsors. Bis vor kurzem noch hatte das Kulturministerium Ostberlins sein Haus jährlich mit anderthalb Millionen gestützt, jetzt kam kein Geld mehr von dort. Bedenken gegen den Tabak-Slogan *Come together and learn to live as friends* hegte Oswald Urks nicht. Er hätte das bloß gern verdeutscht gesehen, damit sein Publikum es als Zünder der großen Verbrüderung begriff: Kommt zusammen? Freunde immerdar? Deutsche an einen Tisch? Wir sind ein Volk? Schwestern teilen alles? Deutschland einig Vaterland? Die Vielfalt des Angebots brachte ihn aus dem Tritt.

Ernst war das Ringen um den Markt, nur die Lüsternheit stand dem im Weg. Kaum war Urks weg, da riet der Chefdramaturg dem Darsteller des Green Horn doch, er solle – um zu sehen, ob er nicht träume – der Bella an die Brust greifen. Der junge Mann hieß Tom, und er weigerte sich, aus Respekt vor seiner Kollegin. Er sagte, in solch einem Fall kneife er sich allenfalls selbst in den Arm. Der Oberspielleiter aber geriet in Rage und ging auf Bella los, um seinen Regieeinfall handgreiflich vorzuführen.

Prinz trat dazwischen. So ging das nicht weiter! Man sei in Altburg, rief er, nicht auf St. Pauli. Gewillt, es auszufechten, ließ er Bella die Stiefel und den Bademantel anziehen. „Das steigert den Reiz“, erklärte er. „Stellt euch vor, der Mantel klafft auf, da gibt´s was zu erraten. Denn, meine Herren: nicht die Nacktheit, das Geheimnis ist erotisch!“ (Ein Lehrsatz, der sich dem Praktikanten Werth so einprägte, daß er ihn noch viele Jahre später seinem Verleger Ralf Kuschel vortrug, bis der ihn sich zu eigen machte.)

Doch der Oberspielleiter murrte; das überstieg seinen Horizont. Gegen die Stiefel hatte er nichts, der Mantel aber brachte ihn so in Zorn, daß ihm der Kragen platzte und er verbittert die Probe verließ.

„Dies ist immer noch unser Land“, hörte man ihn knirschen. „Das sind unsere Menschen hier, und ich weiß, was denen fehlt!“

In der Pause schwebte Bella schön und zart zu Prinz herab. „Für Ihren Schutz bedanke ich mich“, hauchte sie. „Schieben Sie nur da ´nen Riegel vor ... Die Bühne, ein Bett – das Bett, eine Bühne! Was anderes fällt keinem mehr ein.“

Und Tom, ihr Spielpartner, legte nach: „Anstatt jetzt Stücke zu bringen, die nie gezeigt werden durften, nun das! Der Intendant verrät die Kunst, er verramscht das Theater, macht einen Nachtklub daraus. Der hat anderes im Sinn als Cocteau aufzuführen, Beckett, Sartre oder auch nur Ibsen.“

„Und er hat recht damit“, entgegnete Prinz. „Sonst bleibt ihm doch noch der letzte Zuschauer weg.“

„Dieses Stück“, sagte Tom, „ist der peinliche Kitsch von gestern. Geilheit und Sinnentleerung als Antwort auf unsere Fragen! Da prallen zwei Kulturen aufeinander. Sie sind ja wohl der Übersetzer, doch wer hat das überhaupt verfaßt?“

„Steht das nicht im Skript? Miller natürlich.“

„Henry oder Arthur?“

Prinz sah das Lauern, die Falle. Henry war seit zehn Jahren tot, vom Stoff her ließ sich *Green Horn* ihm zuschreiben; nur hatte der neben den Romanen zwar gemalt, aber kein Stück verzapft. „Arthur“, sagte er also. „Ein Nebenwerk von ihm, er hat´s nicht in die Sammlung aufgenommen, sondern aus purer Dankbarkeit dem *Elysium Theatre* vermacht.“

„Vermacht? Arthur Miller lebt doch noch."

Bella sprang Prinz bei. „Sei kein Pedant", bat sie Tom. „Nerv uns nicht, du siehst doch, der Mann tut hier sein Bestes."

„Ja, wenn das sein Bestes ist", ätzte Tom. „Und du, sei nicht so blöd! Falls du dich nackt vermarkten willst, dann besser nicht für tausend Mark im Monat. Jeder Pornofilmer zahlt dir das pro Drehtag, bei der Figur und deiner Bereitschaft zur Nudität."

Prinz hinderte Bella daran, Tom zu ohrfeigen. Später, in der Kantine, entschuldigte sie ihn. „Der Kummer in Altburg", klagte sie, „ist das Gestümper der Leitung. Die weiß nicht, was sie will. Die Chefs sind mir suspekt in ihrer Wendehalsigkeit. Da flippt einer schon mal aus."

„Habt doch Verständnis. Euer Intendant führt ein Geschäftsunternehmen, da ist ihm halt alles recht, was Erfolg verspricht und Arbeitsplätze sichert."

„Genau das ist ja das Elend! Ach, wie uns das hemmt."

„Kein Mensch stoppt euch", tröstete Prinz. „Theater ist immer Seiltanz gewesen, Bella, das muß man können, sonst stürzt man ab ... Ihr könnt im letzten Schuppen spielen, unter jedem Knilch, wenn ihr die Leute wahrhaft packt."

„Aber schaffen wir das?" fragte sie zweifelnd, mit einem Blick, der ihm den Atem nahm. „Herr Prinz, wie war denn ich zum Beispiel? Glauben Sie, mein Talent reicht aus?"

Er schwieg, ließ sie ein bißchen zappeln. Etwas an ihr warnte ihn. Jenseits der Bühne trug Bella kein Make-up, sie weigerte sich, an ihrem Gesicht herumzubessern, als sei das für sie ein Ritual weiblicher Anpassung. Er spürte irgend einen Widerstand, wie schon am Vormittag, als sie gezögert hatte, sich zu entkleiden. Und im selben Moment ging ihm auf, er war dabei, sich unrettbar in sie zu verknallen. Ein jäher Sog ergriff ihn, stark und bezwingend. Liebe auf den ersten Blick, trotz seiner 36 Jahre, da hatte er noch nie erlebt. O Gott, die Frau war wunderbar, ohne daß ihre Ausstrahlung einen direkt ansprang und versengte. Ihr Reiz lag in der Frische und Schutzlosigkeit, in ihrer Sehnsucht nach Zuspruch und Verständnis. *The time of innocence, the time of confidence* ... das Lied saß ihm im Ohr.

Ganz intuitiv drang er tiefer in die Psyche dieses Engels ein als bei all den Stars von Bühne und Bildschirm, die ihn je empfangen hatten. Wie konnte ihm, dem eiskalten Hund, das passieren? Er mußte sie haben, um jeden Preis.

Sie tranken Brüderschaft zu dem Spruch, kurz ist das Leben, ewig währt die Kunst. Dann sagte er ihr ins Ohr: „Bella, du warst eine Wucht. Ganz stark in der Zigarettennummer."

„Wieso, Magnus?" fragte sie errötend.

„Die Szene ist pornographisch, in puncto Schauspielkunst fast tot", erklärte er ihr. „Die Darstellerin der Gloria fühlt sich als Objekt, lüstern beglotzt. Da lockt sie jedes bißchen, was sich spielen läßt, und sie neigt zum Überziehen. So ging das immer in New York. Du aber hast überhaupt nicht chargiert, bei dir lief alles natürlich ab! Dein Talent steht für mich fest; du bist hochbegabt."

Das gab dem Ausschlag, es ebnete ihm den Weg. Was noch keinem vergönnt gewesen war in Altburg, er durfte sie nach Hause bringen, und nahm sogar die Hürde vor der Tür. Das berauschte ihn, es überstieg seine kühnsten Erwartungen. Wie von Sinnen war er, halb betäubt. Ja, den Schritt in ihre Wohnung, das Öffnen der Privatsphäre erlebte er als Glücksmoment, in wildem Erschauern und atemloser Vorfreude auf den Genuß phantastischer Intimität – gekrönt vom köstlichen Eindringen in Bellas schlanken, zauberhaften, lieblich duftenden Leib.

Rückschauend sah Magnus Prinz den Fehler ein. Beim Bund war er Panzerleutnant und Presseoffizier gewesen, fähig zu klarer Manöverkritik. Er hatte gelernt, man soll seine Kräfte nicht zersplittern. Gewiß, man darf sie teilen, muß es manchmal, etwa zum Zangenangriff. „Getrennt marschieren, vereint schlagen" – Moltkes Lehrsatz, der etwa an Blücher und Wellington bei Waterloo denken ließ. Das Ziel, Napoleon zu schlagen, wurde ja erreicht.

Jetzt aber lagen zwei Ziele vor ihm. Er wollte mit einer

Inside-Story dieser närrischen Bühne in Hamburg punkten, dazu noch das aufregendste Mädchen Altburgs erobern; und beides hatte wenig miteinander zu tun, es konnte sogar unvereinbar sein. Plan eins war ohnehin riskant. Er stand allein hier, ihm fehlte der Schutz seines Magazins (von dem Künstler ja glaubten, es könne ihnen durch bloße Erwähnung zum Durchbruch verhelfen). Ungedeckt auch von Bösfeld, der ihn glatt fallen ließ, wenn dies zum Eklat wurde, mit juristischem Nachspiel.

Doch der Anhauch von Gefahr beschwingt ja den Reporter. Auch kam ihm sein Outfit zugute, das Standing, das westliche Flair. Sein Auftreten und die Erscheinung – beides makellos. Und immerhin schien klar, Bella mochte ihn, sie fing an, sich für ihn zu begeistern. Er baute nicht einzig auf die Kraft seiner Kompliments, sondern mehr noch auf das Bild, das er ihr jetzt bot. Es war ihm bewußt, ein ziemlich gutaussehender, ja nahezu schöner Mann zu sein.

Über Bellas Bett hing ein Wort von Virginia Woolf: *Man kann nicht gut denken, nicht gut lieben, nicht gut schlafen, wenn man nicht gut zu Abend gegessen hat.* War diese Bedingung erfüllt? Eher nicht, fand er im Hinblick auf die Kantinenkost.

„Das geht gegen den Schlankheitswahn“, erklärte sie ihm. „Viele Mädchen hungern, weil sie sich unattraktiv fühlen.“

„Du hast gut reden. Es gilt ja nicht für dich.“

„Momentan schon, aber später? Eines Tages trifft´s doch jeden. Auch Männer werden im Alter nicht schöner. Sie werden fett, faltig, es fallen ihnen die Haare aus. Nur, wen stört das? Mann ist Mann, dem fügt sich die Frau. Sie schluckt die Schale mit – friß, Vogel, oder stirb.“

„Das sind bittere Töne“, sagte er. „Hast du vielleicht ´nen Schnaps für uns? Es gibt wenig auf der Welt, was so ein kleiner Schluck nicht in Ordnung bringt.“

Bella kam mit großen Gläsern. „Fehlanzeige“, sagte sie.

„Kein Schnaps, Mädchen? Rotwein tut´s auch.“

„Nein, Magnus: kein Sex. Wenn du meinst, ich lege mich gleich hin – Irrtum. Bei aller Sympathie, das muß klar sein zwischen uns.“

„Laß mich raten. Es ginge dir zu schnell. Du wirfst dich niemals weg, schon gar keinem Wessi an den Hals."

„Damit hat es nichts zu tun."

„Du trennst grundsätzlich das Private vom Beruf."

Sie schüttelte stumm den Kopf.

„Also dann – du bist Christin", fuhr er fort. „Die Kirche schätzt nur, was der Fortpflanzung dient. Für den Papst ist Sex pur immer Sünde gewesen. Ihm wär´s lieber, die Leute würden das lassen."

„In der Bibel", sagte sie, „steht ja allerhand von Liebe, aber Sex ist nie damit gemeint. Wo´s um den geht, da heißt es meistens: `Und er erkannte sein Weib´. Die Frauen allerdings `erkannten´ ihre Männer nie, das fiel mir schon mit vierzehn auf."

„Bella, was ist eigentlich los?" fragte er. „Kein Mensch drängt dich, trotzdem schiebst du gleich ´nen Riegel vor. Dem Klatsch nach bist du die einzige im Ensemble, die nur auf der Bühne Liebhaber hat. Dabei reichte ein Wink mit dem kleinen Finger ..."

Sie schwieg ein paar Sekunden, dann gab sie sich einen Ruck und sagte: „Ja, weißt du, Magnus, irgendwie vertraue ich dir. Auf die Gefahr hin, mich zu irren, und daß du´s nicht schaffst, den Mund zu halten: Wärst du ein Mädchen, alles würde in Ordnung sein. Sieh mal, ich bin lesbisch ... Tut mir leid, für dich und für mich."

Prinz kippte den Wein hinter, das ganze Glas. Ihm war, als stürze er ab und pralle auf Beton. „Ich wußte, daß es einen Grund hat", seufzte er, nicht ohne zu merken, welch dummer Satz ihm da entfuhr.

„Aus diesem Grund bin ich auch hier", sagte sie. „Meine Partnerin hat mich verpetzt, in Berlin. Bei der Sicherheitsüberprüfung vor einem Gastspiel drüben bei euch, da kam´s heraus. Und daraufhin hieß es wie üblich: Ab nach Altburg."

„Sei bedankt für deine Offenheit", stammelte er. „Ehrlich währt am längsten. Trotzdem, das darf das Ende nicht sein. Es vertieft noch mein Gefühl. Ich bin sicher, Bella, es gibt dennoch einen Weg für uns zwei ... Die meisten Menschen, denk ich mal, sind im Grunde doch bisexuell. Da mischen sich in uns die Komponenten. Vielleicht gelingt es mir doch, dich ans andere Ufer zu führen."

„O weh, das klingt mir sehr bekannt." Bella lächelte herb, sie goß ihm nach. „Da muß nur der richtige Kerl kommen, wie? Die muß bloß tüchtig zugeritten werden, ja?"

„So hätte ich es niemals ausgedrückt."

„Aber genauso denkt ihr doch! Nimm zur Kenntnis, Magnus, das Faktum eurer Männlichkeit wird da gewaltig überschätzt."

„Nicht von mir", versicherte er. „Wenn du auf meinen elften Finger anspielst, von dem könnte ich mich notfalls sogar trennen, falls uns sonst gar nichts anderes bleibt."

„Magnus, bitte, sei kein Clown! Laß uns ernsthaft reden, wir sind nicht auf der Bühne. Du gefällst mir ja, also laß uns Freunde sein. Du bist hier hart gefordert mit der Regie, da entlastet es dich doch, bei mir nicht balzen zu müssen."

Gut gemeint, doch das war für ihn keine Lösung. Er spürte es ja knistern zwischen ihnen. Wie ihr nur helfen, heraus aus dem Kerker ihrer Perversion, sie wachküssen wie der Prinz im Märchen ... Und plötzlich ging ihm auf, wie das zu schaffen sei.

„Ich schreib das Stück um, noch heute Nacht", versprach er ihr. „Aus dem Green Horn mach ich eine Grit! Also der Bildreporter wird zur Frau, und du verliebst dich in sie, ihr zwei seid ein Paar."

„Echt? Magnus, das könntest du wirklich tun?"

„Kein Problem. Paß auf, Bella, das sprengt die Fesseln der Konvention, du hast dein Coming out auf der Bühne, bekennst dich zu dem, was dich bewegt ... Die Zensur der Partei ist tot, die Freiheit bricht an."

„Aber was wird Arthur Miller dazu sagen?"

„Mit dem kommen wir schon klar, ich rufe gleich bei ihm an. Arthur ist viel zu tolerant, um etwas zu verweigern, das emanzipatorische Akzente setzt."

„Bleibt immer noch die Sturheit der Intendanz."

Prinz wischte das weg. „Dem Urks sagen wir, wie es ihm aufhilft, wenn sein Haus Furore macht mit dem ersten deutschen Lesbenstück! Das stellt manch anderes Highlight in den Schatten."

Er geriet in Glut. *Grit Horns Erweckung* sollte das Stück nun heißen. Und die Idee zündete, sie riß Bella mit; ihr kamen selber hübsche Einfälle. Allerdings, den Titel fand sie gestelzt, ihr schwebte ein anderer vor: *Coming out*, das schien ihr treffender und diskreter.

Prinz gab zu bedenken, dies würde das Kleinstadtpublikum kaum kapieren. Sie aber hielt dagegen, unter diesem Titel sei ein Film von Heiner Carow gelaufen, und fast zum gleichen Thema, dem Schwulsein bei Männern. Außerdem, letztlich spiele man hier stets mit dem Blick auf Berlin, wolle dort bemerkt und anerkannt werden. Das sei schon mit Frank Castorf so gewesen, und die Berliner wüßten durchaus, was da gemeint sei.

Also stimmte Prinz ihr zu. Eine dritte Variante, die da aufblitzte in ihm, stellte er zurück. Dem Dr. Urks zuliebe hätte er das Stück gern *Der Duft der Frauen* genannt, nach jenem Hollywood-Film mit Al Pacino. Dank seiner olfaktorischen Prägung würde der Intendant die Umbenennung mögen. Doch Bellas Titelidee hatte Vorrang; er wollte ihr in jeder Hinsicht entgegenkommen.

„Ist es schlimm, daß es den Titel schon gab?" fragte sie.

„Überhaupt nicht. Da wird munter abgekupfert, am laufenden Band. Denk dir, der Rezensent Helmut Karasek will den Rückblick auf sein Leben `Süßer Vogel Jugend´ nennen, nach dem Stück von Tennessee Williams."

„Das ist eine gute Adresse."

Er gab ihr recht. Sein Plan schien wasserdicht zu sein. Die heimliche Absicht war, Bella mit dieser Therapie zu läutern. Durch den Zwang zur Selbstdarstellung konfrontiert mit ihrer Sucht, sollte sie merken, wie wenig Erfüllung, welch ein fragwürdiges Glück ihr die bot. Daß sie öffentlich für Weiberliebe eintrat, würde ihr helfen, die zu überwinden, ganz privat für sich.

Ein psychologischer Trick, wer wollte ihm den verdenken? Flankierende Schritte sollten die Heilbehandlung stützen. Es mußte in Altburg für Bella eine Partnerin geben, die sie besonders abstoßend fand. Bei der Probe glaubte Prinz bemerkt zu haben, daß sie die langbeinige Yvonne überhaupt nicht mochte; der würde er folglich die Rolle der Grit geben. Nach seiner Erfahrung waren weibliche Stars sich oft spinnefeind; und zwar noch heftiger als ihre Kollegen, die gockelhaften Schauspieler, einander zuwider sind. Da konnte es eigentlich nicht ausbleiben, daß Bella begriff, was sie an ihm hatte, wenn sie nach der Arbeit kraftlos, gepeinigt durch Yvonnes Nähe, in seine Arme sank.

Er nahm von ihr Abschied in guter Haltung. Es läuft perfekt, dachte er auf dem Heimweg: Homosexualität ist heilbar! Jedenfalls war es viel besser, Green Horn zu entmannen, als ihn. Die Sache würde unblutig und nicht gar so unwiderruflich sein. Es war genial, ein toller Streich. Die wilde Lust, zu spaßen und neue Szenen zu ersinnen, voll von funkelndem Witz, beflügelte ihn.

Nach der rastlos schreibend verbrachten Nacht kündigte Prinz seinem Chef die Wendung an. Es schien ratsam, dem zu sagen, weshalb er etwas länger wegblieb. Da das Ferngespräch mit Hamburg im Gasthof nicht zustandekam, versuchte er's vom Postamt aus. Ein langwieriges Unterfangen, das wohl durch Handvermittlung und die antiquierte Technik nervtötend verzögert wurde. Endlich aber hatte er Bösfeld am Ohr und setzte ihn ins Bild.

Wie erwartet gab der sich schockiert. „Was denn, Sie inszenieren dort, und auch noch ein Lesbenstück?" hörte Prinz den schnauben; durch die ganze Länge der Leitung teilte sich ihm dessen Widerstand mit. „Kein Bedarf, Magnus. Was soll uns das? Ich hoffe bloß, Sie lassen uns da ganz heraus."

„Gewiß, das geht auf meine Kappe. Wenn Sie wollen, verstecke ich meinen Presseausweis."

„Sehr witzig", schnappte Bösfeld. „Wir sind nicht bereit, Ihr Vorgehen zu decken. Merken Sie überhaupt, was Sie da tun? Mir scheint, das verrät wieder mal Ihre Münchner Wurzeln, mein Lieber."

„Wieso das, bitte?"

„Vom PLAYBOY, da kommen Sie doch her. Kennen Sie wenigstens noch dessen Untertitel?"

„Na sicher", sagte Prinz, gestört durch ein Rasseln im Hörer. Es klang, als ringe Bösfeld nach Luft. „Alles was Männern Spaß macht."

„Schön, daß Ihnen dies noch geläufig ist. Aber verinnerlicht haben Sie´s nicht. An Lesben nämlich hat man kaum Spaß, die brauchen uns nicht. Da fühlt sich mancher Leser unwohl, ja bedroht."

„Bedroht, Herr Bösfeld?"

„In seinem Privileg, die Frauen zu beglücken! Das stößt nicht nur Machos vor den Kopf."

„Sehen wir´s doch mal nicht so eng", sagte Prinz. „Fakt ist, hier steht der Bühnenskandal des Jahres an."

„Und wenn schon! So setzt man seinen Ruf aufs Spiel, Sie verdammter Narr ..." Bösfeld schimpfte vorsichthalber englisch, im Hinblick auf ostdeutsche Ohren. Er hätte bequem auch ins Spanische oder Französische wechseln können, man wurde kaum Kulturchef dort, ohne polyglott zu sein; doch die Sprache der Weltmacht lag näher.

Es lockte Prinz, ihm zu sagen, dieser Ton schade seinem Ansehen (*if you want to save face, keep the lower half shut*). Stattdessen versprach er ihm bald Umwerfendes von hier (*I´ll soon be back with breaking news about the cultural war theatre in Near East*).

Das immerhin ließ den Kulturchef stutzen, er hörte nochmal zu. „Wir haben das exklusiv", betonte Prinz. „Ein Coming out auf der Kleinstadtbühne, das mischt uns nicht bloß halb Vorpommern auf, es gibt der sterbenden DDR den Rest. Ein Todeskuß, kulturmäßig ..."

Kiss of death, culturally. An dem Punkt riß die Verbindung ab, sie war auch nicht wieder herstellbar. Die Gesprächsdauer schien begrenzt; der dünne Draht von Ost nach West verdarb einem die Verhandlungskunst.

Und es kam noch ärger, als der Intendant Prinz zu sich rief. Das geschah erst am Nachmittag. Vorher hieß es, er sei beschäftigt. Womit, das lag ja auf der Hand: mit der Neufassung des Stücks, wohl ein echter Aufreger für den Dr. Urks. Und selber war Prinz schon nicht mehr topfit. Die schlaflose Nacht! Der Kopf sank ihm beim Warten mehrmals auf die Brust.

Bei seinem Eintritt stand Urks nicht auf, sondern verharrte, als sei auch ihm nicht ganz wohl, brütend am Schreibtisch, dicht unter Schillers Wort: Leicht beeinander wohnen die Gedanken, doch hart im Raume stoßen sich die Dinge. Eben das schien passiert zu sein. Wieder hatte er den jungen Werth bei sich, der betreten wirkte. „Sie liefern uns da eine Überraschung“, begann Urks und wies auf das Skript vor ihm.

Prinz hörte ein Befremden heraus. Groggy, wie er war, gelang es ihm nur, das beschwichtigend zu zitieren, was da über dem Messingtrichter des Grammophons an der Wand hing: „Und find ich gleich nicht alles wie es soll, ich freue mich, wenn es erträglich ist.“

Der Intendant ging darauf nicht ein. „Sehr mutig von Ihnen, wirklich kühn“, sagte er, ohne Prinz den Platz vorm Schreibtisch anzubieten, was seinem Adlatus spürbar peinlich war. Dr. Urks kreuzte die Arme vor der Brust, er stieß heraus: „Ich weiß alles.“

„Kein Mensch weiß alles“, gab Prinz zurück.

„Ich weiß, daß Sie ein Reporter sind“, fuhr Urks halblaut fort. „Aber Sie waren doch auch mal ein Mensch, nicht war?“

Das klang schneidend, es verschlug Prinz die Sprache.

„Annabel hat mir das schon erklärt, den tollen Plan. Ich darf doch hoffen, der Autor des Stückes billigt Ihre Version?“

„Ja, gewiß. Wir haben schon miteinander telefoniert.“

„Ach, wirklich?“ Die Auskunft verschwand hinter Urks′ Pokerface. „Das freut mich zu hören. Demnach heißt der Autor Bösfeld und leitet die Kulturredaktion einer Hamburger Zeitschrift?“

Prinz blieb die Luft weg, wie bei einem Schlag in den Magen. Mit weichen Knien setzte er sich, ungebeten. Wer zum Teufel hatte dem Kerl das bloß gesteckt? Kleinstadtklatsch erklärte das nicht. Dies war ein Lauschangriff, war Spionage! Verschenkte Urks Freikarten im Postamt, an seine Spitzel? Die Situation hatte etwas dermaßen Verrücktes, daß Prinz einen Lachkitzel in sich aufsteigen fühlte. Dem widerstand er, mußte sich wehren. „Sie mögen glauben, mich überführt zu haben, aber das täuscht", sagte er. „Das kommt Ihnen nur so vor ... Also gut, der Autor bin ich."

„Ihnen glaube ich gar nichts mehr´"

Prinz sah die Veränderung zum Bösen. Sonst perlte Schelte an ihm ab, er war schwer zu beleidigen, doch jetzt kam es knüppeldick. „Green Horns Karriere", rief der Intendant. „Das Greenhorn sind Sie! Und was für ein Früchtchen! Um bei Euch voranzukommen, muß man wohl nur anderen in Gesicht spukken, wie?"

Dieser Ton verblüffte Prinz, denn Urks war kein Typ, der seine Deckung so vernachlässigte, daß er ausfallend wurde und die Beherrschung verlor. Doch anstatt zu erschrecken, überkam ihn erneut ein Schwall von Galgenhumor. Prinz sah die Bestürzung des jungen Werth, er sah das Farcenhafte dessen, was da lief, und kämpfte erfolgreich ein Kichern nieder, das den anderen tödlich gereizt hätte. Dies hinderte ihn daran, beherzt zu antworten. So übel die Szene auch war, ihre Komik setzt ihn matt.

„Den *kiss of death* wollten Sie uns geben", sagte der Intendant, womit er seine Quelle verriet und zugab, daß einfaches Englisch ihm nicht fremd war. „Und ganz nebenbei noch unser Schmuckstück vernaschen. Tja, ein bißchen viel! Haben Sie nicht auch den Eindruck?"

„Das war nicht mein erster Gedanke."

„Nein, aber der letzte. Denn was dann noch von Ihnen kam ..." Dr. Urks tippte auf das Skript – verbittert, als sei es ein Text der PDS oder das Werk eine Kinderschänders. „Dafür stehen wir nicht zur Verfügung! Wissen Sie, wir sind auch nicht ganz von gestern. In diesem Haus wird schon noch überlegt und aufgepaßt. Das muß Ihnen in Ihrer elitären Hochnäsigkeit und Arroganz entgangen sein."

Laß ihn Dampf ablassen, im Stil seiner Bühne, dachte Prinz. Gewiß befreit ihn sein Ausbruch. Wie manch ein Chef in wirren Zeiten hat er, im Chaos der Vereinigung, das Plätschern im Ungefähren zu seinem Prinzip gemacht. Nun findet er zu sich selbst im Kampf gegen ein Feindbild, den Westeinfluß, für den er, Prinz, bloß der Popanz war. Na, das ging ihm am Arsch vorbei. Seit seiner Zeit beim Bund war er stolz auf sein Talent, Kränkendes wie ein Schwamm aufzunehmen, ohne sichtbare Verletzung. Aber was in ihm doch überwog, war das Gefühl der Niederlage, eines doppelten Desasters: er verlor mit der Altburg-Story auch seinen privaten Traum vom Glück. Schwer zu sagen, was schlimmer war.

Während er aufstand, noch immer stumm, erhob sich auch der Intendant. Er hob auch die Stimme, das geschulte Organ eines Mimen, der selbst dann noch, wenn er flüstert, den letzten Zuschauer erreicht. Und jetzt flüsterte er nicht, sondern zog den Ton hoch wie bei einem Drama von Schiller, während sein Assistent in einer Art Schockstarre sich gar nicht rührte. „Wer Wind sät, wird Sturm ernten! Den Bühnenskandal des Jahres wollten Sie schaffen", rief Urks und wies ihm, ganz Tragöde, mit großer Geste die Tür. „Das *coming out* inszenieren? Es sei Ihnen vergönnt, mein Herr, denn jetzt, in diesem Moment, fliegen Sie bei mir raus! Weg, weg, Sie Schuft, Sie Mistkerl, Sie Intrigant – oder meine Schauspieler machen Ihnen Beine!"

Das ging zu weit, es überschritt die Höchstnotpeinlich-Grenze. Prinz wurde flau. Urks war viel kleiner als er, aber bewehrt mit seinem Seehundbart, zeigte der Kampfzwerg klare Kante. Vor ihm und den Seinen fühlte man sich schlecht, ein bißchen wie der General Custer damals am Black Hill. Eben noch durchpulst von Heiterkeit und erbaulichen Visionen, sank sein Mut auf Null.

Welch ein Sturz! Nach grußlosem Abgang erreichte er den Gasthof, vor dem sein Wagen stand – gehetzt, weil in Furcht, jemand sei ihm vorausgeeilt und habe die Reifen zerschlitzt. Provinzmimen sind zu allem fähig. Doch das Auto war heil, man folgte in Altburg der Losung des Herbstes: Keine Gewalt! Trotzdem, den Rausschmiß verzieh er Urks nicht und beschloß, die Nähe des Namens zu dem Wort Murks zu streifen. Selbst wenn das sein Niveau unterschritt und abwich vom Stil des Magazins, das in die Jahre gekommen und ehrbar geworden war, dies würde Magnus Prinz sich nicht verkneifen.

Die Rast in Ribnitz bot Anlaß zum Besinnen. Unten am Hafen strolchten Urlauber durch den sonnigen Abend. Normales Publikum im Postsozialismus, mit Kamera und Eis am Stiel, vor Zeesbooten auf dem Saaler Bodden, die da alte Zeiten simulierten. Ein Bild, das Prinz ins Grübeln brachte. War die Jagd nach Quote und Erfolg, der er sich da verschrieb, wirklich das Gelbe vom Ei? Immer noch schneller, noch härter, genauer und packend sein, damit die Auflage stimmt – Junge, da hängt dir die Zunge zum Hals heraus.

Die Gemengelage in der Kulturredaktion fiel ihm ein. Längst keine Insel reinen Geistes mehr. Bösfeld an der Spitze, bleich wie ein Rivale. Wie man handeln soll, das wird von ihm in Anweisungen gegossen. Ignoriert man die, kennt er kein Pardon. Dabei ist der Flop jetzt seine Schuld. Hätte Bösfeld spanisch parliert, wär man niemals aufgeflogen. Statt *kiss of death* also *golpe de gracia* gesagt, Gnadenstoß, das hätte in Altburg kein Mensch kapiert.

Das Resümee, fürs erste sprach Prinz es am Hafen dort auf Band. *Altburg braucht kein Theater, es braucht einen Exorzisten. Einen, der die letzten Zuträger und geheimen Mikrofone aufspürt, die Geister der Vergangenheit vertreibt und den Hexenbann bricht. An der Bühne von Altburg weicht man Problemstücken aus, dort jedenfalls findet die Revolution nicht statt. Aber die Wende! Oswald Urks' Wende. Der Intendant wird sich mit keinem Stück belasten, das „die Leute hier nicht sehen wollen". Er hofft auf einen Sponsor aus der Tabakbranche und auf Gastspiele des Ohnsorg-Theaters oder der rheinischen Narren Willi Millowitschs.*

Bella – adieu, meine Liebe! Einen wie mich triffst du nie

wieder ... Prinz roch noch den köstlichen Duft, er riß ihr Bild aus seinem Herzen und schloß: *Der Raps glüht. Hinter mir versinkt die alte Stadt im Abendlicht, abgebrannt in Pommerland. Bleibt die Frage: Führt Dr. Urks, der sich seit kurzem über den Spitznamen Ossi Murks freut, seine wendebewegte Spielschar in den fröhlichen Provinzkapitalismus seichter Kleinkunst? Nun, er bemüht sich, und das könnte ihm gelingen – es sei denn, 45 Jahre kommunistischer Diktatur haben selbst dafür das Fundament zerstört.*

Siebtes Kapitel

WINTERBILD

Willy Werth also hat dieses Buch für mich verfaßt, munter in der Ich-Form, die er für leicht lesbar hält. Ja, sie ist eingängig bis suggestiv. So hat die Story sich glatt erzählt, flott kam sie aus seinem Computer, ganz plausibel, manchmal etwas drastisch. Mit ihm war ich gut bedient, einen kesseren Ghostwriter gab es nicht zwischen Rostock und Greifswald. Auch blieb unser Umgang erträglich. Den üblichen Dünkel fand ich komödiantenhaft gedämpft, wenn da zum Beispiel an der Tür seines Arbeitszimmers stand: *Silence please, genius at work.*

Er ist schon ein Filou. Und natürlich trug er in puncto Erotik dick auf, nicht bloß seinem Verleger zuliebe, auf den er da gern verweist: *sex sells*, stimme die Kasse, rette dies das Haus. Nein, er tat es mit Wonne, mit Spaß am Derben und einer Neigung zum Porno, die auch seine eigene Geschichte vom „Todeskuß" trägt. Das spürt man auf mancher Seite, doch hab ich ihn da kaum gebremst, weil dies tatsächlich in mir selber steckt, als mein Dunkelfeld. So nennt es Bettina, mehr belustigt als tadelnd, bis jetzt.

Noch knapp zu verkraften: Willys Spottlust, sein Faible für Spaß auf fremde Kosten. Aller Humor sei letztlich schwarz, hat er mir dazu erklärt. Noch nie habe sich jemand über Positives, rundum Erbauliches amüsiert. Wer lacht denn über das Gute und Schöne? Nur Idioten oder Babys! Lachen sei gesund und Schadenfreude die reinste Form seelischer Hygiene; der könne niemand sich entziehen.

Im Streit mit ihm ging mir auf, daß man Wichtiges besser gutgelaunt und unverkrampft vorträgt, möglichst spaßhaft – mal mehr, mal weniger subtil. Humor macht froh, für den Moment der Pointe; ein kurzer Belohnungseffekt wie beim Orgasmus. Ein Jux aus den 60er Jahren sollte mir das verdeutlichen: Willy Brandt trifft Walter Ulbricht. Auf Einklang aus,

Wandel durch Annäherung, sagt Brandt: „Ich habe ein Hobby, ich sammele Witze, die Leute über mich erzählen." Erwidert Ulbricht: „Mein Hobby ist ähnlich, ich sammele Leute, die Witze über mich erzählen."

Worauf das hinauslief, war ja klar – auf Verblüffung. Die jähe Wendung löst den Lachreiz aus. Doch hier zu Lasten der DDR, das mißfiel mir, daher konterte ich : „Zehn Jahre vorher trifft der britische Außenminister Ernest Bevin seinen sowjetischen Partner Molotow. Sagt Bevin: ‚Sie sind doch, wie Ihr großer Lenin, Sohn eines höheren Beamten? Ich allerdings, als Labour-Mann, bin ein Arbeiterkind – seltsam, wie?' Antwortet Molotow: Macht doch nichts, Ernest; haben wir eben beide unsere Klasse verraten'."

„Nur zu", rief Willy. „Ich sehe, wir verstehen uns. Es läuft auch umgekehrt. Das Leben ist zu grotesk, als daß man es durchweg ernst nehmen könnte. Spaß treibt das Denken an, sogar politisches Denken, und zwar in jeder Richtung."

Ansonsten verbat er sich Einspruch gegen das Schweifen seiner Phantasie. Das freie Fabulieren war ihm heilig. Nichts dient da eigener Befriedigung oder der Stimulation des Lesers, schwor der verrückte Kerl, alles dem Nachdenken, der Reflexion. Aber gewiß, Kunst soll es sein und Wind soll es machen: Furor poeticus. Ein Besinnen auf krisenfeste Werte tut jetzt not. Es sind schlimme Zeiten, längst dringt der Tabubruch vor, der Voyerismus, oh! Lieber als an Geld, das ihnen langsam abhanden kommt, denken die Menschen heute an Sex, dessen sie sich noch erfreuen. Und er fügte hinzu: Das bringt einen Wettbewerbsvorteil auf dem hart umkämpften Markt der Aufmerksamkeit. Wo immer Kultur dieses Dunkelfeld betritt, da kommt sie den meisten Zielgruppen entgegen ... Schluß der Debatte!

Nicht für mich. Störend nämlich: Willys Schwärmen für die Klassiker seines Fachs. Er konnte partout nicht umhin, sich auf den großen Friedrich Schiller zu berufen. Da mischte ich mich denn ein, um ihm andere Zitate auszureden. So blieb ein Wort von Franz Kafka, an dem er hing, hier schließlich weg. Es lautet: „Dieses ganze Schreiben ist nichts als die Fahne des

Robinson auf dem höchsten Punkt der Insel." Auch Heiner Müllers „Optimismus ist Mangel an Information" ließ ich nicht zu. Das wollte er sogar dem Buch voranstellen. Meine Geschichte aber, so sagte ich ihm, kann solchen Schmuck entbehren ... Er hat sich freilich nicht gescheut, Kafka und Müller durch Schiller zu ersetzen, mit einem Spruch, der auf uns Wendeverlierer zu passen scheint.

Nachträglich tut es mir dennoch leid, manches verhindert zu haben; zum Beispiel das Wort „Es gibt keinen Neuschnee". Kurt Tucholsky, von dem es stammt, hat in einem Essay damit sagen wollen: Was du auch Köstliches oder Böses erlebst, immer ist das gleiche schon jemandem vor dir passiert. An dieser Erkenntnis kommt keiner vorbei, mir drängt sie sich derzeit hemmend auf. Denn als das nervtötende Duell zwischen Pelzer und Löw vorüber war, blieb etwas wie Langeweile in mir zurück; wurzelnd in winterlichem Trübsinn, meiner Routine und einer bisweilen recht läppischen Pedanterie.

Ein tristes, lähmendes Gemisch, und es fand sich – außer bei Bettina – in diesen Tagen überall. Den Darß mied ich, diesen Märchenwald, der vereisten Pfade wegen. Mein Blick hing folglich an den Dünen, über die der Wind pfiff, oder er glitt über das aufgewühlte Meer bis an den Horizont, wo Schiffe schwammen, schattenhaft, in Dunst gehüllt. Die Dorfstraße aber lag verödet, daran bemerkte ich nur noch, was neu war.

Das Bubble-Haus auf der Seeseite etwa, jenes schilfgedeckte Doppelei eines reichen Bauherrn. Seit einem Jahr hält es die Handwerker auf Trab, sie kriegen es nur mühsam dicht. Auch die enorme Baugrube des künftigen Kurhauses zieht mich an; sie verschlingt den halben Schifferberg. Oder das nette Haus „Seezeichen" in seinem vornehmen Elfenbein und Grau, sparsam betupft mit magischem Violett. Der mystisch-dezente Anblick hatte im Herbst unseren Bundespräsidenten verlockt, nebst Gattin dort zu weilen; den Mann, dessen Beliebtheit im Volk ja selbst ein Mysterium ist – ein Held des Systems schließlich, das uns die Rezession beschert hat, ohne daß sein ökonomischer Sachverstand dies kommen sah oder ihn jemals zweifeln ließ am Segen der Markwirtschaft, blieb sie nur rein und frei: unverwässerter Kapitalismus eben.

Durch das Dorf südwärts radelnd, begrüßte mich vor dem letzten Haus links oft ein Greis, winkend und krähend, als einen Gleichaltrigen, den es hinaustrieb wie ihn selber. Dort bog ich ab zum Boddenufer, wo andere den Frost nutzten, um Schilfrohr zu schneiden für ihre Dächer. Dann war mein Ziel das Landhaus „Morgensünn", des tollen Schwimmbads wegen. Vor 15 Jahren, als es noch gar nicht stand, hatte ich der Besitzerin einmal geholfen, ein Wandbild zurückzuerlangen, das jemand aus ihrem Landhaus „Susewind" hatte mitgehen lassen. Zum Dank durfe ich den wohltemperierten Pool – einen der drei im Ort, die Tageslicht erhellt – wie ein zahlender Gast besuchen. Reizvoll geformt, hat er auch Strömungsdüsen; Landschaftsmalerei bedeckt die Wände und gaukelt einem vor, am Strand zu sein. Ein traumhaftes Panorama, der Blick reicht vom Seebad Kühlungsborn bis zum Leuchtturm am Darßer Ort ... Vorteilsnahme? Nach meinem Abgang bei der Kripo Rostock kann es keiner mehr so nennen. Doch welch ein Genuß! Kommt man zur Mittagszeit, liegt die Halle, tropisch erwärmt, angenehm leer im Geplätscher des Wasserspiegels.

Bedenklich bloß, wie eisern ich selbst das betrieb, diese Art Wintersport. Der Rhythmus von Brust-, Kraul- und Rückenschwimmen war mir wichtig. Ständig den Schwimmstil wechselnd, drehte ich drei Dutzend Runden, dann war das Training um, die gesundheitsfreundliche halbe Stunde. Lief das nicht gar zu geplant und systematisch ab? Ähnlich kontrolliert, wie ich mir auch die Zähne putze, dreimal täglich genau zwei Minuten lang? Oder mein Essen koche, mit minimalem Aufwand, eingespielten Handgriffen, zeitsparend, rationell.

Vieles war bei mir auf Wirksamkeit getrimmt. Ich tat es aus dem Kopf, nicht aus dem Bauch heraus, und das hieß ohne Lustgewinn, zunächst. Genugtuung kam erst später auf, nach erfüllter Mission. Pflichttreue wird oft unterschätzt und Pedanterie gar ist verpönt, sie gilt als so lachhaft wie Bürokratie. Trotzdem ist all das unverzichtbar, schützt es doch vor Chaos, Trägheit und Verschwendung, aus meiner Sicht. Ein scharfer Tadel, der dazu einst von Jenny gekommen war, meiner zweiten Frau, stimmt mich da nicht um. „Perfektion ist unmenschlich", hatte sie zornig erklärt, „und hochgradiger Ordnungssinn ebenso lebensfeindlich wie die vermeintlich unfehlbare, bis zur letzten Konsequenz geführte Idee – eure bombastisch zelebrierte wissenschaftliche Theorie! Du bist eben ein Zwangscharakter, der typische Polizist."

Gut, das war lange her. Die Hektik der Wendezeit entschuldigte vieles. Auch Jennys Gegenentwurf fiel mir wieder ein, ihr argloser Anarchismus. „Mich reizt es immer, wenn´s anders läuft als geplant. Ohne System und Programm, Genosse Ehemann. Verliebtsein, das fängt auch nicht jubelnd an, strikt nach Plan, sondern leise und zaghaft. Die Empfindung steigert sich, so ist es schön. Du bist nicht mit einem Schlag total verzückt. Das große Gefühl beginnt mit der Winzigkeit einer kleinen Freude. Und die wächst an, wird zur Lawine, bis sie dich restlos begräbt."

Begräbt? Jetzt doch noch nicht. Der Schlußpunkt nämlich lag gleichfalls fest. Nach meiner Prognose waren es noch vier Jahre his zur Bestattung. Soviel verblieb mir laut Plan. Denn als ich den in den 60er Jahren entwarf, da hatte die Vernunft mir 72 Lebensjahre zugeteilt – damals das Durchschnittsalter des deutschen Mannes. Die Zahl 72 gefiel mir schon deshalb, weil sie durch acht oder neun weitere Zahlen teilbar ist; speziell durch die Zwölf. So ließ sich mein Leben als ein einziges Jahr denken, wobei jeder Monat für sechs wirkliche Jahre stand. Das tat meinem Ordnungssinn gut: zwölf Kapitel, klar gegliedert; ein Lob der Effizienz.

Nach dieser Rechnung langte ich eben im meteorologischen Winter an. Mein fiktiver Kalender hatte den 11. Dezember erreicht, da folgten bloß noch ruhige Tage ... Nur, wenn die Kunst der Ärzte fortschritt und ich selber halbwegs sportlich blieb, dann galt das am Ende nicht und ich trat vielleicht erst mit 84 ab! Ein Verstoß gegen die Plandisziplin, durch den es für mich erst Ende Oktober war und mir noch etliches drohte: Herbststürme, Stürze vom Fahrrad oder Partnerverlust, wie gehabt.

In letzter Zeit ertappte ich mich dabei, im Regionalblatt die Todesanzeigen zu lesen. Selbst wenn man sie nur überfliegt, fällt einem auf, daß Frauen deutlich älter werden als Männer; wie geht das zu? Willy Werth hat mir erklärt: „Die saufen weniger und bewegen sich mehr, da lebt man halt länger, besonders als Witwe." Und dazu noch Oscar Wilde zitiert: „Die Arbeit ist der Fluch der trinkenden Klasse." Aber war das nicht auf die Oberschicht gemünzt, und ist es nicht eher Erwerbslosigkeit oder auch Leistungsdruck, was den Griff zur Flasche fördert? Ich rücke hier ab von Willys wenig salonfähigen Thesen ... Ergab freilich meine Presseschau, daß da Leute starben, die jünger waren als ich, so streifte mich manchmal ein makaberes Behagen, für das es gleichfalls keine Entschuldigung gibt.

Der beschämende Impuls schlägt um in Kummer, wenn es ein Weggefährte ist, der da geht. Es muß gar kein Freund gewesen sein. Mich betrübt es schon, wenn ein vertrautes Gesicht vom Bildschirm des Fernsehers für immer verschwindet. Bekannte von früher treten ab, etwa der Oberstleutnant Fink, mein Widersacher einst, kein angenehmer Mensch, und doch! Auch Hilmar Zelter, viel jünger als ich, ist tot. Dieser Blondschopf aus der August-Bebel-Straße, der mir Anfang 94 nochmal begegnet ist, da schon Mitarbeiter einer Kieler Detektei. Verkehrsunfall mit 52, hat Uta gesagt, Zelters schmucke Exfrau. Bevor ich zu Nina fand, half Uta mir über manches hinweg, in den Wirren der Wende, als wir für kurze Zeit ein Paar gewesen sind.

Ja, wo sind sie geblieben, die Frauen, die meinen Weg gekreuzt haben? Jenny, die klügste von ihnen, sitzt im Schweriner Landtag, nachdem sie zur SPD gewechselt ist, um nicht wie andere Stars der Wende von der Bühne zu verschwinden ... Ich starre ins Leere, bemüht, Vergangenes zu sichten, es zu ordnen – oft überschwemmt davon, kläglich und komisch in meiner tagträumenden Tristesse. Bilder aus der Kindheit über die Glückshoffnungen der Jugend bis zu den einsamen Jahren. Und wie um solche Erinnerungen zu verklären, rufe ich die Melodie der „Großen Sehnsucht Nummer 7“ ab aus dem akustischen Gedächtnis. Dieser Ohrwurm ist eine Insel der Innigkeit für mich: staunende Freude, umspült von der närrischen Schwermut eines Alten, in dessen Kopf längst Verschollenes spukt; eine Kette von Gedanken, die nicht enden will. Jemand aus dem Dorf hat einen Text dazu verfaßt, das Lied auch gesungen und es „Wunderbare Welt“ genannt.

Aber stimmte denn das, war die Welt so verheißungsvoll? Daheim am Schreibtisch fragte ich mich das. Zeitweilig war sie gewiß so schön, wie vom Titel suggeriert, und nicht nur in der Jugend. Ich durfte doch auch zufrieden sein, bis jetzt. Alles um mich her wirkte freundlich, war heiter und lieb durch Bettinas Nähe. Es lockte einen, mit ihr ins Freie zu gehen, wo das Schmelzwasser am Dach zu Eiszapfen gerann und der Frost die Zweige der Silberpappeln weiß überzog. O ja, das war Armstrongs *wonderful world*, zauberhaft leuchtend im Februarlicht. Und trotzdem für unendlich viele andere, vermutlich auch einmal wieder für mich: *mondo cane*. So hatte ein Italiener sie bitter genannt, die „Hundewelt“ der Unterschicht, all der Elenden und Kranken, der Ausgestoßenen und Bettelarmen – von den Slums am Rand funkelnder Metropolen bis in die Finsternis der Dritten Welt, wo man jung starb, als herzzerreißendes Opfer unmenschlicher Ausbeutung.

Hör auf, plag dich nicht, raunt eine Stimme mir zu. Grübeln drückt nieder und ändert nichts, damit ist dieses Leben nicht zu führen; es wird düster, ungenießbar, verliert seinen Sinn. Auch du lebst nur einmal und deine Frau nicht öfter ... Aber immerhin, flüstert es zurück, dein Leben gehört nicht nur dir, du teilst es mit anderen. Tue, was in deinen Kräften steht, daß es für Menschen in deiner Nähe erträglich bleibt, die jetzt im Schatten stehen. Versuche hilfreich zu sein, wo immer du es kannst. In solchen Momenten verließ mich oft der Mut. Was richtete ich schon noch aus? Über das schmale Umfeld hinaus sehr wenig, eigentlich nichts. Was ließ sich denn tun gegen den Riß, der durch die menschliche Gemeinschaft lief – gegen die wachsende Kluft zwischen Arm und Reich? Zäune wuchsen zum Schutz des Eigentums der Wenigen, erst recht seit dem Mauerfall, und das Umverteilen von unten nach oben schritt fort; es herrschte die Gier – der Treibsatz, das stumme Gesetz der freien Wirtschaft. Die galt es zu zügeln, man sollte Die Linke wählen, natürlich – auch wenn keine linke Mehrheit in Sicht war, imstande, den Lauf der Dinge zu wenden. Du erlebst es bestimmt nicht mehr, doch irgendwann ... Die Hoffnung stirbt zuletzt.

Derart diffus in Trauer badend, fand ich mich selbst unausstehlich und lief dann hinaus – Melodien lauschend, die längst verklungen, aber noch in mir sind; bedrängt von Szenen der Vergangenheit, von Menschen und Dingen, unwiederbringlich dahin. Was mich auf törichte Art dabei trifft: Die Orte gibt es noch, die alten Plätze, wo sich das zugetragen hat. Man sucht sie auf und sieht sie kaum verändert; nur die Menschen fehlen, sind unerreichbar, endgültig weg aus meinem Leben.

Kein Zweifel, ich war im Winter angelangt; öfter bedrückt von Düsternis und Müdigkeit. Ach, da half wenig heraus außer dem Wunsch, etwas zu tun – nur was? Eventuell schreiben, über ein paar alte Fälle? Für wen, wer will davon noch etwas wissen? Auch fehlen mir dazu Notizen, es gibt keine Unterlagen, die Erinnerung verblaßt. Und mein Lebensstoff ist weggegeben, an die Profis, für deren Bücher.

In der Untätigkeit steigt Besorgnis auf. Die berauschende Partnerschaft, ob sie wohl hält? Meine Erfahrung spricht eher dagegen. Liegt es an mir? Nie hat da was gehalten. Manchmal überkommt mich Furcht vor Einsamkeit; der Argwohn, letztlich sterbe doch ein jeder für sich allein. Den bestärkt ein nächtlicher Alp, ein Angstgefühl, das in wechselnder Gestalt beklemmend wiederkehrt.

Neulich, im Morgengrauen des Aschermittwochs, da träumte ich, in einem flachen Flitzer bergan zu fahren, beinah liegend, Bettina daneben, merkwürdig still. Es ist übrigens ihr Auto, sie hat es gekauft, von Löws Geld, verlockt durch die Abwrackprämie der Regierung. Der Weg wird eng, begrenzt durch Findlinge, es geht nicht mehr weiter – ich will den Rückwärtsgang einlegen, doch das mißlingt. Der Wagen rollt von selbst zurück, die Fußbremse ist unerrcichbar, die Handbremse liegt unter den Einkäufen meiner Frau; die türmen sich zwischen uns, ein chaotisches Gewirr. Nur schwer kann ich den Kopf nach hinten wenden, das Rückwärtsfahren überfordert mich total. „Nimm das Zeug weg", rufe ich Bettina zu – bloß, sie ist gar nicht mehr da! Das Auto schrammt gegen Steine, mit einem Ruck kommt es zum Stehen.

Und plötzlich, wie durch Geisterhand, wechselt die Umgebung. Es ist kein Flitzer mehr, in dem ich liege, sonder ein hübsch gepolsterter Sarg. Ach, und nun wird der abgesenkt, ungehörig schief, wie mein Ordnungssinn vermerkt. Mir ist, als höre ich dumpf und fern den hergebrachten Text: „Asche zu Asche, Staub zu Staub ..." Dann rieselt es herab auf mein Gehäuse, Blumen vielleicht oder doch schon Erde.

Ich schnappe nach Luft, da kippt das alles weg, und ich erwache in dem Gefühl, es habe jemand *requiescat in pace* gesagt, er ruhe in Frieden; ich aber sei trotzdem ganz munter, voll bei Sinnen. Nicht mehr sehr nützlich, bloß weiterhin da auf dieser wunderbaren Welt.

So aus dem Traum gerutscht, wird rasch klar: ja, ich lebe noch, bin jetzt in Bettinas Armen, und sie lächelt mich an – ihr sanftes Alles-wird-gut-Lächeln, das mir einen fabelhaften Neubeginn verheißt. *Once more with feeling*, hätte Willy Werth gesagt. Alles wird gut ... Mal sehen, warte es doch ab! Womöglich stimmt das ja sogar.

Dieses und andere Bücher können Sie
auch direkt beim Verlag bestellen.
Privatkunden werden von uns portofrei beliefert.

SCHEUNEN-VERLAG
Kolonie 4 · 18317 Kückenshagen
Tel.: 038223-59308
info@scheunen-verlag.de

1. Auflage

Umschlagabbildung: Lale Meer,
„Das Wetterleuchten", 2002, Öl/Lw
Satz & Layout: Paul Schreyer
www.paul-schreyer.de
ISBN 978-3-938398-81-4